……갑옷 계집이여. 네 녀석의 얼굴에
파멸의 상이 떠올라 있구나.
네 녀석들의 곁에는 항상 짜증 날 정도로
눈부신 반짝반짝 여자가 어슬렁거려서
미래를 내다보기 힘들지.
그래도 이번에 큰돈을 벌 건수를 가지고
와준 답례 삼아 이 몸의 힘으로
미래를 점쳐주마.

바닐

이번에야말로
『드래곤 슬레이어』라는
칭호를 손에 넣겠어요!!

카, 카즈마! 놔라! 놓으란 말이다!

시끄러워, 이 바보 멍청아! 네가 무슨 내 마누라냐?!
나를 좋아하면 좋아한다고 확 말하라고 했잖아!

이 멋진 세계에 축복을!7

CONTENTS

억천만의
신부

억천만의
신부

이 멋진
세계에
축복을! 7

아카츠키 나츠메 지음
미시마 쿠로네 일러스트
이승원 옮김

Character

다크니스

연령 18세
직업 크루세이더

몬스터에게 공격받을 때 쾌락을 느끼는 방어 전문 여기사. 대귀족, 더스티니스 가문의 영애이기도 하다. 특기는 망상.

아쿠아

연령 연령 미상
직업 아크 프리스트

젊은 나이에 죽은 인간을 인도하는 여신. 카즈마와 함께 마왕 토벌을 목표로 하고 있다. 좋아하는 것은 술. 특기는 연회용 장기자랑.

메구밍

연령 14세
직업 아크 위저드

홍마족 제일의 천재 마법사. 「폭렬마법」에 매료된 탓에 폭렬마법만 쓸 수 있으며, 다른 마법은 쓰지 않는다. 좋아하는 것은 폭렬마법. 특기는 폭렬마법. 취미는 폭렬마법.

융융

연령 14세
직업 아크 위저드

바닐

연령 연령 미상
직업 대악마 겸 점원

카즈마

연령 16세
직업 모험가

아쿠아를 억지로 끌고 이세계에 와서도 은둔형 외톨이 생활 중인 모험가. 마왕 토벌이라는 사명은 이미 반쯤 포기했다.

크리스

연령 15세?
직업 도적

에리스

연령 연령 미상
직업 여신

프롤로그

"너란 녀석은, 너란 녀석은! 너란 녀석은 왜 항상 이 모양인 것이냐!!"

"너야말로 왜 항상 이 모양인 건데! 매번 나만 꾸짖잖아! 대체 뭐가 그렇게 마음에 들지 않는 거야?! 너, 혹시 그거야?! 내가 신경 써주기를 바라는 거냐? 츤데레야? 나를 좋아하면 좋아한다고 말하라고!"

내가 소파에 넙적 엎드린 채 그렇게 말하자 다크니스의 눈썹이 하늘 높이 치솟았다.

"너 같은 얼간이에 숫총각 은둔형 외톨이를 누가 좋아하겠냔 말이다! 입만 열었다 하면 바보 같은 소리를 늘어놓는구나! 이 자식, 혼쭐을 내주마!"

"하, 하지 마! 지금, 아이리스가 준 반지를 닦고 있단 말이야! 이러다 잃어버리면 어쩔 건데! 이건 중요한 물건이라며!"

다크니스에게 멱살을 잡힌 나는 반지를 보여주며 저항했다.

"귀중한 물건이기 때문에 화를 내는 것이다! 아이리스 님께서 항상 몸에서 떼지 않으며 소중히 여기시던 국보를, 네 놈의 그 더러운 손수건으로 닦지 마라!"

"너, 너무해! 나, 방금 그 말 듣고 마음에 상처를 입었다고!! 확실히 싸구려 손수건이기는 하지만, 아이리스의 마음이 담긴 이 소중한 반지를 나름대로 정성 들여 손질하고 있었는데……!"

"손수건의 가격 때문에 이런 소리를 하는 게 아니다! 너는 때때로 그 손수건에다 코를 풀지 않느냐! 반지 닦는 용도로만 쓸 새로운 천을 준비하란 말이다!!"

다크니스는 한참 동안 화를 낸 후 나를 놔주더니 지친 표정으로 소파에 주저앉았다.

"하아, 너와 같이 있으면 정말 지치는구나. 겨우겨우 이 마을에 돌아왔는데, 전혀 쉴 수가 없어."

"그건 내가 할 말이야. 너는 시시콜콜 나한테 폐를 끼쳐대면서, 기회만 잡았다 싶으면 설교를 해대잖아. 너, 아무리 말단 중의 말단 귀족이라고는 해도, 일단은 귀족 나부랭이지? 그럼 귀족답게 좀 고상히 행동하라고."

"마, 말단 귀족?! 왕국의 기둥이라 여겨지는 더스티네스 가문이 말단 귀족……! ……나에게 말단 귀족이니, 귀족 나부랭이 같은 소리를 하는 남자는 이 세상천지를 다 뒤져도 너뿐일 거다."

"어이, 칭찬할 거면 좀 알아듣기 쉽게 하라고?"

"칭찬하는 게 아니다."

소파에 등을 맡긴 다크니스가 테이블 위에 놓인 홍차를

홀짝였다.

"……그러고 보니 너는 옛날부터 이런 남자였지. 내가 정체를 밝혔을 때도 신분보다는 이름에 더 흥미를 가지는 이상한 녀석이었어."

"어이, 무슨 소리를 하는 거야, 라라티나. 너한테만큼은 이상한 녀석이라는 소리를 듣고 싶지 않다고. 세상 물정 모르는 귀족 아가씨에 모험가, 그리고 중증 마조히스트. 대체 이 욕심쟁이 아가씨는 캐릭터 속성을 몇 개나 가져야 직성이 풀리는 거야?"

다크니스는 마시던 홍차를 테이블에 내려놓으며 말했다.

"……역시 너와는 언젠가 결판을 내야 할 것 같구나."

"좋아. 언젠가 또 승부를 해드리지요, 귀족 아가씨."

나는 분통을 터뜨리는 다크니스를 향해 그렇게 말하며 홍차를 들이켰다.

"아, 이거 맛있네. 너는 손재주가 없지만 홍차 하나만큼은 기가 막힐 정도로 잘 끓인다니깐."

다크니스는 그 말을 듣고 기분이 좀 풀린 것 같았다.

"후후, 요리 실력은 평범하지만, 홍차 하나만큼은 잘 끓일 자신이 있다. 맛있는 홍차를 끓이는 요령은 미리 컵을 따뜻하게 해두는 것, 그리고 마지막 한 방울까지 따르는 것이지. 아까 폭언을 했던 걸 사과한다면 또 끓여줄 수도 있다."

"알았어, 알았다고. 놀려서 미안해. 만약 네가 몰락 귀족이 된다면 메이드로 고용해줄게."

"몰락 따위 할 것 같으냐! ……하아, 너는 정말 종잡을 수 없는 남자구나. 얼간이인가 싶으면서도, 때로는 용기 있는 행동을 취하지. 남을 돕기도 하지만, 이상한 녀석들과 밤놀이 같은 나쁜 짓을 할 때도 있어. 대체 어느 쪽이 너의 진짜 모습인 것이냐?"

"진짜 모습 같은 게 있을 리 없잖아. 누구나 기분이 좋을 때는 착한 일을 하고, 기분이 나쁠 때는 노상 방뇨 같은 걸 한다고. 나는 그런 평범한 인간이야. 진지하고 성실한 용사님이 아니라 미안하네."

"아니, 미안해할 필요 없다. 나는 왕자님이나 용사보다 평범한 인간을 더 좋아하니까 말이다. ……예를 들자면, 너 같은 남자 말이다."

"어, 어이. 그건 또 무슨 소리야. 방금 그건 뭐야? 메구밍도 그렇고, 너도 그렇고, 왜 그렇게 애매모호한 소리를 하는 건데. 나 같은 숫총각도 알아들을 수 있게 말해보라고."

내가 그렇게 말하자 다크니스는 옅은 미소를 머금더니—.

"글쎄. 과연 어떤 의미일까?"

……그렇게 말하며 기분 좋은 듯 홍차를 마셨다.

제1장 이 벼락부자 모험가에게도 안식을!

1

—우리가 액셀에 돌아오고 며칠이 지났을 즈음, 모험가 길드로 와달라는 연락이 왔다.

"그럼 모험가 사토 카즈마 씨. 이번에 길드로 와달라고 연락을 드린 건……."

내가 모험가 길드의 카운터에 가자 묵직해 보이는 자루를 안아 든 길드 직원 누님이 나를 향해 활짝 웃으며 입을 열었다.

"이번에는 상금이 거액이라 지불이 늦어졌습니다만……. 이게 거물 현상범 『마왕군 간부 실비아』 토벌 보수인 3억 에리스입니다! 사토 씨가 지금까지 토벌한 마왕군 간부는 총 네 명이군요! 사토 씨는 액셀 모험가 길드의 명실상부한 에이스예요! ……자, 받아주세요!"

""""오오오오오오오오오!""""

그 광경을 본 모험가들이 환성을 질렀다.

나는 그들에게 여유 넘치는 미소를 지은 후, 묵직한 자루를 향해 손을 뻗었다.

"어이, 다들 진정해. 내가 거물 현상범을 해치운 건 처음이 아니잖아? 하아, 겨우 3억 에리스 가지고 뭘 그렇게……. ……응? 누님, 이제 그만 놔도 돼요. 안 놓치게 꽉 잡았거든요. 어, 잠깐……! 어이, 놔! 이익, 놓란 말이야!!"

아쉬워하며 자루에서 손을 떼지 못하는 직원과 내가 몸싸움을 벌이고 있을 때였다.

"하지만 카즈마네 파티가 마왕군 간부를 넷이나 쓰러뜨린 건가. 처음에는 언제 괴멸할지 몰라서 걱정했는데, 엄청 출세했네."

"맞아. 옛날에는 개구리도 제대로 못 잡던 카즈마 군이 어느새 출세해서 마을에서도 손꼽히는 부자가 됐잖아. 세상일이라는 건 정말 모르는 거야."

길드 곳곳에서 모험가들의 목소리가 들려왔다.

"아, 나는 옛날부터 할 때는 하는 남자라고 생각했어."

"너, 저번에 카즈마네 파티가 언제 전멸할지 내기하자고 하지 않았어? ……뭐, 아무튼 대단하기는 해. 카즈마는 최약체 직업인 『모험가』잖아. 게다가 장비조차 별 볼 일 없는데도 마왕군의 간부들에게 맞서 싸워왔으니 진짜 대단하다고."

나는 겨우 빼앗은 상금을 소중히 안아 든 후, 곳곳에서 내 이야기를 하는 이들을 쳐다보았다.

그리고―.

"하아. 어이 어이, 그렇게 나를 추켜세워 봤자 너희한테 콩고물이 떨어지지는 않는다고. ……이 가게에서 가장 좋은 술로 한턱 쏘기는 하겠지만 말이야아아아아아아아앗!"

내가 의기양양한 얼굴로 그렇게 말한 순간, 길드 안에 있는 모든 사람들이 환성을 질렀다.

"우오오오오오오오, 카즈마 씨, 멋져어어어어어어어엇!"

"꺄아~! 카즈마 씨, 최고! 결혼해줘! 그리고 나를 먹여 살려달라구!!"

"액셀 제일의 벼락부자!"

"역시 운만 좋은 카즈마 씨!"

"하하하, 그렇게 칭찬해봤자……. 어, 어이. 방금 나를 운만 좋은 카즈마 씨라고 말한 건 누구야? 운 말고도 좋은 게 많다고!"

내가 이 세상에 오고 얼추 1년이 지났을 즈음…….

드디어 이때가 왔다.

그렇다. 바로 내 시대가 온 것이다.

"―정말! 카즈마는 못 말린다니깐!! 왜 이렇게 늦나 싶어 걱정하고 있었는데, 우리 몰래 파티를 벌여? 정말 너무하네! 어쩌고 있나 보러 오기 잘했어!"

평소보다 2할 정도 더 시끌벅적한 길드 안에서 나와 마주 앉은 아쿠아가 그렇게 말했다.

"일찍 돌아가지 않은 나도 잘못했지만, 길드가 좋은 일로 우리를 불렀을 리 없다면서 나 혼자 가라고 한 건 너잖아. 아, 시원한 크림슨 비어가 나왔네. 자, 이걸로 일단 목 좀 축이라고."

볼을 한껏 부풀린 아쿠아 앞에 내가 마시려고 주문한 크림슨 비어를 놓았다.

"잠깐만, 이런 걸로 내 기분이 풀릴 거라고 생각한다면 그건 착각이야. 메구밍은 5분 간격으로 「아직도 안 돌아오네요……」라고 말하면서 집 안을 어슬렁거리며 걱정했고, 다크니스는 다크니스대로 「그 일 때문인가? 역시 아이리스 님께서 의적의 정체를 눈치채신 건가? 아아, 어쩌지. 어쩌면 좋지……」라고 중얼거리며 머리를 감싸 쥐었다구! ……푸앗! 저기, 크림슨 비어 한 잔 더 줘~!"

테이블을 손바닥으로 두드리며 화를 내던 아쿠아는 시원한 맥주를 단숨에 들이켜더니 한 잔 더 주문했다.

그리고 내 옆에서 술을 홀짝이고 있던 메구밍이 입을 열었다.

"하지만 좋은 일로 연락이 온 거라서 다행이에요. 아쿠아는 좋은 일인지 나쁜 일인지 가지고 내기를 하자면서 『엄청난 범죄를 저지른 카즈마가 지금쯤 체포되었을 거라는 쪽에

3천 에리스』라고 했다니까요."

어이.

"그리고 카즈마한테 큰일이 났다면 바로 도망칠 수 있도록 짐을 싸두자고 했지. 아쿠아의 발밑에 놓여 있는 저 가방이 그 증거다."

나는 다크니스의 말을 듣고 아쿠아의 발치에 놓인 가방을 확인했다. 그리고 새로 주문한 크림슨 비어를 넘겨받던 아쿠아에게 달려들었다.

"인마, 네가 나를 걱정했다고?! 헛소리하지 마! 이 가방은 뭔데?! 어이, 주문한 크림슨 비어 내놔!"

"싫어! 네가 새로 주문하라구! 그리고 쬐끔 걱정하기는 했단 말이야! 카즈마가 없으면 여러모로 힘들어지는 건 사실이잖아! 예를 들자면……! 예를 들자면……. 예를 들자면……? 저기, 다크니스. 이 사람이 없어지면 우리한테 어떤 문제가 생길까?"

"인마, 헛소리하지 말라고! 평소에 내가 얼마나 너희 뒤치다꺼리를 하는 줄 알기나 해?! 진짜 안 되겠네! 제대로 본때를 보여줄 테니까 따라 나와!"

"앗, 어디를 잡아당기는 거야! 신기(神器)가 상하니까 하지 마! 하지 말라구!!"

내가 날개옷을 잡아당기며 아쿠아를 밖으로 끌고 나가려 하자 그녀는 내 손을 찰싹찰싹 소리 나게 때리면서 저항했다.

"하아. 왜 아이리스 님께서는 이렇게 시끌벅적하고, 차분함 같은 건 눈 씻고 찾아봐도 없는 남자가 마음에 드신 걸까……. 뭐, 특이한 남자라 잠시 끌린 것뿐이겠지만……."

다크니스는 아쿠아의 옆에 앉아 잔에 담긴 와인의 향기를 즐기며 어이없다는 목소리로 그렇게 중얼거렸다.

왕도에서는 이런저런 일이 있었다.

다른 모험가들과 함께 마왕군의 습격을 막았고…….

왕도를 떠들썩하게 만든 의적으로부터 귀족의 재산을 지켰으며…….

아무도 모르게 이 나라를 엄청난 위기로부터 구한 데다…….

아이리스라는 이름의 귀여운 여동생마저 생긴 것이다.

"아이리스는 잘 지내고 있을까? 밤마다 외로운 나머지 울고 있는 건 아닐까? ……그래. 바닐에게 부탁해서 나를 쏙 빼닮은 인형을 만들어달라고 해야겠어. 그 녀석, 한밤중에 웃어대는 바닐 인형이 잘 팔린다고 했지? 한밤중에 웃어대는 카즈마 인형을 만들어서, 아이리스에게 보내야지. 그러면 밤에도 외롭지 않을 거야."

"어이, 카즈마. 그딴 수상쩍은 물건을 아이리스 님께 보내지 마라! 편지 같은 건 전해줄 테니까, 그것만은 관둬라! 까딱하면 테러리스트로 몰릴 수도 있단 말이다!"

2

길드에서 상금을 받고 일주일이 지났다.

요즘 들어 계속 여행만 했던 우리는 오랜만에 액셀 마을에서 느긋한 생활을 만끽하고 있었다.

"―어이, 누가 이 요리를 만든 거야?! 이걸 만든 셰프를 불러와. 수많은 거물 현상범을 해치워서 화제의 중심이 된 모험가, 사토 카즈마가 부른다고 전해!"

"아크 프리스트인 아쿠아 씨도 부른다고 전해줘!"

벼락부자 된 나와 아쿠아는 액셀 마을의 음식점을 돌면서 매일같이 맛있는 음식을 먹었다.

가게 한편을 점령한 우리에게 셰프로 보이는 형씨가 다가왔다.

"소, 손님, 무슨 일이십니까? 혹시 음식이 입에 맞지 않으셨습니까?"

느닷없이 불려 온 셰프는 약간 겁먹은 표정으로 우리를 쳐다보았다.

"아, 이 맛있는 요리를 만든 셰프에게 답례가 하고 싶어서 말이야. 얼마 전까지 왕성에서 살았던 내 혀를 만족시키다니, 정말 대단한걸."

"가, 감사합니다."

셰프가 당황하며 고개를 숙이고 있을 때 아쿠아가 냅킨으로 입가를 닦고 말했다.

"이 스튜에는 와인이 들어갔지? 이 떫은맛은 레드 와인으로 낸 게 분명해. 상표는…… 그래. 30년산 로마네꽁띠뉴. ……맞지?"

"방금 헐값에 사 온 식초를 썼습니다."

"……그랬구나. 식초로 이 정도 맛을 내다니, 대단하네."

"입에 맞으셨다니 다행입니다."

우리가 나쁜 뜻이 있어서 부른 게 아니라는 사실을 알고 안심한 셰프는 아쿠아를 향해 고개를 숙였다.

나는 그런 셰프에게 포크로 찍은 고기를 보여주며 말했다.

"스튜도 맛있었지만, 나를 만족시킨 건 바로 이 부드러운 고기야. 이 맛을 표현하자면……. 좋아하는 여자애의 방에 숨어들어 가서 두근거리는 마음을 안고 옷장을 열어봤더니, 그 옷장이 미믹[#1]이었다. 그 정도로 강렬하며 엄청난 임팩트야……. 셰프는 내 말이 이해가 돼?"

"전혀 모르겠습니다."

"그렇구나. 간단하게 말해 엄청 맛있어. 모험가 사토 카즈마가 이 가게에 별 세 개를 주지."

"나도 이 가게에 별 세 개를 줄래."

"감사합니다. 다음번에는 별 네 개를 받을 수 있도록 더욱

#1 미믹(mimic) 가공의 몬스터. 의태가 전문이며, 주로 던전 안에서 상자 모양으로 변해 있다가 다가온 모험가를 덮친다.

노력하겠습니다."

셰프가 그렇게 말하면서 환한 미소를 짓자 나는 그 셰프에게 에리스 지폐 몇 장을 건넸다.

"하하, 말주변이 좋은걸! 맛있었어. 다음에 또 올게. ……이건 맛있는 식사에 대한 답례야. 잔돈은 팁 삼아 가지라고. 그럼 잘 먹었어."

"잘 먹었어~!"

"요리 가격과 동일한 금액입니다만, 또 와주시길 고대하고 있겠습니다. 감사합니다."

나와 아쿠아는 끝까지 넉살이 좋은 셰프에게 배웅을 받으며 가게를 나섰다.

─실비아에게 걸려 있던 현상금을 받고 부자가 된 우리는 매일같이 사치를 부렸다.

실비아의 토벌 상금인 3억 에리스는 넷이서 공평하게 나눠 가졌고, 나는 곧 바닐에게서 거금을 받기로 되어 있었다.

그 정도 돈이 있으면 다소 사치를 부리면서도 평생 일하지 않고 살 수 있으리라.

승리자다.

모험가가 되어서 고생만 잔뜩 했던 나도, 드디어 인생의 승리자가 된 것이다.

나와 아쿠아는 튀어나온 배를 매만지며 일류 모험가에게

걸맞은 우리 저택에 당도했다.

그리고 저녁은 어느 가게로 갈지 이야기를 나누면서 현관
문을 열자—.

"다녀왔……."

"정말 끝내주는 변태 크루세이더군요! 자, 이걸 원하는 거
죠? 이제 그만 참지 말고, 빨리 항복하란……! ……아."

"나는 그딴 것에 굴복하지 않는다! 크루세이더로서의 긍
지를 걸고, 이대로 한 시간이든 두 시간이든……. 아."

이불에 둘둘 말린 채 현관 앞을 굴러다니고 있는 다크니
스와…….

다크니스를 향해 몸을 숙인 채 손에 든 얼음을 잘 보라는
듯 흔들어대고 있는 메구밍이 눈에 들어왔다.

두 사람의 볼은 붉게 달아올라 있었고 다크니스는 숨결조
차도 거칠어져 있었다.

그런 두 사람과 시선이 마주친 나는 살며시 문을 닫았다.

다음 순간, 메구밍이 문을 세차게 열어젖히며 허둥지둥 튀
어나왔다.

"문을 닫지 마요! 그, 그리고 오해하지 마세요!"

"괜찮아. 다 아니까 걱정하지 마. 나와 아쿠아는 저녁을
먹고 돌아올 테니까, 너희는 하던 걸 계속해. 아니다. 그냥
오늘은 밖에서 자고 내일 돌아올게."

"아쿠시즈교는 동성애도 허용해. 참, 축복의 마법을 걸어

줄까?"

"대체 뭘 안다는 거예요! 이건 말이죠. 다크니스가……."

메구밍이 나와 아쿠아의 팔을 붙잡더니 필사적으로 매달렸다.

"큭, 설마 이런 수치 공격까지 받게 될 줄이야……! 하지만 카즈마와 아쿠아에게 이런 한심한 꼴을 보였다고 해서, 내가 굴복할 것 같으냐!"

"이야기가 더 꼬이니까, 다크니스는 입 좀 다물어요!"

이불에 둘둘 말린 채 꿈틀거리고 있는 다크니스를 보며 약간 질색하고 있을 때, 활짝 열린 문을 통해 집 안의 열기가 새어 나오는 것이 느껴졌다.

여름이 코앞인데도 이 두 사람은 난로를 피운 것 같았다.

"이건 특수한 플레이가 아니라, 다크니스의 부탁으로 인내심 대회 연습을 도와주고 있었던 거예요. 다크니스는 이 마을에서 매해 여름에 열리는 인내심 대회의 우승자래요."

집 안의 열기 때문에 볼이 상기된 메구밍은 자신과 마찬가지로 볼이 발그레해진 다크니스의 이마에 얼음을 댔다.

"실망감과 안도감을 동시에 맛본 기분이네. 하지만 연습을 할 거면 다크니스의 집에서 하라고. 거실을 이렇게 덥게 만들면 어떻게 해."

내가 그렇게 말하자 메구밍이 얼음을 이마에 대준 덕분에 행복한 표정을 짓고 있던 다크니스가 대답했다.

"실은 요즘 들어 아버지의 건강이 나빠져서 말이다. 내가 이런 짓을 하면 아직 시집도 안 간 딸이 무슨 짓을 하는 거냐며 걱정할 게 뻔하기에, 여기서 하고 있는 것이다."

"네 아버지의 건강이 나빠진 게, 네가 집에서 난로를 마구 피워댄 탓은 아니겠지?"

얼음 덕분에 텐션이 좀 내려간 다크니스는—.

"휴우……. 카즈마와 아쿠아도 돌아왔으니 이만 끝내도록 할까. 메구밍이 도와준 덕분에 안 건데, 작년보다 내 레벨이 올라간 만큼 열에 대한 내성도 상승한 것 같다. 올해도 우승은 떼어놓은 당상일 것 같구나. 어이, 카즈마. 미안하지만 이걸 풀어다오."

……그렇게 말하면서 이불에 둘둘 말린 몸을 배배 꼬았다.

………….

"지금 네 상태는 알다프의 저택에서 내가 바인드를 당했을 때와 비슷하네."

"……음? 그러하냐? 그러고 보니 그런 일도 있었지. 뭐, 그 이야기는 나중에 하자. 우선 이걸 풀어다오. 이불 안이 축축해질 정도로 땀을 흘렸더니 빨리 씻고 싶다."

꿈틀거리고 있는 다크니스의 옆에서 내 이야기를 듣던 아쿠아와 메구밍이 몸을 굽혔다.

두 사람도 내 의도를 눈치챘는지 싱글벙글 웃고 있었다.

다크니스는 그런 우리를 불안한 표정으로 올려다봤다.

나는 그런 다크니스의 앞에서 손가락을 꼼지락거리며 말했다.

"너도 나와 꽤 오래 알고 지냈잖아. 이제 내 성격도 파악했지? 너도 알다시피 나는 당한 만큼 반드시 갚아주는 남자야. ……어이, 왕도에서 꼼짝도 못 하던 나를 마구 괴롭혀 댄 다크니스 씨! 오늘은 꽤나 재미있는 꼬락서니를 하고 있네에에엣!"

"큭! 주, 죽여라!!"

또 볼을 상기시키며 버둥거리기 시작한 다크니스는 처음으로 여기사다운 발언을 입에 담았다.

"—하아. 꼼짝도 못 하는 상태에서 몸이 한껏 달아오른 나를, 카즈마가 이렇게 유린할 줄이야……."

"어, 어이, 말을 좀 골라서 해. 네가 그런 소리를 하면 꽤 음란하게 들린단 말이다."

움직이지 못하는 다크니스를 다 같이 마구 간지럽힌 후…….

입으로는 비난하고 있지만 다크니스의 얼굴에는 만족스러운 표정이 어려 있었다.

"카즈마, 내일은 네가 연습을 도와주지 않겠느냐? 더위를 참고 있는 나한테 얼음을 보여주기만 하면 된다."

"안 할 거야. ……절대 안 할 거니까 기대에 찬 눈길로 나를 힐끔힐끔 쳐다보지 말라고."

유감스러운 표정을 하고 나를 쳐다보는 다크니스를 욕실로 쫓아낸 후, 나는 소파 위에서 무릎을 끌어안은 채 앉아 있는 아쿠아를 쳐다보았다.

"하아, 왕도에서 본 당당하기 그지없던 다크니스는 대체 어디 가버린 걸까? 나는 어젯밤에도 이 마을의 공동묘지에 방황하는 영혼을 정화하러 갔거든? 매일같이 사회에 공헌하고 있는 나를 본받으란 말이야."

가끔씩 묘지를 정화하기로 위즈와 약속한 것을 까맣게 잊고 있다가, 요즘 들어 고스트가 장난을 치는 일이 자주 발생한다는 소문을 듣고 허둥지둥 정화했으면서 무슨 소리를 하는 거야.

……아니, 일단 그 일은 제쳐두자.

그것보다 아까부터 훨씬 신경 쓰이는 일이 있었다.

"……어이, 아쿠아. 네가 아까부터 안고 있는 그건…… 대체 뭐야?"

아쿠아는 무릎 위에 모포를 깐 후, 그 위에 조그마한 알을 올려놓았다.

그러고 보니 나와 함께 외출했을 때도 호주머니에 집어넣은 손으로 뭔가를 계속 만지작거리고 있었다.

"어머 어머. 카즈마는 이게 뭔지 신경 쓰여? 좋아, 가르쳐줄게. 듣고 놀라지나 마. 이건 바로 드래곤의 알이야."

""드래곤?!""

나와 메구밍이 놀라서 고함을 지르자 아쿠아는 잘난 척하듯 말을 늘어놓았다.

"일전에 혼자서 집을 지키고 있을 때, 우리의 활약상을 들은 행상인이 찾아왔거든? 그리고 『이렇게 만나 뵙게 되어 영광입니다! 저는 여러분처럼 마왕군과 정정당당히 맞서 싸우는 실력파 모험가를 찾고 있었습니다! 위험을 무릅쓰며 밤낮으로 마왕군과 싸우는 당신에게 이 비장의 상품을 양도하고 싶습니다!』하고 말했어. 드래곤을 사역마로 둔다면 앞으로 벌일 마왕군과의 싸움에서 유리해질 거라는 말에 일리가 있다고 생각했지."

우리의 활약상을 들었다?

왠지 엄청 수상쩍었다.

우리가 거금을 손에 넣었다는 사실을 알았다, 는 말을 잘못 한 게 아닐까?

내가 한껏 인상 썼다는 사실을 눈치채지 못한 아쿠아가 드래곤의 알에 대해 설명했다.

"잘 들어. 카즈마는 이쪽 세계의 상식도 모르는 얼간이라서 가르쳐주는 건데, 드래곤의 알이라는 건 원래 엄청 손에 넣기 힘들어. 시장에 나오더라도 귀족이나 부자가 다 사버린다구. 그런데 일부러 우리에게 양도하고 싶다는 사람이 찾아왔으니 살 수밖에 없지 않겠어? 드래곤이라구, 드래곤. 가슴이 뛰지 않아?"

……솔직히 말해 가슴이 뛰지 않는다면 거짓말이겠지만 그래도 이야기를 들으면 들을수록 수상쩍다는 생각이 고개를 치켜들었다.

"……그 알, 얼마였어?"

내가 그렇게 묻자 아쿠아는 희희낙락하면서 대답했다.

"그게 말이지. 내 전 재산과 교환해주겠다고 했어! 드래곤의 알은 아무리 싸도 1억이 넘거든? 왜 이렇게 싼 가격에 넘겨주는 건지 물어봤더니, 뭐라고 하는지 알아? 귀족이나 부자가 돈 자랑삼아 드래곤을 키우는 게 아니라, 뛰어난 모험가들이 이 드래곤을 키우면 언젠가 벌어질 마왕과의 싸움에서 도움이 될 거라 생각하기 때문이래!"

나는 양손으로 알을 소중히 끌어안은 아쿠아를 보며 가벼운 현기증이 났다.

"……그래서 그걸 산 거야?"

"응, 샀어. 이미 이름도 붙였어. 이 애의 이름은 킹스퍼드 젤트만이야. 내가 키우는 드래곤이니까, 이 애는 언젠가 드래곤의 제왕이 될 거라구. 앞으로 이 애를 젤 킹이라고 불러줘."

아쿠아는 그렇게 말하며 안고 있던 달걀을 손바닥으로 감싸더니 그것을 향해 상냥한 빛을 뿜었다.

마법으로 온도 조절을 하고 있는 걸까. 아니면 여신답게 성장을 촉진시키고 있는 걸까?

하지만 저건 아무리 봐도 달걀인데요.

"그러니까, 이 애가 부화할 때까지 나는 퀘스트에 참가할 수 없어. 저기, 카즈마. 나 지금 손을 쓸 수 없으니까, 저녁밥을 가지고 와서 먹여줘."

오늘 저녁 반찬은 달걀 프라이로 할까.

3

"—그럼 갔다 올게. ……메구밍, 바보 같은 짓을 시켜서 미안해."

"괜찮아요. 이렇게라도 하지 않으면 아쿠아가 가지 않을 테니까요. 그 악마에게 대항할 수 있는 사람은 아쿠아뿐이잖아요."

다음 날—.

나는 아쿠아와 다크니스를 데리고 위즈의 가게로 향했다.

메구밍은 집에 남기로 했다.

이 더운 날 난로에 불을 피운 후, 그 앞에서 모포를 두르고 앉아 아쿠아가 산 알을 따뜻하게 데우고 있었다.

알을 부화시키기 위해서는 따뜻하게 데워줄 뿐만 아니라 때때로 각도도 바꿔줘야 하는 것 같았다. 솔직히 말해 여러모로 번거로운 일이었다.

하지만 이것은 알 부화 작업을 해야 하기 때문에 가기 싫다면서 어리광을 부리는 아쿠아에게 내가 제시한 절충안이었다.

　나는 아쿠아와 다크니스를 데리고 이 마을의 중심가에서 조금 떨어져 있는 조촐한 마도구점에 도착했다.

　"이리 오너라! 이리 오너라!! 저기, 어서 문 열어! 이미 해가 떴단 말이야! 너희 가게의 최고 단골손님이 왔다구! 자, 빨리! 문 열어~! 열라구~!"

　눈에 익을 대로 익은 위즈의 가게 앞에 선 아쿠아는 이른 아침인데도 불구하고 문을 마구 두드려댔다.

　아쿠아가 가게 앞에서 떠들어대자 안에서 급한 발소리가 들려오더니 이윽고 문이 활짝 열렸다.

　"아침부터 시끄럽다! 이웃에게 폐 좀 끼치지 말란 말이다, 이 소음 공해 계집아! 가게를 열 시간이 되려면 멀었으니 나중에 다시 와라!"

　문밖으로 힘차게 튀어나온 이는 수상쩍은 가면을 쓴 아르바이트 점원이었다.

　엉터리 대악마인 바닐은 우리를 보더니 그렇게 소리 질렀다.

　"오늘은 손님으로서가 아니라 다른 볼일로 온 건데요~! 개점 시간에 오면 너희가 바쁘잖아? 너희를 배려해서 일부러 일찍 일어나 이렇게 와줬으니까 고맙게 생각해. 자, 빨리 고맙다고 말하란 말이야."

　아쿠아는 바닐과 마주 서더니 흐흥 하고 웃었다.

　현재 이 가게는 내가 개발한 상품 덕분에 엄청 번창하고

있었다.

나는 이미 상품의 지식 재산권을 팔았기 때문에 장사가 잘되더라도 내가 받을 보수는 늘어나지 않는다.

하지만 상품이 잘 팔리는 것은 그것을 발명한 개발자에게 있어서도 기쁜 일이다.

"분위기 파악 못 하는 걸로는 정평이 나 있는 네 녀석이 배려라는 말을 입에 담으니 소름이 돋는구나. 혹시 다른 꿍꿍이가 있는 건 아닌지 의심하게 되는걸. ……뭐, 좋다. 용건이 뭔지는 안다. 저기 있는 벼락부자 꼬맹이가 보수를 받으러 온 거겠지? 금방 가져올 테니 가게 안에 들어와서 기다려라."

바닐은 그렇게 말하며 가게 안으로 들어갔다. 하지만 아쿠아는 계속 그에게 시비를 걸어댔다.

"감사 인사를 해!! 저 같은 졸개 악마 따위를 만나러 와주셔서 정말 감사합니다, 하고 말하란 말이야!!"

"거 더럽게 시끄럽구나! 현재 밤샘을 연달아 한 과로 점주가 가게 안쪽에서 자고 있으니 조용히 해라! 더 난리를 쳐서 이 가게의 평판을 떨어뜨릴 셈이라면, 엉덩이에 알로에가 자라는 저주를 걸어주마!!"

"어디 할 수 있으면 해봐! 너 같은 졸개 악마의 저주가 나한테 통할 것 같아? 바보 아냐? 너는 가면이 본체라고 했지? 그럼 뇌라는 물건은 어디 있는 거야?"

"후하하하하하하! 후하하하하하하하!! 역시 네 녀석과는 결판을 내야만 할 것 같구나. 좋다, 밖으로 나와라!"

"너희 둘, 마주칠 때마다 싸워야겠냐?! 그리고 위즈가 밤 샘을 연달아 했다니? 이 가게, 그 정도로 장사가 잘되는 거야?"

나는 드잡이를 시작한 두 사람을 떼어놓고 바닐에게 물었다.

"음, 웃음을 그칠 수가 없다는 건 이럴 때 쓰는 말이겠지. 상품은 만드는 대로 전부 팔려 나가고 있다. 덕분에 점주는 밥도 안 먹고 쉬지도 않으며 낮에는 가게 일, 밤에는 상품 생산을 하는 생활을 2주 동안 해오고 있지. 그리고 요즘은 별일 없는데도 웃음을 터뜨리거나 울음을 터뜨리는 등, 정서가 불안정한 모습을 보이고 있구나. 남들 앞에 나설 수 있는 상황이 아니라서 억지로 쉬게 했다."

"너, 너……."

내가 어이없어하고 있을 때, 보수가 든 자루를 들고 온 바닐이 말했다.

"이 몸은 생각해봤지. 혼자 놔두면 무조건 사고를 쳐대는 트러블 점주가 적자를 내지 않게 할 방법을 말이다. 한동안 관찰해본 결과, 그 녀석은 여유가 생기면 괜한 짓을 벌인다는 사실을 눈치챘다. 그래서 밥 먹을 틈조차 없을 정도로 24시간 중노동을 시켜봤더니 결과가 썩 만족스럽더군."

바닐은 듣는 이를 질리게 만드는 소리를 하며 나에게 자루를 건넸다.

　아무리 죽지 않는 리치라고 해도 좀 돌봐주는 편이 어떨까 하는 생각이 들었다.

　그 이전에, 누가 이 가게 주인이고 누가 점원인지 헷갈리기 시작했다.

　"그런데……."

　바닐은 다크니스를 향해 고개를 돌리더니…….

　"어이, 아까부터 한가해 보이는 너. 밤낮으로 농익은 육체의 성욕을 주체하지 못해, 처녀면서도 밤이면 밤마다—."

　"우와아아아아아아아아~!!"

　다크니스는 갑자기 고함을 지르며 바닐을 향해 돌진했다.

　바닐은 그런 다크니스를 가볍게 피하더니—.

　"……음음, 극상의 수치심이 담긴 악감정은 정말 맛있구나. ……갑옷 계집이여. 네 녀석의 얼굴에 파멸의 상이 떠올라 있구나. 네 녀석들의 곁에는 항상 짜증 날 정도로 눈부신 반짝반짝 여자가 어슬렁거려서 미래를 내다보기 힘들지. 그래도 큰돈을 벌 건수를 가지고 와준 답례 삼아 이 몸의 힘으로 미래를 점쳐주마."

　악마다운 미소를 입가에 머금으면서 그렇게 말했다.

　"저기, 그 반짝반짝 여자라는 게 설마 나야?"

　아쿠아는 바닐의 옷을 잡아당겼다.

　"……파멸의 상?"

표정을 굳힌 다크니스가 무심코 되묻는 가운데, 나는……!

"어이, 그것보다 방금 다크니스에게 하려던 말이나 계속해 보라고!"

눈가에 눈물이 맺힌 다크니스가 얼굴을 홍당무처럼 붉히고 나에게 달려들었다.

4

어금니가 흔들리는군.

"그럼 점쳐볼까. 귀족으로서의 의무감은 강하지만, 그에 걸맞은 실력이 없어서 항상 헛수고만 해대는 계집이여. 이쪽으로 와라."

"……."

다크니스는 분한지 이를 악물고 바닐의 맞은편에 앉았다.

나는 그 모습을 보며 다크니스가 울먹거리면서 휘두른 주먹이 꽂혔던 볼을 움켜잡았다.

아쿠아는 자업자득이라며 회복마법을 걸어주지 않았기에 나는 직접 프리즈를 펼쳐서 볼을 식혔다.

나중에 바닐에게 다크니스에게 하려던 말이 뭔지 물어봐야겠다.

"저기, 다크니스. 악마의 점 같은 건 한 귀로 흘려버려도 돼. 그딴 수상쩍은 것보다 존귀하기 그지없는 내가 내리는 계시가 훨씬 영험할 거야."

절대 그럴 리 없다.

"흥. 내 점을 신들이 내리는 어정쩡하고 너무 추상적이라서 멋대로 해석할 수 있는 계시 따위와 비교하지 마라. 내다보는 악마인 이 몸의 점은 점술가에게 버금가지. ……그럼 지금부터 질문을 몇 개 하겠다. 그중에는 대답하기 힘든 것도 있겠지만, 솔직하게 대답해다오."

"아, 알았다. ……하지만 왜 악마가 에리스 교도이자 성기사인 내 미래를 점쳐주겠다는 건지 도통 모르겠구나……."

"뭐, 어차피 공짜잖아. 그냥 질문에 대답해주는 게 어때?"

내가 느긋한 목소리로 그렇게 말하자 다크니스는 「그것도 그렇구나」라고 말하면서 바닐과 마주 앉았다.

"음, 준비가 된 것 같구나. 그럼 이 수정 구슬 위에 한 손을 올려라. ……좋다. 이제 기다리기만 하면 된다. 그럼 이제부터 이 몸이 하는 질문에 솔직하게 대답해라."

"으……. 아, 알았다……."

다크니스는 바닐이 시키는 대로 수정 위에 손을 얹었다.

"그럼 그대에게 묻겠다. 크루세이더에게 있어서는 방어력뿐만 아니라 공격을 버텨내기 위한 무게도 중요하다. 그런데 요즘 들어 몰래 갑옷을 경량화시키고 있는 것 같구나. 어째서지?"

바닐이 그렇게 말하자 다크니스는 뜨끔한 듯한 표정을 지었다.

"……저, 저기……. 나, 나는 공격이 서투니까, 갑옷을 가볍게 만들어서 공격의 명중률을…… 높이려고……. 노, 높이……려고……."

다크니스가 머뭇거리며 그렇게 말하자—.

"내가 솔직하게 대답하라고 했을 텐데?"

바닐이 낮은 목소리로 그렇게 중얼거렸다.

…………

"……요즘 들어 복근이 더 탄탄해져서, 갑옷을 가볍게…… 만들었습니다……."

다크니스는 부끄러운지 고개를 숙이고 기어들어 가는 목소리로 대답했다.

……복근이 더 탄탄해진 거냐.

…………너도 그런 걸 신경 쓰는구나.

바닐은 그 말을 듣더니 만족스럽다는 듯 고개를 끄덕였다.

"음. ……그럼 그대에게 묻겠다. 욕실 세탁물 바구니에 들어 있던 동료 마법사의 원피스. 거울 앞에서 그것을 몰래 자신의 몸에 대보며 기쁜 목소리로 「음, 역시 어울리지 않는구나……」라고 중얼거린 건 어째서지? 게다가 자기 입으로 어울리지 않는다고 했으면서 평소 잘 웃지 않던 그대가 고개를 갸웃거리며 방긋 웃은 건 어째서지? 또 볼을 붉히고 주위를 둘러본 후, 허둥지둥 원피스를 세탁물 바구니에 넣은 건 어째서지?"

내다보는 악마님은 완전 최강이시네요.

바닐 님이 모르는 건 대체 뭐죠.

"……귀, 귀귀, 귀여운 옷은 어울리지 않아서, 사는 것도, 남이 사주는 것도 부끄러워 지금까지는 아예 쳐다보지도 않았지만……. 그 옷이 문득 눈에 들어온 순간, 한번 시험해보자는 마음이 생겨서……. 저, 저 같은 우락부락한 여자의 몸에 한번 대봤습니다. 잘못했어요……. 저, 정말 잘못했어요……."

다크니스는 새빨개진 얼굴을 손으로 가리더니 떨리는 목소리로 사과했다.

메구밍의 옷이 자신에게 어울리나 싶어 몸에 한번 대봤을 뿐인데 저렇게 사과할 필요는 없지 않을까. 다크니스는 방금 그 말을 하면서 상당한 대미지를 입었는지 마음의 내구력이 한없이 제로에 가까워졌다.

"다, 다크니스한테는 귀여운 원피스도 어울릴 거야! 다크니스는 항상 세련되거나 어른스러운 옷만 입잖아! 상류층 아가씨 느낌의 드레스도 입으니까, 귀여운 원피스도 분명 어울릴 거라구! 다크니스가 몰래 귀여운 옷을 몸에 대보는 게 뭐가 잘못됐는데!"

아쿠아는 주먹을 말아 쥐더니 나쁜 뜻이라고는 전혀 없는 목소리로 다크니스를 격려했다.

그것이 결정타가 된 것인지 귀까지 새빨개진 다크니스는 테이블에 엎드린 채 꼼짝도 하지 않았다.

바닐은 그런 다크니스를 보더니 만족스럽다는 듯 고개를 끄덕였다.

그리고—.

"그럼 마지막으로 하나만 더 묻겠다. 동거인인 저 남자가 엉큼한 눈길로 자신을 쳐다보고 있다는 걸 알면서도, 저택 안에서 몸매가 확연하게 드러나는 옷을 입고 돌아다니는 건—."

"이, 이게 진짜로 점과 관련이 있는 것이냐?!"

다크니스는 금방이라도 울음을 터뜨릴 듯한 얼굴로 테이블을 두들기며 벌떡 일어섰다.

바닐은 「뭐?」라고 말하듯 고개를 갸웃거리며 입을 열었다.

"이 몸이 질문에 답하지 않으면 점을 칠 수 없다고 말한 적은 없을 텐데? 그저 질문에 대답해달라고만 했다. 점 자체는 수정 구슬에 손을 올리면 되지. 이 몸이 그대에게 질문을 한 것은 점의 결과가 나올 때까지 심심풀이 삼아서……. 어, 어이, 하지 마라! 너희는 왜 사사건건 이 몸의 가면을 노리는 것이냐! 울먹거리면서 이 몸의 가면을 벗기려고 하지 말란 말이다!"

—장난감 취급을 당한 것이 분한 다크니스가 수정 구슬

에 손을 얹은 채 아까부터 고개를 돌리고 있는 가운데, 바닐은 수정 구슬을 쳐다보면서 말을 이었다.

"……호오, 이런 이런. 음, 역시 파멸의 상이 떠올라 있구나. 네 녀석의 가문, 그리고 부친에게 큰일이 닥칠 것이다. 그리고 그다지 머리가 좋지 않은 네 녀석은 자신을 희생하면 전부 해결될 거라면서 충동적인 행동을 취하겠지. 네 녀석이 그런 행동을 취한들 그 누구도 기뻐하지 않는다. 부친은 후회와 원통함에 사로잡힌 채, 여생을 살 거다. 그걸 피할 방법은……."

바닐이 그렇게 말하자 다크니스는 진지하기 그지없는 표정을 지었다.

"……음, 네 녀석의 힘으로는 어찌할 수가 없구나. 만약 그때가 찾아온다면 차라리 모든 것을 버리고 도망치는 편이 좋겠지. 『세게 밀어붙이기만 하면 다크니스와 확 해버릴 수 있을 것 같은데?』라고 생각하면서도 선을 넘을 용기가 없는데다, 지금의 관계가 부서지는 게 무서운 저 소인배 남자와 머나먼 곳에서 다시 시작하는 거다."

"그만해. 진짜로 그만하라고. 네가 입을 열 때마다 나에 대한 파티 멤버들의 신뢰가 바닥으로 치닫고 있단 말이야."

다크니스는 아무 말 없이 몸을 일으켰다.

나는 무심코 화들짝 놀랐지만 아무래도 화가 난 것 같지는 않았다.

당연했다. 세계 밀어붙이면 할 수도 있지 않을까, 하고 생각했을 뿐 나는 아무 짓도 하지 않았던 것이다.

"……바닐. 점을 쳐줘서 고맙다. 하지만 그 어떤 사태가 벌어져도, 나는 도망칠 수 없다. ……뭐, 반쯤 농담 정도로 들어두겠다. 카즈마. 거금이 들어왔으니 한동안은 퀘스트를 안 할 거지? 방금 들은 점괘가 신경 쓰이는 것은 아니지만, 오랜만에 본가에 가서 아버지의 얼굴을 보고 오겠다."

다크니스는 그렇게 말하며 가게를 나섰다.

5

"어이, 졸개 악마. 너, 좀 더 구체적으로 말해줄 수는 없는 거야? 아까 신들의 계시가 추상적이니 뭐니 하고 떠들어댔잖아. 그리고 나도 점쳐봐. 일단 곧 태어날 나의 젤 킹이 어떤 드래곤인지 알고 싶네. 그리고 드래곤족을 이끌 정도의 그릇인지도 궁금해. 아, 그리고 말이야. 젤 킹을 사느라 전 재산을 날려버렸으니까, 편하게 돈을 벌 수 있는 방법이 있으면 그것도 가르쳐줘. 너는 뭐든 내다볼 수 있다면서?"

다크니스가 가게를 나선 후 아쿠아는 그런 소리를 했다.

바닐은 진심으로 지긋지긋하다는 듯 입가를 일그러뜨리면서 말했다.

"이렇게 속물 같은 여신은 처음 보는구나. 편하게 돈을 벌

수 있는 방법이 있다면, 이 가게의 산업 폐기물 점주에게 가르쳐줘서 이 몸의 던전을 건설할 자금을 벌게 했을 거다. 이 몸이 내다보는 것은 대상자가 과거에 했던 일, 그리고 대상자가 이제부터 할 일이다. 애초에 이런 능력을 사용해 자신의 욕심을 채우려고 한다면 그 끝은 좋지 않지. ……네 녀석은 그런 것도 모르는 건가. 그러고도 진짜로 여신이냐?"

아쿠아는 바닐의 말을 듣더니 코웃음을 쳤다.

"역시 악마는 변변찮은 존재구나. 완전 과대 포장 됐잖아. 흥, 정말 쓸모없네. 카즈마, 이제 돌아가자. 빨리 돌아가서 젤 킹의 부화에 힘쓸래. 빨리 그 애를 부화시켜서 이 악마를 그 애의 양분으로 삼을 거야."

"……어이쿠, 점의 결과가 나왔다. 그 젤 킹이라는 녀석의 이름을 양념구이로 바꾸는 편이 좋을 것 같구나. 그러면 저녁 식사 때라도 동료들에게 사랑받겠지."

바닐과 아쿠아는 웃음을 흘리며 자리에서 일어났다.

"어머 어머, 무슨 말도 안 되는 소리를 하는 거야. 알에서 태어나는 건 드래곤이거든? 비싼 돈을 주고 샀단 말이야. 그런 드래곤에게 왜 그렇게 맛있는 이름을 붙여야 하는 건데?"

"내다보는 악마, 바닐의 이름을 걸고 선언하지. 눈이 옹이

구멍이나 다름없는 여신이 사들인 그 알에서는 육질이 끝내 주는 닭이 태어날 것이다…….”

나는 서로를 노려보는 두 사람을 내버려 두고 방금 받은 보수를 소중히 챙기며 자리에서 일어났다.

이 돈은 도둑맞거나 잃어버리지 않도록 은행에 저금해둘 것이다.

거금이 생겨서 기분이 좋아진 나는, 여전히 불꽃 튀는 눈 싸움을 벌이는 두 사람을 내버려 둔 채 그대로 가게를―.

“기다려라. 거금이 생겼으니 오늘 밤에는 저번의 그 가게 에 예약을 해두고 외박을 해야겠다며 들떠 있는 꼬맹이.”

……나가려고 한 순간, 바닐이 나를 불렀다.

그리고 남의 오늘 밤 스케줄을 내다보지 말라고…….

“이 몸이 이 가게에서 너희와 처음 만났을 때, 네놈에게 했던 말을 기억하느냐?”

“……뭐? 그때 무슨 말 했었어?”

그런 옛날 일이 이제 와서 생각날 리가 없는데 말이다.

“이 몸께서 모처럼 해준 조언을 잊은 것이냐. 기억력이 이 여신과 동급인 꼬맹이야. ……어쩔 수 없지. 멋진 조언을 다 시 한번 해주마. 그대, 방금 받은 보수에 만족하지 말고 새 로운 상품을 잔뜩 만들어두도록. 이제 평생 돈 걱정을 하지 않을 거라고 생각하지 마라. 아까 나간 크루세이더 계집에 게 나는 이렇게 말했다. 네 녀석의 힘으로는 어찌할 수가 없

다고 말이다. ……하지만 네가 노력한다면 어찌할 수 있을지
도 모른다."

"나도 조언 하나 해줄게. 그대가 필사적으로 번 거금을 위
즈가 쓸데없는 데다 전부 써버리는 바람에, 한동안 허탈감
에 사로잡혀 지낼 것이로다. ……어때? 어때? 내다보는 아
쿠아가 너의 미래 예상도를 그려줬어."

""………….""

─포션이 깨지는 소리와 두 사람의 고함 소리, 그리고 파
괴음이 울려 퍼지는 위즈의 가게에서 나와 저택으로 향하면
서…….

나는 가게에서 나오기 직전, 바닐에게 들었던 말을 떠올
렸다.

바닐의 이야기에 따르면 다크니스의 가문과 다크니스의
아버지에게 불행이 찾아올 것이다.

다크니스는 자신을 희생시킴으로써 충동적으로 그것을
해결하려 한다.

그리고 그 문제를 해결할 수 있을지 없을지는 나에게 달
려 있는 것이다.

그러니 신상품을 더욱 개발해두라고 바닐은 말했다.

……그게 대체 무슨 소리야?

그 일은 바닐의 점괘가 머릿속에서 거의 잊혔을 즈음에 일어났다.

노크도 없이, 느닷없이 현관문이 활짝 열렸다.

그리고 집사복을 입은 무표정한 남자가 허락도 없이 저택에 들어왔다.

"이런 시간, 그것도 식사 중에 실례를 범해 죄송합니다. 실은 더스티네스 경에게 급한 볼일이 있어 이렇게 찾아뵀었습니다……. 잠시 시간을 내주시겠습니까?"

남자는 자신의 이름도 밝히지 않으며 무례하게 용건만 늘어놓더니 식사를 하고 있는 우리를 차가운 눈길로 쳐다보았다.

다크니스는 약간 울컥한 표정을 짓더니 포크로 채소를 찍은 채 말했다.

"나를 더스티네스 경이라고 부르는 걸 보면, 귀족의 심부름꾼인가 보구나. ……일단 그 볼일이라는 걸 들어볼까. 무슨 일이지?"

다크니스가 언짢은 목소리로 그렇게 말하자 남자는 낮은 목소리로 대답했다.

"더스티네스 경에게 볼일이 있는 분은 저의 주인이신 알렉세이 반스 알다프 님이십니다. 그리고 이딴 장소에서 나눌

만한 이야기는 아닌지라 밖에 마차를 준비해뒀으니, 제 주인님의 저택으로 와주시죠. 자, 따라오십시오."

남의 자랑스러운 저택을 이딴 장소라고 말한 이 남자는 태연한 태도로 밖을 가리켰다.

남자가 그런 태도를 취하자 다크니스가 쥔 포크가 우직하는 소리를 내면서 휘어졌다.

이 성미 급한 아가씨가 무시무시한 소리를 하며 저 남자에게 달려들지는 않을까 걱정했지만, 다크니스는 휘어진 포크를 테이블 위에 내려놓더니—.

"……잠시 나갔다 오겠다. 내가 늦은 시간까지 돌아오지 않는다면 현관문을 잠가도 된다. ……그럼 다녀오지."

—그렇게 말하고 당황한 우리를 내버려 둔 채 그 남자를 따라 이 집을 나섰다.

"……대체 무슨 일일까요?"

"알다프라고 했지? 알다프라면 일전의 그 영주 아저씨잖아. 잘은 모르겠지만, 또 이상한 일에 휘말린 거 아냐?"

표정을 굳힌 우리는 걱정에 사로잡힌 채 입을 다물었다.

"다크니스가 외출했으니까, 남은 햄버그는 내가 먹어도 되지? 저기, 메구밍. 오늘은 메구밍이 먹여줘. 카즈마는 남한테 음식 먹여주는 게 서툴러. 어제는 스튜가 담긴 수저를 내 코에 집어넣으려고 했다니깐."

오늘도 알을 품고 있는, 지독하게 분위기 파악 못 하는 한 사람을 빼고 말이다.

—그리고, 다음 날 아침.

"여름이 되었는데도 너는 털갈이를 하지 않는구나. 여전히 고양이 같지 않은 녀석이라니깐. ……저기, 뭘 어떻게 하면 네가 원래 모습으로 돌아가는 거야? 너, 그거지? 이 새끼 고양이 같은 겉모습은 너의 진짜 모습이 아니지? 실은 말끝마다 『냐옹~』을 붙이는 고양이 귀 미소녀 맞지?"

거실 창가에서 따뜻한 햇살을 받으며 하품을 한 나는 아까부터 촘스케의 털을 빗겨주면서 계속 말을 걸고 있었다.

예전부터 이 녀석에게 계속 말을 걸어봤지만 아직 한 번도 대답다운 대답을 듣지 못했다.

이 녀석은 때때로 사람 말을 알아듣는 반응을 보이지만 아직 정체를 드러내지 않았다.

평범한 고양이가 아니라는 사실은 이미 알고 있다.

그리고 이게 만화 같은 상황이라면 분명 이 녀석은 미소녀로 변신할 텐데…….

"미리 말해두겠는데, 나는 네가 미소녀기만 하면 정체가 뭐든 싫어하지 않을 거고, 절대 포기하지도 않을 거야. 추운 날에 멋대로 내 이불 안에 들어온 네가 아침에 일어나보니 미소녀로 변해서 옆에 누워 있더라도, 나는 허둥대거나 당황하지 않을 거라고. 물론 네 정체가 뭐든 간에 이 저택에 계속 있어도 되니 안심해. 그뿐만 아니라 매일같이 맛있는 생선을 구워줄게."

생선이라는 단어를 듣더니 기분 좋은 듯 빗질을 받고 있던 촘스케가 코를 킁킁거리며 고개를 들었다.

"아, 생선이라는 말에 반응한 거냐, 이 식탐 환자야. 촘스케, 잘 들으라고. 네가 인간 모습이 되면 당연히 몸도 커질 테고, 생선도 잔뜩 먹을 수 있어. 이해했어?"

"냐옹~."

촘스케는 대답을 하듯 울음소리를 낸 후, 빗질을 더 해달라는 듯 브러시를 쥔 내 손에 이마를 비볐다.

"좋아, 좋아. 정말 귀여운 녀석이라니깐. 만약 인간 모습이 되더라도 계속 이런 애로 있어줘. 다른 녀석들처럼 유감 히로인이 되지는 마. 네가 착하게 지내면 곧 태어날 예정인 닭을 맛보게 해줄게."

내가 그렇게 말하면서 빗질을 다시 시작한 순간, 느닷없이 현관문이 열렸다.

"카즈마! 현상금이 걸린 몬스터를 사냥하자!!"

어젯밤에 집에 돌아오지 않아서 우리를 마구 걱정시켰던 유감천만 히로인이 아침 일찍 돌아오자마자 바보 같은 소리를 해댔다.

"……외박하고 아침에 돌아온 녀석이 느닷없이 무슨 소리를 하는 거야? 네가 어디 사는 누구와 러브러브를 하더라도 나와는 상관없지만, 일단 시집도 안 간 상류층 아가씨니까 방탕한 짓은 작작 좀 하라고."

"바보! 나는 방탕한 짓을 한 적이 없다! 밤늦게 돌아오면 너희에게 폐가 될 거라 생각해, 어제는 본가에서 잤을 뿐이란 말이다! 그것보다!!"

다크니스는 융단 위에 앉아 있는 나에게 다가오더니 종이 한 장을 내밀었다.

"자, 이걸 봐라!"

"……현상금 몬스터 『카오룽즈 히드라』? ……야마타노오로치[2]와 비슷하게 생긴 이 괴물은 대체 뭐야?"

다크니스가 보여준 종이에는 카오룽즈 히드라라는 몬스터의 일러스트와 습성, 그리고 상세한 설명이 적혀 있었다.

내가 인상을 구기면서 그것을 받아 들자 다크니스는 「야마타노오로치?」라고 말하면서 고개를 갸웃거린 후 말을 이었다.

"카오룽즈 히드라. 그건 액셀 근처에 있는 산에 살며, 평소에는 깊은 잠에 빠져 있는 거물 현상금 몬스터다. 이 녀석은 몸속에 축적된 마력을 다 쓰면 호수 밑바닥에서 잠이 든 후, 주변의 대지에서 마력을 흡수하지. 잠이 든 거대한 히드라가 다시 마력을 축적하는 데는 10년 정도 걸린다. 그리고

#2 야마타노오로치(八岐大蛇) 일본 신화에 나오는 머리가 여덟 개인 괴물.

지금으로부터 약 10년 전에 그 히드라가 잠이 들었지."

즉, 슬슬 눈을 뜰 때라는 건가?

이 종이에 적혀 있는 내용을 보니 그 히드라는 엄청 큰 것 같았다.

몸집이 그야말로 일반 가옥만 했다.

그리고 무시무시했다.

이름과 겉모습으로 볼 때 게임에 나오는 최종 보스급이었다.

"아무리 이른 아침이라 잠이 덜 깼다고 해도, 이런 걸 사냥하자는 소리를 하지는 말라고. 그것보다 어제 그 집사는 무슨 일로 왔던 거야? 메구밍이 엄청 걱정했다고. 다크니스는 세상 물정 모르니까 이상한 귀족을 넙죽넙죽 따라갔다가 이상한 짓을 당할지도 모른다면서 말이야."

"어제 일은……! 그, 그건 너희와 상관없는 일이다. 귀족간의 일이니 휘말리고 싶지 않으면 고개를 들이밀지 마라. 그것보다, 메구밍은 어디 있지? 메구밍이라면 이 이야기에 관심을 보일 텐데?!"

"메구밍이라면 아쿠아와 함께 외출했어. 곧 태어날 드래곤에게 채울 멋진 목줄이 필요하다더라고."

"……그러고 보니 아쿠아가 나한테 드래곤이 살 외양간을 짓는 걸 도와달라고 했었지. 하지만 그 알은, 아무리 봐도……."

복잡한 표정을 지은 다크니스가 말끝을 흐리자─

"달걀이 틀림없어. ……아무튼, 나는 그런 걸 사냥하러 안 갈 거야. 갈 거면 메구밍, 아쿠아와 셋이서 가. 평소처럼 애걸복걸하며 부탁하더라도 나는 절대 안 갈 거라고."

"내가 언제 애걸복걸하며 부탁했다는 것이냐! ……실은 얼마 전부터 호수의 상태가 이상하다는 보고를 받았다. 호수 주변의 메마른 땅에 잡초가 자라기 시작했다더군. 이건 히드라가 대지에서 더 이상 마력을 빨아들이지 않는다는 신호다. 즉, 눈을 뜰 징조인 거지."

다크니스는 말을 멈추더니 연기하는 어조로 말했다.

"……카즈마, 잘 들어라. 이 마을을 구할 수 있는 건 마왕군 간부조차도 쓰러뜨린 우리 파티뿐이다! 너도 이 마을의 모험가라면, 이 땅을 지키고 싶다는 생각을 지니고 있을 테지? ……수많은 마왕군 간부를 쓰러뜨린 용사, 사토 카즈마! 자, 지금이 바로 네가 나설 때다!!"

주먹을 말아 쥔 다크니스가 눈을 반짝이며 그렇게 외치자 나는 훗 하고 코웃음을 쳤다.

"너, 내가 용사라는 말을 듣고 휙휙 나서는 바보라고 생각하는 거냐? 이제 그만 나란 녀석을 파악하라고. 뭐랄까, 내가 의욕을 내게 만들 미끼는 없는 거야? 참고로 말하지만 돈으로는 안 돼. 나는 이미 부자거든. 자, 다른 것도 있잖아? 응?"

다크니스는 내 말을 듣더니 고개를 숙였다.

이윽고 그녀는 볼을 살짝 붉히더니 주먹을 쥐며 말했다.

"……아, 알았다……. 카오룽즈 히드라를 쓰러뜨린다면, 상으로서…… 그, 그러니까…… 네, 네 볼에 키스를……."

"너, 바보지? 애도 아니고, 키스 같은 걸로 목숨을 걸 수 있을 것 같아?"

"윽?!"

상당한 각오 끝에 한 제안을 내가 아무렇지도 않게 거절한 것이 충격이었는지 다크니스는 깜짝 놀란 표정을 지었다.

"그리고 네 키스에 그 정도 가치가 있을 거라고 생각하는 거 자체가 짜증 난다고. 너는 너 자신에게 그 정도 가치가 있다고 생각하는 거야? 왕도에서 귀족들에게 좀 떠받들어 졌다고 요즘 들어 기세가 너무 등등한 거 아냐?"

"너, 너너, 너 이 자식……!"

다크니스가 부들부들 떨기 시작하자 나는 무릎 위에 있는 촘스케를 안아 들었다. 그리고 촘스케의 얼굴을 뚫어져라 쳐다보며 말했다.

"어이, 촘스케. 이 언니는 자신이 키스를 한 번 해준다고 하면 남자가 목숨을 걸 거라고 진심으로 생각하는 것 같거든? 자기 자신을 얼마나 높게 평가하는 걸까? 하아, 네 생각에도 다른 방식으로 접근해야 할 것 같지?"

"냐옹~."

촘스케는 내 말에 대답하듯 냐옹 하고 울었다.

"어, 그래그래. 너도 나와 같은 생각이구나. 그렇지? 다른 상을 걸어야겠지?"

"이 자식, 정말 멋대로 지껄여대는구나! 확 죽여버릴 테니 빨리 고양이를 내려놔라!"

눈에 핏발이 선 다크니스가 주먹을 말아 쥐었다. 하지만 나는 춈스케가 지닌 부드러운 털의 감촉을 즐기면서 여유를 부렸다.

"어라? 뭐야. 또 바보처럼 완력으로 나를 위협하려는 거야? 나한테는 『바인드』라는 스킬이 있다고. 그걸 사용하면 너를 순식간에 꼼짝 못 하게 할 수 있거든? 혹시 또 간지럼 지옥을 맛보고 싶은 거야? 그래도 괜찮다면 어디 덤벼보시지!"

내가 자신만만한 미소를 지으며 그렇게 말하자 다크니스는 어찌 된 영문인지 얼굴을 붉혔다.

"……바인드. 그러고 보니 어느새 그런 스킬도 터득했었지. 조, 좋다. 그럼 승부를 하자. 나를 꼼짝 못 하게 만든다면 어제처럼 마음대로 괴롭혀도 된다. 하지만 나는 바인드로 묶인다고 해서 너에게 굴복하지 않는다!"

"너 지금 좀 기뻐하는 것 같거든?! 그리고 내가 갈 필요도 없잖아. 갈 거면 메구밍만 데리고 가. 멀찍이서 메구밍이 마법을 쓰면 한 방으로 해결될걸? 그렇게 했는데도 쓰러뜨리지 못한다면 도망치면 되잖아. 그리고 히드라는 드래곤의 아종 아냐? 분명 비늘도 단단할 테니 완력이 약한 내가 할 수 있는 건……."

내가 거기까지 말했을 때였다.

화를 내지도, 달려들지도 않았다.

다크니스가 풀이 죽은 표정으로 갑자기 입을 다물자 나는 말문이 막혔다.

……그렇게 그 몬스터를 쓰러뜨리고 싶은 걸까.

"저, 저기…… 정말, 안 되겠느냐?"

다크니스는 나를 향해 몸을 굽히더니 희미하게 눈물이 어린 눈길로 응시하며 말했다.

……눈물 작전이라, 이 녀석도 꽤 하잖아!

7

—액셀 마을에서 남쪽을 향해 한나절 정도 나아가면 조그마한 산이 있다.

그리고 그 산의 기슭에 도착한 우리 앞에는 탁한 녹색을 띤 호수가 펼쳐져 있었다.

"저기, 만에 하나 우리가 히드라를 쓰러뜨리지 못하면 어떻게 되는 거야? 최악의 경우, 지금은 얌전히 있는 몬스터가 우리 공격 때문에 분노해서 날뛰기 시작하는 거 아냐?"

"싫어~! 싫어어어어어~!!"

다크니스가 내 질문에 대답했다.

"그런 걱정을 할 필요는 없다. 지금까지는 대군으로 카오룽즈 히드라를 포위하고 날뛰게 해서 마력을 소모시킨 후, 마력이 다 떨어진 히드라를 다시 잠들게 하는 식으로 대처해왔다. 당연히 이번 주기에 맞춰 곧 왕도에서 기사단이 파견될 거다."

"히드라 따위 싫어어어어어어! 다크니스는 왜 현상금 몬스터 같은 걸 사냥하려는 거야? 카즈마가 때때로 말했던 것처럼, 진짜 가난뱅이 귀족인 거야? 집에 돌아가면 내 저금통의 배를 갈라서 돈 빌려줄 테니까, 돌아가자아아아아아아아!"

오호라. 우리가 실패하더라도 기사단이라는 보험이 존재하는 건가.

"하지만 기사단이 도착하기 전에 히드라가 깨어나고 만 거네. 그리고 기사단은 히드라를 재울 수는 있지만, 해치울 수는 없지. 그래서는 이 문제를 근본적으로 해결할 수 없으니, 수많은 강적을 해치운 나에게 기댄 거구나."

"돌아갈래! 부탁이야! 그냥 돌아가자! 응?! 왠지 엄청 불길한 예감이 든단 말이야!"

기사단이 온다면 그때 같이 가서 쓰러뜨리면 될 것 같은데, 다크니스는 왜 이렇게 히드라를 서둘러 퇴치하려고 하는 걸까?

한편, 기합이 잔뜩 들어간 메구밍은 쓰고 있던 안대를 벗으면서 웃었다.

"후하하하하. 이번에는 저한테 맡겨주세요! 히드라는 아종이라고는 해도 하급 드래곤이죠! 그 녀석을 쓰러뜨린다면 당당하게 드래곤 슬레이어를 자칭할 수 있어요! 실은 일전에 드래곤 슬레이어라는 칭호가 가지고 싶어서 아종 드래곤인 와이번을 폭렬마법으로 해치운 적이 있어요. 하지만 제가 쓰러뜨린 게 새끼 와이번이라서 토벌 몬스터로 인정해주지 않더라고요. 이번에야말로 『드래곤 슬레이어』라는 칭호를 손에 넣겠어요!!"

"젤 킹이 태어나면 드래곤을 우리 집에서 키우게 되는데, 왜 그런 무시무시한 칭호를 가지고 싶어 하는 거야?! 저기, 메구밍. 관두자! 젤 킹도 드래곤 슬레이어를 등에 태우고 싶지는 않을 거야! 부탁이야! 나를 그냥 보내줘!"

나는 메구밍의 믿음직한 말을 듣고 고개를 끄덕인 후, 다시 호수 한가운데를 쳐다보았다.

"좋아. 그럼 우선……."

"빨리 돌아가서 젤 킹이 탄생하는 순간을 지켜봐야 하는데! 와아아아아아아아~!!"

"아까부터 더럽게 시끄럽네! 병아리는 태어나는 데 20일 이상 걸리니까 아직 괜찮아! 그리고 이제 그만 포기해! 히드라를 깨울 사람은 너밖에 없다고!"

결국 인내심이 바닥나고 만 나는 아까부터 계속 떠들어대고 있는 아쿠아를 향해 고함을 질렀다.

"왜 드래곤의 알에서 병아리가 태어난다는 거야?! 그리고 왜 그런 데다 소중한 젤 킹을 맡겨야만 하는 거냐구!"

현재 아쿠아가 산 그 알은 위즈의 가게에 맡겨졌다.

"알의 부화 같은 바보 같은 짓을 부탁할 데가 거기밖에 없으니 어쩔 수 없잖아. 아는 모험가한테 부탁했다간 아마 확 먹어버릴 거야."

하지만 위즈가 알을 맡으면서 군침을 삼킨 게 신경이 쓰였다.

"하지만 리치와 악마가 곧 태어날 젤 킹에게 이상한 영향을 주지는 않을지 걱정된단 말이야! 드래곤의 알은 말이지! 부모 드래곤이 소중히 안고 있는 기간이 길수록 강한 마력을 가지거나, 부모의 속성을 이어받아! 나는 그 애가 신성한 화이트 드래곤으로 태어났으면 하는데, 어둠 파워의 영향을 받아서 블랙 드래곤으로 태어나면 어쩔 거냐구!"

"어차피 그렇게 태어나 봤자 시꺼먼 색깔의 병아리일 뿐이잖아. 그렇게 신경 쓰인다면 빨리 히드라를 해치우고 돌아가자. 메구밍의 마법으로 해치울 수 없다면, 더는 손쓸 방법이 없어. 그럼 후딱 도망치자고."

내 말에 납득한 아쿠아가 입을 다문 가운데, 다크니스는 대검을 뽑아 들었다.

"좋다. 준비는 됐겠지? 아쿠아, 시작해라!"

작전은 매우 단순했다.

수중 서식형 몬스터는 깨끗한 물을 싫어한다.

그래서 아쿠아가 지닌 평소 아무짝에도 쓸모없는 묘한 체질을 써먹기로 한 것이다.

"어쩔 수 없네. 뭐, 나도 물을 깨끗하게 만드는 일에 불만이 있는 건 아냐. 좋아, 그럼 갔다 올게! 메구밍의 마법으로도 해치우지 못하면 바로 도망칠 거야! 알았지?!"

아쿠아는 그렇게 말한 직후, 주저 없이 탁한 호수에 뛰어들었다.

그리고 그대로 헤엄쳐서 나아가더니 물을 퍼서 주위에 뿌리거나, 첨벙첨벙 물장구를 쳤다.

메구밍은 멀찍이서 그 광경을 보며 중얼거렸다.

"……지금 아쿠아는 정화 작업을 하고 있는 거죠? 덥다고 물놀이를 하고 있는 게 아니죠?"

확실히 정신 나간 애가 혼자서 물놀이를 하고 있는 것처럼 보이지만 그래도 이것은 엄연히 토벌 작업의 일환이다.

우리가 계속 쳐다보고 있는 가운데, 넓은 호수를 정화하는 작업에 질린 아쿠아는 눈을 감고 수면에 둥둥 떠다니기 시작했다.

"……어이, 카즈마. 아쿠아가 거액의 현상금이 걸린 몬스터가 잠든 곳 위에서 낮잠을 자기 시작했다. 저대로 둬도 괜찮겠느냐? 그리고 전부터 궁금했던 거다만, 왜 아쿠아의 몸에 닿은 물은 전부 정화되는 것이냐?"

"실은 저도 그게 신경 쓰였어요. 아쿠아의 장기 같은 건가 싶어서 별말은 하지 않았지만요."

"본인 말에 따르면 물의 여신이기 때문이래."

일단 진실을 말해봤지만 아니나 다를까 두 사람은 그 말을 전혀 믿지 않으며 그냥 흘려들었다.

그러는 사이에도 물의 여신께서는 바람에 밀려 호수의 중심까지 떠내려갔다.

떠내려가지 않도록 끈으로 묶어둘 걸 그랬다는 생각이 들었지만 이미 늦었다.

그 어이없는 광경을 보고 긴장감을 잃은 우리가 하품을 한 바로 그때였다.

수면에 작은 물결이 생겨난 순간, 고개를 꾸벅거리고 있던 메구밍이 눈을 치켜떴다.

"이건……! 왔어요, 왔다고요! 엄청난 마력이 팍팍 느껴져요! 이 마력은 호수 밑바닥에서 흘러나오고 있어요!"

메구밍이 긴박한 목소리로 그렇게 말한 순간, 여전히 졸고 있는 아쿠아의 아래쪽에 거대한 그림자가 생겨났다.

엄청 거대한 무언가가 떠오르고 있는 것 같았다.

"아쿠아~! 너, 언제까지 퍼질러 자고 있을 거야! 일어나! 네 바로 밑에 있다고! 네가 거기 떠 있으면 메구밍이 마법을 쏠 수 없어!"

내 고함을 듣고 눈을 뜬 아쿠아는 물 위에서 선헤엄을 치며 하품을 하더니 주위를 둘러보았다.

그리고 그제야 상황을 파악한 그녀는 허둥지둥 우리가 있는 곳을 향해 헤엄치기 시작했다.

"어이, 종이에 적혀 있던 내용보다 더 크잖아! 뭐가 일반 가옥만 하다는 거야! 저 정도면 우리 저택보다도 큰 거 아냐?!"

호수에 생겨난 거대한 그림자를 본 순간, 다크니스와 메구밍의 표정이 딱딱하게 굳었다.

일반 가옥 사이즈라면 메구밍의 마법으로 해치울 수 있을 거라고 생각했다.

하지만 이렇게 크다면 일격에 몸 전체를 날려버리는 것은 무리다.

"카, 카즈마 씨~! 카즈마 씨~! 엄청 커다란 게 저를 쫓아오는데요~!"

거대한 그림자가 이윽고 모습을 드러내더니 물밑에 존재하는 여덟 개의 머리가 확연하게 보였다.

그 모든 머리가 아쿠아를 주시하며 점점 그녀에게 다가가고 있었다……!

"나타났다! 메구밍은 마법을 준비해! 다크니스, 너는 만일의 사태에 대비해 메구밍의 앞에 서서 방패막이가 돼! 나는 뒤쪽으로 물러나 퇴로를 확보하겠어!"

"방패막이 역할은 나에게 맡겨라! 하지만 다른 몬스터가 있는 것도 아니니까 퇴로를 확보할 필요는 없지 않느냐!!"

"예예예, 예상했던 것보다 다소 크기는 하지만, 저, 저의 폭렬마법이면 일격에 날려버릴 수 있어요! 이 호수의 생태계를 완전히 파괴해버리겠어요!"

"생태계 같은 건 어찌 되든 상관없으니까 서둘러~! 서두르라구~!"

우리가 완전히 혼란에 빠진 가운데, 그것은 모습을 전부 드러냈다.

아아…….

나는 요즘 하는 일마다 뜻대로 잘 풀린 탓에 현상금 몬스터를 얕봤다.

여덟 개나 되는 거대한 머리가 물살을 가르며 천천히 모습을 드러냈다.

"——! ——!!!!!"

말로 형용할 수 없는 히드라의 포효가 공기를 뒤흔들었다.

호수 밖으로 절반 정도 드러난 히드라의 등은 그야말로 조그마한 섬 같았다.

나는 하늘 높이 치켜든 히드라의 목을 쳐다보고 망연자실한 목소리로 중얼거렸다.

"이건, 무리야."

제2장 이 호수의 주인에게 영원한 잠을!

1

"오오, 카즈마. 죽어버리다니, 한심하구나!"

그곳은 이미 익숙해질 대로 익숙해진 새하얀 방이었다.

나는 눈을 뜬 후, 장난기 어린 목소리로 그런 소리를 하는 에리스와 시선을 마주했다.

이 사람도 보기보다 장난기가 많은 것 같았다.

그리고 일본에 대해서도 잘 아는 것 같았다.

"……에리스 님, 기분이 좋아 보이네요."

"죄송해요. 유명한 대사라서 한번 말해보고 싶었어요."

에리스는 장난기가 듬뿍 섞인 목소리로 그렇게 말하고 눈을 가늘게 떴다.

엄청난 미모를 자랑하는 여신이 이렇게 귀여운 반응을 보이자 내 가슴은 두근거렸다.

이 진짜배기 여신님은 난처한 표정을 지으며 볼을 붉적였다.

"그건 그렇고, 카즈마 씨는 여기에 와도 동요하지 않는군요. ……으음, 다른 분들은 무사하답니다. 지금은 히드라에게서 벗어난 후, 안전한 곳에 계세요. 카즈마 씨의 몸도 다크니스가 히드라에게 일부러 삼켜지기까지 하면서 겨우겨우 회수했죠."

역시 진짜배기 여신님이다.

내가 동료들에 관해 묻기도 전에 먼저 안부를 말해줬다.

"일부러 삼켜지다니…… 그 녀석도 무모한 짓을 벌이네."

내가 죽기 전의 일이다. 우리가 히드라에게 쫓기는 아쿠아를 겨우겨우 회수한 후, 메구밍은 폭렬마법을 날렸다.

거기까지는 괜찮았지만―.

"그런데 그건 대체 뭐죠? 완전 반칙이잖아요. 박살 난 머리가 다시 자라났다고요. 그딴 녀석을 어떻게 해치우냐고요."

나는 무심코 에리스에게 불평을 늘어놓았다.

그렇다. 폭렬마법을 날린 것까지는 좋았다.

하지만 머리 몇 개를 잃어버린 히드라는 마력을 사용해 머리를 재생하기 시작했다.

그 후, 마치 아무 일도 없었다는 듯 활동을 재개한 것이다.

그리고…….

"히드라에게 먹힌 제 몸은 어떻게 됐어요? 손상이 너무 심하면 소생시킬 수 없다던데……."

나는 히드라에게 통째로 삼켜지고 말았다.

"으음……. 괘, 괜찮아요! 소생은 가능해요!! 몸의 3할 정도가 없어지기는 했지만, 어떻게든 될 거예요!"

묻지 말 걸 그랬다.

"……아, 저, 저기……!"

내가 그 말을 듣고 충격을 받고 있을 때, 에리스는 나를 올려다보면서 말했다.

"소생한 후에 다크니스를 탓하지는 말아주세요. 이번 토벌은 다크니스가 무리하게 강행한 거지만……. 그 애한테도 피치 못할 사정이 있어요. 다크니스도 카즈마 씨가 죽는 바람에 큰 충격을 받은 것 같아요. 물론 가장 충격을 받은 사람은 카즈마 씨겠지만요……."

에리스는 나를 위로하듯 미간을 살짝 찌푸리며 걱정스러운 표정으로 그런 말을 했다.

…………

이 사람은 역시 상냥하네……

내 주위에도 이런 사람이 있을까…….

위즈? 융융?

그 두 사람도 상냥하기는 하지만 에리스 님을 보고 있으면 진심에서 우러난 편안함, 그리고 안도감 같은 것이 느껴졌다.

"탓하지 않을 테니까 걱정하지 마세요. ……그것보다 에리스 님은 때때로 지상에 내려와 몰래 놀러 다닌다면서요? 혹시 액셀 마을에는 오지 않나요? 죽어야만 에리스 님과 만날

수 있다는 것도 좀 쓸쓸하거든요…….”

내가 그렇게 말하자 에리스는 빙긋 웃더니…….

“실은 이미 지상에서 몇 번이나 만났답니다. 슬슬 눈치챌 때도 된 것 같은데 말이죠. 저야말로 좀 쓸쓸하군요.”

장난기 어린 목소리로 그렇게 말했다…….

……어.

“방금 뭐라고 했죠? 만난 적이 있다고요? 어, 액셀 마을에서 말인가요? 어? 어?!”

내 뇌는 그 말을 제대로 이해하지 못했다.

몇 번이나 만난 적이 있다?

언제 어디에서?

으음, 에리스 같은 사람과 만난 적이 있었나?

내가 혼란스러워하자 에리스는 장난꾸러기 같은 웃음을 흘리면서 말했다.

“그럼 힌트를 줄게요. 저는 지상에서 지금과 다른 겉모습을 하고 있답니다. 그리고 좀 더 활발하며, 말투도 다르죠.”

겉모습이 다르다.

더 활발하고, 말투도 다른……!

“그리고 저는 여신이지만, 선배처럼 지상에서 아크 프리스트를 하고 있다고 생각하지는 마세…….”

"앗, 알겠다! 키스한테 「에리스교 프리스트의 신앙심과 가슴 크기는 반비례한다는 게 사실인가 보네요. 우햐~햐햣!」이라는 소리를 듣고, 그 녀석의 코뼈를 주먹으로 부러뜨려 버린 마리스 씨군요!"

나는 에리스의 말을 끊으며 확신에 찬 목소리로 고함을 질렀다.

에리스는 여전히 미소를 머금은 채 말했다.

"……아니에요."

어라?

아하, 그럼 그 사람이구나!

"「여신 에리스는 가슴에 패드를 넣었다는 소문이 있던데, 그런 여신을 모시는 교도가 글래머이면 파문당해야 하는 거 아냐? 아니, 그것보다 그 가슴은 진짜야? 두 분 혹시 패드를 하고 있는 거 아닌가요~?! 아니라면 지금 즉시 가슴을 까서 증명해보라고!」 같은 소리를 한 더스트를 다크니스와 함께 구타했던 세리스 씨!"

"아니에요."

에리스는 여전히 미소를 짓고 있지만 왠지 조금 화난 느낌이 들었다.

마리스 씨도, 세리스 씨도 아니라면……?

내가 고민을 하던 바로 그때였다.

《카즈마~! 카즈마~! 이미 소생이 끝났으니까 빨리 와~!

시큼한 냄새가 풀풀 나는 다크니스가 엄청 침울해하고 있다구! 빨리 돌아와~! 빨리이잇~!》

분위기 파악을 못 하기로 유명한 아쿠아의 목소리가 들려왔다.

다크니스가 침울해하고 있다는 점이 신경 쓰였지만, 지금은 그것보다…….

"에리스 님, 항복! 항복할게요! 죄송해요! 정답을 가르쳐주세요! 부탁이에요! 혹시 나도 모르는 사이에 에리스 님에게 무례를 범했다간 천벌을 받을 거 아니에요."

내가 결국 맞추지 못하자 에리스는…….

잠시 동안 어떻게 할지 고민했다.

"……이제 와서 무례니, 벌이니 같은 소리를……. 처음 만났을 때 그런 짓을 했으면서……."

"예?"

"아무것도 아니에요. 아무튼, 제 정체는 비밀이랍니다."

에리스는 그렇게 말하더니 자신의 입술에 검지를 댔다.

"……그리고 선배의 말을 무턱대고 믿지는 마세요. 이, 일단 지금은 가슴에 패드를 넣지 않았다고요!"

에리스는 볼을 살짝 붉히더니 그렇게 말하고 손가락을 튕겼다.

그러자 이미 익숙한 새하얀 문이 눈앞에 나타났다.

나는 그것을 보고 당황했다.

아직 정답을 듣지 못했다고!

내가 당황한 사이, 새하얀 문이 열리더니 안에서 눈부신 빛이……!

"에, 에리스 님! 저기, 화났어요? 삐쳤어요? 저기, 진짜로 가슴 크기를 신경 쓰는 줄은 꿈에도 몰랐—."

"그럼 사토 카즈마 씨! 다음에는 당신이 천수를 다 누렸을 때나, 제 정체를 안 당신과 지상에서 만나기를 빌겠어요! 자, 그럼 이만 돌아가세요!"

에리스는 얼굴을 새빨갛게 붉히면서 내 말을 끊었다.

그리고 그녀가 얼굴을 붉히자 오른쪽 볼에 있는 새하얀 실금 같은 것이 내 눈에 들어왔다.

"어? 에리스 님, 볼에 뭔가……."

붙어 있어요, 하고 말하기도 전에…….

에리스가 나를 문 너머로 힘껏 밀쳐버렸다.

2

"카즈마 씨, 어서 와요~."

내가 눈을 떠보니 코를 막고 있는 아쿠아의 얼굴이 눈에 들어왔다.

"푸앗! 코가 비뚤어지겠네에에에엣!"

나는 코를 찌르는 역한 냄새 때문에 튕기듯 몸을 일으켰다.

이 시큼하면서도 비릿한 냄새는—.

"나한테서 나잖아?! 이 냄새, 내 몸에서 나는 거야?!"

히드라에게 먹힌 후 잠시 동안 그 녀석의 위장 안에 있었던 탓에, 내 몸에도 악취가 밴 것 같았다.

……그리고 눈치챘다.

아무도 나와 눈을 마주치려 하지 않는다는 사실을 말이다.

……그 행동 때문에 또 눈치챘다.

내가 알몸이라는 사실을 말이다.

"옷이 녹아버린 건가……."

"응, 녹아버렸으니까 몸 좀 가려. 그리고 카즈마 씨는 꼬마 카즈마 군이라고 해도 될 정도로 작아졌었다구. 방어구도 전부 망가졌지만, 괴상망측한 이름을 지닌 그 칼은 칼집 덕분에 무사해."

"제가 칼에 붙인 이름을 괴상망측하다고 말하다니, 그냥 넘어갈 수가 없군요!"

아쿠아와 메구밍이 드잡이를 시작하자 나는 유일하게 멀쩡한 칼을 손에 쥐면서—.

"……그런데 너는 왜 그렇게 기분이 가라앉은 거야?"

악취를 풍기며 떨어진 곳에 앉아 있는 다크니스에게 말을 걸었다.

무릎을 꼭 끌어안고 있던 다크니스는 내 목소리를 듣고 몸을 부르르 떨더니 미안해 죽겠다는 표정을 지으며 나를 올려다보았다.

"히드라 토벌을 강요한 나한테 화가 나지는 않은 것이냐?"

"내가 왜 그래야 하는데? 히드라를 토벌하자며 고집을 부린 건 너지만, 우리가 거물 현상범이나 마왕군 간부와 싸우는 건 자주 있는 일이고, 내가 죽는 것도 자주 있는 일이잖아?"

"그건 그렇지만……."

다크니스가 평소와 달리 너무 솔직해서 그런지, 나는 페이스가 흐트러지는 느낌을 받았다.

"하아, 너답지 않네. 에리스 님에게서 들었어. 히드라에게 먹힌 나를 구하기 위해, 너도 일부러 그놈한테 잡아먹혔다며? 그러고 보니 너도 몸 곳곳이 피범벅이잖아. 괜찮은 거야? 딱히 몸이 녹은 것 같지는 않은데 말이야."

다크니스는 나를 힐끔 올려다보면서 말했다.

"……이 피는 네 몸을 회수한 후, 히드라의 배를 가르고 빠져나오면서 뒤집어쓴 거다. 조금만 더 그 안에 있었다면, 나도 질식사했겠지만……. 지금은 괜찮다. 다친 곳도 없지."

나는 여전히 표정이 어두운 다크니스에게…….

"내 몸을 회수해줘서 고마워. 돌아가서 목욕이나 하자고."

……그렇게 말한 후, 신경 쓰지 말라는 듯 미소 지었다.

"저기, 카즈마. 다크니스를 위로하는 건 좋지만, 그런 꼴로 목욕을 하자고 말하는 건 좀 그렇다고 생각해."

참, 그러고 보니 나는 지금 알몸이었지.

3

"—그건 그렇고, 기사단이 왜 히드라를 해치우지 않은 건지 이해했어. 안 한 게 아니라 못 한 거였구나."

여전히 가라앉아 있는 다크니스를 데리고 액셀 마을로 돌아가던 우리는 아까 벌였던 전투를 회상했다.

"아무래도 카오룽즈 히드라는 마력을 사용해서 잃어버린 머리를 재생시킬 수 있는 것 같아요. 그 녀석을 쓰러뜨리기 위해서는 재생조차 불가능할 정도의 엄청난 화력으로 단숨에 날려버리거나, 계속 상처를 입혀 머리를 재생하게 한 후, 마력이 다 떨어졌을 즈음에 치명상을 입히는 수밖에 없어요. 하지만 양쪽 다 현실적이지는 않네요……"

메구밍이 현실적이지 않다고 말하는 것도 무리는 아니었다.

히드라도 바보는 아니다.

대미지를 입어서 마력이 떨어진다면 마력을 회복시키기 위해 호수 밑바닥으로 도망칠 것이다.

그리고 폭렬마법을 능가하는 화력을 준비하는 것도 불가능하다.

나는 가장 뒤편에서 힘없는 걸음걸이로 걷고 있는 다크니스를 돌아보며 말했다.

"메구밍의 말대로 이번만큼은 무리야. 방법이 없다고. 그 히드라는 기사단에게 맡기자. 마력을 소모시켜서 재우는 거야. 다크니스, 그래도 괜찮지?"

"……그래."

그녀의 목소리에서는 힘이 느껴지지 않았다.

……이 녀석, 그렇게 그 몬스터를 해치우고 싶은 걸까?

바로 그때, 아쿠아는 잘난 척을 하듯 가슴을 펴고 말했다.

"뭐, 꼭 나쁜 일만 있었던 건 아니잖아? 내 덕분에 그 히드라는 한동안 호수에서 나올 수 없어! 히드라의 영역인 호수 일부를 정화해서 그 녀석은 당분간 독기로 호수를 오염시키는 작업에 힘을 쏟을 거야. 그동안 기사단이 도착할 테니, 뒷일은 그 사람들에게 떠넘기자."

"……너, 대체 어떻게 된 거야. 이번에는 제대로 도움이 됐잖아. 게다가 오늘은 머리도 꽤 잘 돌아가네."

우리 두 사람이 들떠 있을 때, 아쿠아에게 업힌 메구밍이—

"아쿠아가 이렇게 자신만만해 할 때마다, 저희는 엄청난 문제에 직면했던 것 같은데 말이에요."

마치 플래그를 세우는 발언을 입에 담았다.

평소 같으면 나한테 업혔을 메구밍은 나한테서 나는 악취 때문에 아쿠아에게 업혔다.

"에이, 이번만은 그럴 리가 없어. 그리고 무슨 일이 터지더라도 그건 우리 탓이 아냐. 우리는 기사단이 도착할 시간을 벌었을 뿐이잖아."

"그래. 내 활약에 불만이라도 있는 거야?! 메구밍은 정말 못 말린다니깐! 이상한 소리를 또 하면 카즈마나 다크니스한테 확 떠넘겨버릴 거야."

"사과할 테니까 그러지만 말아주세요. 부탁이에요!"

—그 후, 별다른 문제 없이 마을에 돌아와 보니—.

"나와 메구밍이 길드에 가서 보고할 테니까, 악취 2인조는 먼저 돌아가서 목욕이나 해. 그리고 카즈마가 그 꼴로 돌아다니면 바로 잡혀갈 거라구!"

나와 다크니스는 아쿠아의 말에 따라 저택으로 향했다.

나는 현재 메구밍에게 빌린 망토로 몸을 가리고 있었다. 확실히 악취 풍기는 망토맨이 거리를 활보했다간 바로 관공서 신세를 지게 될 것이다.

"메구밍, 가자. 우리의 활약상을 마구마구 강조하자구! 그러면 토벌 보수는 무리라도 금일봉 정도는 받을 수 있을지도 몰라!"

"저만 믿으세요. 제 폭렬마법이 얼마나 엄청났는지 제대로 설명해주겠어요!"

나는 불안을 느끼면서도 그 두 사람에게 뒷일을 맡긴 후, 다크니스와 함께 저택으로 돌아갔다.

4

나는 저택에 돌아온 후, 여전히 가라앉아 있는 다크니스에게 먼저 씻으라고 했다. 그리고 다크니스 다음에 욕실에 들어가서는 악취가 사라지도록 몸 구석구석까지 열심히 씻었다.

"그건 그렇고 익숙해진다는 건 정말 무서운 거네. 나, 죽었다 살아났는데도 그다지 당황하지 않잖아."

나는 혼잣말을 하면서 욕조에 들어갔다. 그리고 3할 정도가 없어졌었다는 내 몸을 다시 쳐다보았다.

아쿠아의 말에 따르면 꼬마 카즈마 군이라고 해도 될 정도로 작아졌다던데, 원래대로 완벽하게 회복된 거겠지?

내가 온수에 몸을 담근 채 작아졌던 부분을 주의 깊게 살피고 있을 때—.

"……카즈마. 오늘은 목욕 시간이 평소보다 긴 것 같다만, 혹시 몸이라도 아픈 것이냐? 아니면 소생한 지 얼마 안 되어서 체력이 회복되지 않은 것이냐?"

탈의실에서 다크니스의 걱정 섞인 목소리가 들려왔다.

"괘, 괜찮아! 아무 문제 없어! 나한테서 악취가 많이 났잖아? 그래서 좀 정성 들여 씻었을 뿐이야!"

정신적으로 충격을 받은 상태에서도 나를 걱정해주는 다크니스에게, 남자의 중요 부위가 소형화된 건 아닌지 걱정이 되어서 열심히 체크하고 있었습니다, 하고 말할 수는 없었다.

하지만 다크니스는 내 대답을 듣고도 탈의실에서 나가지 않았다.

그녀는 뭔가 할 말이 있는지 계속 그 자리에 서 있었다.

"……카즈마. 저기, 오늘은 정말 미안했다. 지금까지는 전부 뜻대로 잘 풀렸기 때문에 나도 성급하게 굴었던 것 같구나. 그래도 그 히드라를 꼭 쓰러뜨리고 싶었다……."

다크니스는 탈의실에 선 채 가라앉은 목소리로 그렇게 말했다.

"뭐, 이제 그 녀석과 만날 일도 없을 테고, 이미 지나간 일이니까 됐어. 그것보다, 아쿠아와 메구밍이 왜 이렇게 늦는 건지 모르겠네. 그 녀석들, 길드에서 맛난 걸 먹고 있는 게 분명해. 우리도 빨리 가보자."

"……응. 좋다……. 그렇게 하자……."

다크니스는 내 말을 듣더니 낙담했다.

……이 녀석은 그 히드라에게 원한이라도 있는 것일까.

혹시 어제 이 저택에 찾아왔던 그 무례한 집사와 연관된 일인 걸까?

"그럼 갈아입을 옷은 여기 두고 가겠다. 나는 거실에서 기다릴 테니……."

다크니스가 그렇게 말하면서 탈의실을 나서려고 한 순간―.

"너, 히드라를 꼭 쓰러뜨려야만 하는 이유라도 있는 거야?"

"윽?! 그, 그건······."

아무래도 있는 것 같았다.

다크니스가 침묵에 잠기자 나는 뭐라고 말해줄지 잠시 고민했다.

원래라면 자신을 죽인 상대에게 또 도전하는 것은 사양하고 싶다.

하지만 풀이 죽을 대로 죽은 이 상류층 아가씨는 한 번 더 도전하고 싶지만 그 말이 차마 입에서 나오지 않는 것 같았다.

"······오늘은 무리지만, 다음에 그 히드라에게 도전할 때는 철저하게 준비를 한 후에 작전도 세워서 임하자고."

"뭐?!"

다크니스가 화들짝 놀라자 나는 그녀를 놀리듯 말을 이었다.

"뭐야. 백성의 안전을 지켜야 한다고 그렇게 떠들어댔으면서, 벌써 히드라 퇴치를 포기한 거야?"

"나, 나를 뭐로 보고 그딴 소리를 하는 것이냐! 백성을 지키는 것이야말로 더스티네스 가문에 주어진 사명이다! 다음번에야말로 그 히드라를 반드시 해치우고 말겠다!!"

몇 번이나 들었던 그 흉흉한 말이, 아주 약간이지만 다크니스를 평소의 그녀로 되돌려놓았다.

―목욕을 통해 향긋한 악취를 씻어낸 우리는 모험가 길드로 향했다.

지금쯤이면 아쿠아와 메구밍이 보고를 끝냈을 것이다.

모험가 길드의 문을 열어보니―.

"너는 왜 항상 괜한 짓을 벌이는 거냐고!"

"맞아! 그러고 보니 아쿠아 씨는 얼마 전에 생선 가게 수조의 물을 맹물로 만들어서 바다 물고기를 몰살시켰다구!"

"저, 저기, 나는 도와주고 싶은 마음에 그런 거야! 생선 가게 사건도, 좁은 수조 안에 있는 생선이 불쌍해서 하다못해 물이라도 깨끗하게 만들어주려고 했을 뿐이라구!"

"대체 어떻게 할 거야! 카오룽즈 히드라 같은 거물을 우리끼리 해치우는 건 무리라고!!"

"어, 엄마가 보고 싶어~!"

"수배서를, 수배서를 더 뿌려! 이 마을에 있는 모든 모험가에게 수배서를 나눠주라고!"

그곳에서는 아비규환이 펼쳐지고 있었다.

모험가와 길드 직원이 비명을 질러댔고 사람들에게 마구 규탄당한 아쿠아는 엉엉 울고 있었다.

"앗! 카즈마, 다크니스! 마침 잘 왔어요! 이 상황 좀 어떻게 해보세요!!"

혼란스러운 길드 안에 있던 메구밍이 우리를 보더니 뛰어왔다.

"이게 대체 무슨 일이야? 왜 이렇게 시끌벅적한 건데? 아쿠아가 혼나고 있는 것 같은데, 우리는 아무 잘못도 안 했잖아?"

"그, 그게 말이에요! 저희가 놔뒀어도 빠르든 늦든 히드라는 깨어났을 테니, 원래라면 이런 혼란이 일어나지 않을 테지만……."

역경에 약한 메구밍이 우물쭈물하며 말을 잇지 못하자 다크니스는 근처에 있던 길드 직원 누님에게 말을 걸었다.

"어이, 대체 무슨 일이 일어난 것이냐. 토벌은 실패했지만 이렇게까지 소란을 떨 필요는 없을 텐데? 어차피 기사단이 올 때까지 시간을 벌 겸 시도해본 토벌이었지 않느냐."

"그, 그게 말이죠. 타이밍이 나쁘게도 왕도에 큰 사건이 발생해서……. 기사단은 그 사건의 뒤처리를 하느라 히드라를 신경 쓸 겨를이 없다고 해요……."

왕도에서 큰 사건?!

"어이, 그게 무슨 소리야?! 왕도가 위기에 처한 거야? 내 귀여운 여동생이 위기에 처한 거냐고!"

"여, 여동생? 아, 왕도에서 큰 사건이 벌어진 것은 얼마 전 일이고, 지금은 대충 해결이 된 것 같아요. 현재는 혼란 수습과 사건을 일으킨 범인 색출에 기사단이 힘을 쏟고 있는 것 같아요……."

나는 직원의 말을 듣고 안도의 한숨을 내쉬었다.

한순간, 서둘러 왕도에 가야 하는 것은 아닌가 하고 고민했던 것이다.

"실은 은발도적단이라 불리는 녀석들이 겁도 없이 왕성에 침입했다지 뭐예요……."

나와 다크니스는 그 말을 듣자마자 동시에 사레가 들렸다.

직원은 우리의 반응을 보지 못했는지 종이 한 장을 꺼내 들며 말을 계속했다.

"겨우 둘이서 왕성 안의 기사들과 실력파 모험가들을 제압한 후, 대담하게도 성에 있던 보물 몇 개를 훔친 것 같아요……."

그리고 그 직원은 들고 있던 종이를 우리에게 보여줬다.

그것은 『은발도적단』이라고 적힌 수배서였다.

그 수배서에는 가면을 쓴 수상한 남자, 그리고 은발 소년의 일러스트가 그려져 있었다.

현상금은 2억 에리스다.

맙소사, 마왕군 간부에게 버금가는 현상금이 걸리다니…….

"2억 에리스……. 2억 에리스……."

"어, 어이, 다크니스. 왜 나를 쳐다보는 건데?"

평소 돈에 흥미가 없던 다크니스가 그 수배서를 받더니 핏발선 눈으로 나를 쳐다보았다.

직원은 그런 우리를 보며 고개를 갸웃거린 후 말을 이었다.

"아무튼, 그 탓에 원래 이곳으로 파견될 예정이던 기사단이 언제 올지 모르는 상황이 되고 만 거예요."

어쩌지. 그건 결국 내 탓이라는 소리잖아.

내가 그런 갈등을 하고 있다는 걸 아는지 모르는지—.

"하지만 아직 희망은 있어요. 왕도의 기사들이 일부러 홍마족의 마을까지 가서 솜씨 좋은 점술가에게 범인의 행방을 점쳐달라고 했더니……. 아니나 다를까, 이 액셀 마을에 왕도에서 벌어진 사건의 흑막이 있다지 뭐예요! 그래서 모험가들은 혈안이 되어 범인을 찾고 있어요!!"

그 말을 들은 순간, 온몸에서 식은땀이 뿜어져 나왔다.

"그러니 사토 카즈마 씨 일행 여러분만 믿을게요. 여러분은 현상범과 자주 마주치잖아요! 범인을 잡는다면 기사단도 마음 놓고 히드라 퇴치에 힘을 쏟을 수 있을 거예요!"

"아, 예~. 그렇군요~."

내가 넋두리라도 하듯 그렇게 대답하자 옆에 있던 다크니스가 티 내지 말라는 듯 팔꿈치로 내 옆구리를 찔렀다.

"뭐, 범인을 찾는 건 시간문제일 거예요. 어차피 이 마을에는 홍마의 마을에 있는 점술가보다도 실력이 뛰어난 점술가가 있으니까요!"

그 점술가란, 수배서에 실린 남자가 쓴 것과 비슷한 가면을 쓴 녀석이죠?

큰일 났다. 돈에 환장한 그 악마라면 사업 파트너조차도 현상금을 손에 넣기 위해 주저 없이 길드에 넘길 것 같았다.

내 옆에 있는 다크니스 또한 딱딱하게 굳은 표정으로 부들부들 떨고 있었다.

직원은 기대한다는 듯 주먹을 말아 쥐더니—.

"그럼 사토 씨에게도 협력 부탁드릴게요!"

……그렇게 말하면서 만면에 미소를 지었다.

—나는 물론 집에 틀어박혔다.

5

"어느~ 날~. 숲 속~에서~. 드래곤과~. 마주쳤네~."

창가로 소파를 옮긴 아쿠아는 거기에 앉아 무릎을 끌어안더니 창밖에서 추적추적 내리는 비를 쳐다보며 노래를 불렀다.

아쿠아는 여전히 알을 꼭 안고 있었으며 그녀의 손에서 뿜어져 나오는 따뜻한 빛이 알을 비추고 있었다.

아쿠아의 말에 따르면 알에게 노래 태교를 하는 중이었다.

하지만 아쿠아의 노랫소리가 잘 들리지 않을 만큼, 현재 거실에서는 메구밍이 분노를 터뜨리고 있었다.

"카즈마, 복수하죠! 그 히드라에게 복수하자고요!"

메구밍은 콧김을 씩씩 뿜더니 융단 위에 앉아서 무릎 위에 있는 촘스케의 털을 빗겨주고 있던 나를 향해 그렇게 외쳤다.

모험가 길드에서 도망치듯 돌아온 후로 사흘이 지났다.

자신이 지명 수배를 당하고 있다는 사실을 안 나는 미래를 볼 수 있는 바닐을 경계해 아쿠아의 곁에서 한시도 떨어지지 않고 쭉 이 저택에 틀어박혀 있었다.

그 수전노 악마는 아쿠아의 곁에 있는 인간의 미래는 내다보는 게 힘들다고 했다.

다행히 알 부화 작업에 몰두한 아쿠아도 저택에 틀어박혀 있었다.

이런 은둔형 외톨이 생활에 질렸는지 메구밍은 매일같이 복수를 하자며 재촉을 해댔다.

"너, 그 괴물을 해치울 뾰족한 수라도 있어? 나도 여러모로 생각해봤지만, 좋은 작전이 생각나지 않는다고."

메구밍은 내 말을 듣더니 지팡이를 꼭 끌어안으면서 이를 악물었다.

"화력이에요! 더욱 강력한 화력을 먹여주는 거예요! 폭렬마법 한 방으로 무리라면, 상대의 숨통이 끊어질 때까지 폭렬마법을 날려주죠! 기동요새 디스트로이어와 싸웠을 때처럼 아쿠아의 마력과 카즈마의 드레인 터치만 있으면 가능할 거예요!"

메구밍이 열띤 목소리로 그렇게 외치자 아쿠아는 노래를 멈추며 말했다.

"싫어. 왜 내가 드레인 터치처럼 역겨운 리치 스킬을 당해야 하는데? 그딴 건 이제 싫어. 카즈마가 나를 협박하든, 다크니스가 내 어리광을 받아주든, 메구밍이 더 정신 나간 애가 되든 간에 절대 싫다구. 내 신성한 마력은 함부로 남에게 나눠줘도 되는 게 아니란 말이야."

나는 춈스케의 꼬리털을 부드럽게 빗질해주며 말했다.

"그 소중한 마력으로 너는 아까부터 뭘 하고 있는 거야? 알이란 건 직접 품지 말고 난로 앞에 적당히 두기만 해도 부화하잖아? 열이 너무 가해졌다면 그냥 반찬 삼으면 된다고."

"카즈마 너. 다음에 또 반찬 같은 소리를 입에 담으면 성스러운 펀치를 날려줄 거야. ……그리고 나는 지금 드래곤의 알에 마력을 주입하고 있다구. 마력 덩어리라고도 불리는 드래곤은 지니고 있는 마력이 많을수록 강해. 이 애는 드래곤의 정점에 군림할 애야. 나는 이 애의 길러준 부모로서 할 수 있는 일은 전부 해주고 싶어."

……아직도 저게 드래곤의 알이라고 주장하는 아쿠아는 그냥 이대로 내버려 둬야겠다.

"그런데 그 히드라에게 집착하는 다크니스야 그렇다 쳐도, 왜 메구밍까지 그렇게 복수를 하고 싶어 하는 거야? 너, 그 히드라에게 원한 같은 게 있는 거야?"

"저도 나름대로 생각하는 바가 있다고요. 그 히드라는 카즈마를 죽였잖아요. 제 손으로 직접 원수를 갚아주고 싶어요."

"으, 응……. 그, 그렇구나……."

이런 말을 들으니 왠지 미안한 마음이…….

"요즘은 다크니스와 함께 매일같이 히드라를 찾아가서, 다크니스의 미끼 스킬로 히드라를 불러낸 후, 폭렬마법을 먹여주고 도망치는 식으로 괴롭혀주고 있는데……. 그것 외에 유용한 대항책은 없을까요?"

"너, 요즘 들어 마을 밖에서 폭음이 안 들린다 했더니 그런 짓을 벌이고 있었던 거냐?! 그 히드라는 이 마을 쪽으로 오려는 기색이 없으니까, 너무 자극하지 말라고! 그리고 다크니스도 대체 무슨 짓을 하는 거야?! 이럴 때 메구밍을 말리는 게 네 역할이잖아!"

"으, 음……. 하지만 어떻게 해서든 그 히드라를 쓰러뜨리고 싶다고나 할까……. 게다가 이렇게 하면 히드라의 마력을 소모시킬 수 있을 테니까……."

융단 위에 벗어둔 갑옷을 손질하던 다크니스는 작은 목소리로 그렇게 말하며 내 눈을 피했다.

이 녀석은 역시 자신의 손으로 히드라를 쓰러뜨리고 싶은 것 같았다.

그 이유가 뭔지는 나도 모르지만…….

"어차피 이 비가 그치지 않는 한 이러지도 저러지도 못해. 상대는 수중 서식형 생물이니, 빗속에서는 우리보다 유리하잖아. 그러니까 비가 그치면 나도 최선을 다해 방법을 강구

해볼게."

본심을 털어놓자면 지명 수배 건이 잠잠해질 때까지 계속 집에 틀어박혀 있고 싶었다.

"지금은 장마 시기인데요? 날씨 전문 점술가의 예보에 따르면, 이 비는 당분간 계속된대요."

"……비가 그치면 최선을 다할게."

"뭐라고요?! 그 말은 결국 당분간 아무것도 안 하겠다는 소리잖아요!!"

"뭐, 뭐하는 거야?! 그만해! 촘스케한테 화풀이하지 마!"

메구밍이 내가 귀여워하고 있는 촘스케의 꼬리를 움켜잡으며 빗질을 방해하는 가운데…….

다크니스는 진지한 표정으로 갑옷을 계속 손질했다.

6

그 후로 며칠이 지났지만 비는 그칠 기색이 없었다.

나와 아쿠아가 저택에 틀어박혀 있는 동안에도 다크니스와 메구밍은 매일같이 히드라에게 갔다.

그리고 물론 오늘도—.

"저희 돌아왔어요~! 저기, 다크니스가 여러모로 좀 그런 상태니까 목욕 준비 좀 해주세요!"

시큼한 냄새가 풀풀 나는 다크니스가 메구밍을 업고 돌아왔다.

"……또 먹힌 거냐. 폭렬마법을 먹이고 바로 도망치는 거 아니었어? 위험하니까 이제 거기 가지 마."

마력을 다 소모해서 꼼짝도 하지 못하는 메구밍을 융단에 내려놓은 후, 다크니스는 거친 숨을 내쉬며 갑옷을 벗었다.

얼마 전에 다크니스가 정성 들여 손질했던 갑옷은 곳곳에 상처가 나고 히드라의 피로 범벅이 되어 있었다.

"그 녀석, 매일같이 폭렬마법을 맞고 화가 났는지 내가 미끼 스킬을 사용하기 전에 기습을 해 오더구나. 폭렬마법을 준비하기도 전에 기습을 당한 바람에 꽤나 위험했다……. 내가 어찌어찌 그 녀석의 뱃속에서 탈출한 후에 메구밍이 마법을 날렸고, 목이 재생되는 틈을 타 도망쳤지만……. 역시 쉬운 상대는 아니구나."

다크니스는 자신의 옆으로 쪼르르 뛰어온 아쿠아에게 치유 마법으로 치료를 받으며 땅이 꺼져라 한숨을 내쉬었다.

다크니스는 갑옷을 전부 벗더니 아쿠아에게 고맙다고 말한 후, 터벅터벅 욕실로 향했다.

"……저기, 카즈마. 히드라를 손쉽게 해치울 방법은 없을까? 약해빠진 카즈마의 장점이라고는 다양하지만 하나같이 어중간한 스킬과, 그 어떤 난관도 약아빠진 수단으로 해결해버리는 점이잖아?"

"아, 좋은 생각이 났어. 우선 너를 쇠사슬로 묶는 거야. 그리고 호수에 던져 넣는 거지. 그리고 히드라가 너를 꿀꺽했을 때, 모험가들을 총동원해서 줄낚시를 하듯 쇠사슬을 잡아당기는 거야. 그 다음에는 호수로 도망치지 못하도록 막으면서 몰매를 때리자. ……어때?"

"".……….""

무턱대고 나한테 달려드는 아쿠아에게서 알을 빼앗은 후, 그것을 인질 삼아 그녀를 떨쳐내고 있을 때였다.

"저야 강적에게 폭렬마법을 날릴 수 있으니 불만은 없지만……. 다크니스가 요즘 들어 좀 이상하긴 하네요."

메구밍은 욕실로 향하는 다크니스를 쳐다보며 그렇게 말했다.

"—휴우. ……음? 카즈마, 내 갑옷에 무슨 짓을 하는 것이냐."

목욕을 마친 다크니스는 자신의 갑옷 앞에서 몸을 웅크리고 있는 나를 보더니 고개를 갸웃거렸다.

메구밍은 옆에서 작업 중인 나를 쳐다보고 있었다.

"오늘은 갑옷이 꽤나 상했잖아. 내가 네 갑옷을 고쳐줄게. 요즘 들어 계속 비가 와서 밖에 나갈 수도 없는 데다, 어차피 집 안에서는 딱히 할 일이 없거든."

나는 오래간만에 대장장이 스킬을 발휘해 갑옷의 구겨진 부분을 나무망치로 두드리며 말했다.

"그러고 보니 저번에 다 같이 온천에 갔을 때도 네가 내 갑옷을 고쳐줬었지. ……또 다 같이 온천에 가고 싶구나."

"나는 싫어. 메구밍에 버금갈 정도로 정신 나간 녀석들이 잔뜩 있는 그딴 마을, 다시는 안 갈 거라고."

"어이, 방금 그 말이 무슨 뜻인지 어디 한 번 말해보실까!"

수리를 방해하는 메구밍을 내가 밀쳐내고 있을 때, 다크니스는 그런 우리를 즐거운 듯이 쳐다보고—.

"그래도, 나는 또 가고 싶구나……."

……그런 의미심장한 말을, 낮은 목소리로 중얼거렸다.

—그 후로 어떻게 되었냐면…….

"카즈마, 없어요! 방에 깨우러 가봤더니, 아무도 없어요!"

"그 녀석! 이제 가지 말라고 그렇게 말했는데 또 간 거야?! 왜 이렇게 사람 말을 알아듣지 못하냐고!"

위험하니 이제부터 혼자 가겠다고 말한 다크니스는 매일같이 혼자서 히드라와 싸우러 갔다.

우리가 아무리 말려도 들은 척도 하지 않았으며 홀로 호수에 갔다가 항상 엉망진창이 되어 돌아왔다.

우리는 그런 다크니스를 막기 위해 교대로 감시를 해봤지만—.

"네가 자면 어떻게 하냐아아아아아앗!"

"우에에에에에엥~! 나도 젤 킹 때문에 피곤하단 말이야! 애 보는 게 얼마나 힘든 일인지 알기나 해?! 너도 내 노고를 치하하라구!"

"애 보기는 무슨! 나를 바보 취급하는 거냐?! 어이, 그 알 내놔! 그딴 건 내가 맛있게 꿀꺽해버리겠어!"

"하지 마! 며칠 동안 계속 알을 품었으니까, 지금 상태에서 껍질이 깨지면 엄청난 일이 벌어질 거야! 카즈마도 내용물을 보면 후회할 거라구!"

아쿠아가 알을 품속에 품은 채 거북이처럼 몸을 웅크리자 나는 침을 튀기며 고함을 질러댔다.

"그딴 알은 이제 아무래도 상관없다고! 지금 중요한 건 다크니스야!! 그 녀석은 대체 뭘 어쩔 작정인 거야?! 그거냐? 크루세이더로서의 의무니, 귀족으로서 마을을 지켜야 하니 같은 것 때문에 이딴 짓을 벌이는 거야?!"

"지금은 다크니스의 진의에 대해 생각할 때가 아니에요. 히드라에게도 학습 능력이 있죠. 날이 갈수록 다크니스는 심한 부상을 당하고 있으니, 슬슬 위험하다고요!"

뜻밖의 사태에 취약한 메구밍은 지팡이를 꼭 끌어안은 채 안절부절못했다.

하지만 다크니스는 해가 뜨기 전에 이 저택을 나섰을 것이다.

"저기, 카즈마. 그 히드라, 진짜로 어떻게 할 방법이 없는 거야? 나, 알을 위즈에게 맡기고 메구밍과 함께 다크니스를 쫓아가서 설교 좀 하고 올게. ……너를 죽였던 상대라 무섭 기는 하겠지만, 카즈마도 같이 갈래?"

여전히 몸을 웅크리고 있던 아쿠아가 웬일로 그런 소리를 다 했다.

험한 일을 싫어하는 아쿠아조차도 다크니스를 위해 나서 려 하고 있었다.

이런 상황에서 나만 집에 틀어박혀 있을 수도…….

……아아, 젠장!

"나는 좀 가볼 곳이 있으니까, 너희 둘이서 어떻게든 다크 니스를 데리고 와. 히드라와 마주쳐도 싸우지 말고 도망치 라고, 알았지?"

아쿠아와 메구밍은 내 말을 듣더니 고개를 끄덕였다.

저택에 홀로 남겨진 나는 방에 가서 에리스 지폐를 꺼내 지갑에 집어넣었다.

"그 녀석은 정말……! 어쩔 수 없네에에에에에에엣!"

나는 결국 고집불통 귀족 아가씨를 위해 각오를 다지고 말았다.

7

다음 날.

나는 이른 아침에 호수로 향했다.

어제 호수로 갔던 아쿠아와 메구밍은 상처투성이가 된 채 돌아오고 있던 다크니스와 마주친 것 같았다.

아쿠아가 자신을 치료해준 후 저택에 도착할 때까지 계속 설교를 해댔다고 다크니스는 쓴웃음을 지으며 말했다.

그 녀석은 히드라 토벌을 포기할 생각이 없는 것 같았다.

나는 호수에 도착한 후, 다른 두 사람과 함께 이곳에 올 다크니스를 기다렸다.

그리고 점심때가 다 되었을 즈음, 아쿠아, 메구밍과 함께 이곳에 온 다크니스는 우리를 보더니 입을 쩍 벌렸다.

그렇다. 내 뒤편에 서 있는 액셀 마을의 모험가들을 보고 말이다.

"오! 늦었잖아, 라라티나!"

"라라티나 양이 왔어~!"

"라라티나!"

"라라티나!!"

내가 데리고 온 모험가들은 딱딱하게 굳은 채 꼼짝도 하지 않는 다크니스를 놀리기 시작했다.

"⋯⋯."

"그, 그만해, 라라티나! 이 녀석들은 네 이름을 불렀을 뿐이잖아! 아니, 그것보다 아무 말 없이 내 목을 조르지 말라고! 그만……, 그만해주세요!"

라라티나는 모험가들에게 놀림을 당하더니 울먹거리며 내 멱살을 잡았다.

"어이, 카즈마. 이게 대체 어떻게 된 거지? 새로운 방식으로 나를 괴롭히려고 이딴 짓을 벌인 거라면 나한테도 다 생각이 있다."

"그런 거 아냐. 왜 일부러 사람들을 모아서 그런 어이없는 짓을 벌이겠냐고! 나는 이 녀석들에게, 네가 매일같이 혼자서 카오룽즈 히드라와 싸우고 있으니까 도와달라고 말했을 뿐이야!"

"윽?!"

다크니스는 그 말을 듣더니 내 멱살을 놓고 다른 모험가들을 둘러보았다.

"오오, 라라티나 주제에 부끄러워하고 있잖아?"

"저기, 이제 그만해. 라라티나 양은 저래 보여도 섬세하단 말이야. 히드라를 퇴치하려면 라라티나 양의 힘이 꼭 필요한데, 울면서 돌아가 버리기라도 하면 어쩌려고 그래."

"요즘 들어 카즈마한테 실컷 얻어먹은 데다, 어제는 엄청 비싼 술도 대접받았거든! 그러니 빚을 좀 갚아야 하지 않겠어? 그래서 라라티나의 바보짓에 어울려주러 왔다고!"

모험가들 쪽에서 그런 말이 들려왔다.

"잘 보라고, 다크니스. 바보 같은 네가 매일같이 멍청한 짓을 하고 있다고 이야기했더니, 이렇게 많은 모험가들이 모여줬어. 네 뇌가 근육으로 된 거야 어쩔 수 없지만, 그래도 남들에게 걱정을 끼치지는 말라고."

다크니스는 얼굴을 붉히더니, 조그마한 목소리로 말했다.

"고, 고맙다……."

"응? 뭐라고 했어~?!"

다크니스는 큰 목소리로 한 번 더 말할 것을 강요하는 나를 울먹거리며 노려본 후, 멋쩍은 듯 모험가들을 쳐다보았다.

다크니스와 시선이 마주친 녀석들은 배시시 웃거나 미소를 지었다.

다크니스 또한 그런 그들을 보면서 미소를 짓더니―.

"다들, 고맙―."

"우에에에에에에엥~! 카즈마 씨~, 카즈마 씨~!! 왠지 지난번보다 히드라가 빨리 깨어난 것 같은데요~!"

어느새 호수에 들어가 있던 아쿠아가 다크니스의 말을 끊듯 고함을 질러댔다.

그리고 호수 근처에서 마법을 준비하고 있던 메구밍이―.

"이래서 제가 카즈마의 신호에 맞춰 히드라를 깨우자고 했던 거라고요!"

"하지만! 하지만!! 빨리 돌아가서 젤 킹의 탄생을……!"

각오를 다지며 감사 인사를 하려던 다크니스는 최악의 타이밍에 방해를 당하자 너무 부끄러운 나머지 얼굴을 새빨갛게 붉히면서 온몸을 부르르 떨었다.

아쿠아를 쫓아온 카오룽즈 히드라는 거대한 물보라를 일으키며 모습을 드러냈다.

"야 이 녀석들아! 너희 때문에 다 엉망이 됐잖아!!"

전투 개시—!

8

약간 부정 출발 같은 느낌으로 시작하기는 했지만, 이 작전의 개요는 이렇다.

"도적들은 강철제 와이어를 챙겼지?! 아처들은 갈고리와 로프가 달린 화살을 준비한 후 대기해!"

"우에에에에엥! 빨리~, 빨리 어떻게 좀 해봐~!"

우선 아쿠아가 히드라를 깨우고 호수 가장자리까지 유인한다.

"튼튼한 녀석들은 후위를 지키는 방패로서 그 자리에서 대기해!"

그리고 갑옷을 걸친 전위 직업들이 히드라의 공격으로부터 후위를 지킨다.

"마법사는 언제든 마법을 쓸 수 있도록 준비하고 후방에서 대기해! 각자가 지닌 마법 중에서 가장 위력이 센 걸 준비해줘! 다음 공격을 준비할 필요는 없으니까 이번 일격에 모든 마력을 쏟아부으라고!"

"맡겨만 주세요! 이번에야말로 제 폭렬마법으로 저 증오스러운 히드라를 없애버리겠어요!!"

마법사들은 히드라의 숨통을 끊기 위해 필살의 마법을 준비했다.

그리고—.

"다크니스, 너는 히드라의 정면에서 미끼 스킬을 사용해! 이 싸움의 승패는 네 방어력에 달렸어!! 순식간에 당하지 말라고!"

"나를 뭐로 보고 그딴 소리를 하는 것이냐! 다른 거라면 몰라도, 방어 하나만큼은 그 누구에게도 지지 않는다!"

다크니스는 히드라의 주의를 끌면서 정면에서 대치했다!

"저기, 카즈마~! 나는? 나는 뭘 하면 돼?"

"모든 사람들에게 지원마법을 걸어줬으니, 이제 부상자가 발생할 때까지 네가 할 일은 없어! 성가시지 않게 구석에서 응원이나 하라고!"

"너무해~! 나한테도 활약할 기회를 달라구!!"

그리고 히드라가 움직임을 멈췄을 때……!

"다크니스, 부탁해!"

"알았다! 네 상대는 바로 나다! 『디코이』!!!"

물가에 있던 다크니스가 미끼 스킬을 펼쳤다.

히드라의 모든 머리가 일제히 다크니스를 향한 순간, 나는 잠복 스킬로 가능한 한 기척을 숨기고 히드라를 향해 뛰어갔다.

히드라가 지닌 여덟 개의 머리는, 나뿐만 아니라 웬만한 모험가라도 정통으로 맞는다면 에리스 님의 곁에 갈 정도의 맹렬한 공격을 펼쳤다. 하지만 다크니스는 인상을 찡그리면서도 그 공격을 계속 버텨냈다.

"""『바인드』!!!!!"""

다크니스를 쫓아 육지로 올라온 히드라의 머리 여덟 개가 한곳으로 모인 순간, 도적들이 와이어를 이용해 기나긴 목을 통째로 묶어버렸다.

그와 동시에 아처들이 갈고리가 달린 화살을 쐈다.

그 화살은 히드라의 단단한 비늘에 튕겨났지만 뒤엉킨 와이어에 걸렸다.

갈고리가 걸린 것을 확인한 모험가들이 로프에 몰려들어 줄다리기를 하듯 잡아당기기 시작했다.

이대로 히드라를 호수에서 끌어내 도망치지 못하게 한다.

이런 와중에도 나는 기척을 숨긴 채 히드라에게 접근했다. 그리고 목이 묶인 상태에서도 다크니스에게서 시선을 떼지 않는 히드라의 등에 올라탄 후, 단단한 비늘에 피부를 댔다.

"마력이 바닥나야만 쓰러뜨릴 수 있다면, 내가 마력을 흡수해버리겠어!"

내가 드레인 터치로 마력을 빨아들이자 히드라는 몸을 부르르 떨면서 날뛰기 시작했다.

마력 덩어리라 불리는 드래곤의 아종답게 마력을 빨리고 있다는 사실을 순식간에 눈치챈 것 같았다.

"끼야호~! 제대로 통하…… 우오오오오오?!"

마력을 빨리고 있다는 사실을 눈치챈 히드라가 나를 떨쳐내기 위해 등을 향해 목을 뻗으려 했다.

하지만 바인드에 묶인 히드라의 여덟 개의 목은 등에 닿지 않았다.

그 광경을 본 모험가 중 한 명이 날카로운 목소리로 고함을 질렀다.

"카즈마, 도망쳐~! 너, 바보냐?! 무슨 생각으로 그딴 곳에 올라간 거냐고!"

"걱정하지 마! 내 비밀 스킬로 이 덩치를 약하게 만들겠어! 이 녀석의 마력이 바닥나면 마법사들은 일제히 공격을……!"

내가 거기까지 말한 순간, 히드라는 몸을 꾸불거리며 등을 지면에 비비려 했다.

잠깐……?!

"우와아아앗! 찌그러지겠어~!"

"이 바보! 너 지금 뭘 하고 있는 것이냐!!"

히드라의 정면에 있던 다크니스는 히드라의 등에서 떨어진 내 위에 올라타듯 나를 감쌌다.

지면에 쓰러져 있던 나는 이런 상황에서도 코앞에 있는 다크니스의 얼굴을 보고 당황했다.

다크니스는 우리를 깔아뭉개려 하는 히드라의 거대한 몸을 팔 굽혀 펴기 자세로 자신의 몸 밑에 있는 나를 감싸며 버텨냈다.

"역시 더스티네스 양, 완력과 내구력만큼은 장난이 아니네요."

"그딴 소리를 할 상황이냐! 큭, 이제 한계다! 더는 버틸 수 없어⋯⋯!"

이대로 히드라에게 깔렸다간 다크니스라면 몰라도 나는 찌그러지고 말 것이다.

얼굴을 새빨갛게 붉힌 채 버티고 있는 다크니스의 밑에서 나는 히드라를 향해 손을 뻗었다.

"다크니스! 정신 바짝 차려! 너라면 더 버틸 수 있어! 이대로 자세를 유지하라고!"

"윽?! 설마 애태우기 플레이냐?! 그, 그래도 무리다. 이제 진짜로 한계⋯⋯!"

다크니스는 매일같이 상처를 입으면서도 히드라를 찾아가

싸웠다. 그렇게 하며 히드라의 마력을 줄였던 것이다.

이대로 도망치면 이 녀석이 지금까지 한 노력은 물거품이 될 거야!

나는 전력을 다해 드레인 터치를 펼치며 다크니스를 질책했다.

"평소에 그다지 도움이 되지 않던 네가 이렇게 활약을 하고 있잖아! 그런데 이대로 끝내버릴 거야?! 너, 올해도 인내심 대회에서 우승할 거지?! 이런 것도 견뎌내지 못하는 녀석이 우승할 수 있겠어?! 이 근성 없는 녀석아! 너, 수많은 모험가들 앞에서 그런 한심한 꼴을 보일 거야?!"

"큭, 히드라의 깔아뭉개기 공격과 이 귀축 남성의 세치 혀 공격을 동시에 받다니……! 그것도 하필이면 이런 날에……!"

얼굴을 새빨갛게 붉힌 다크니스는 눈동자가 촉촉이 젖고 목덜미에서 땀방울이 흘러내리는데도 어찌어찌 버텨냈다.

나에게 마력을 빨리고 있는 히드라가 와이어에 묶인 목을 치켜들더니 다크니스의 몸 위에서 격렬하게 날뛰었다.

"당겨! 당겨~!"

후위들의 방패 역할을 하고 있던 중량급 모험가들이 히드라에게 걸린 로프를 줄다리기하듯 잡아당겼다.

괴로워하는 다크니스를 구하기 위해 그러는 것일지도 모른다.

다크니스는 만족스러운 미소를 짓더니 더듬거리는 목소리

로 속삭이듯 말했다.

"이, 이제…… 한계……. 카, 카즈마…… 안심…… 해
라……. 죽을 때는…… 함께…….."

"안심 못 하니까 포기하지 마! 그리고 이대로 있다간 나만
죽을 거라고! 지원마법까지 걸린 네가 히드라에게 깔린다고
죽을 리 없잖아!!"

나는 일전에 히드라에게 먹혔을 때 갑옷이 녹아버린 탓에
지금은 평상복 차림이었다.

이런 상황에서 히드라에게 깔린다면, 방어력이 빈약한 나
는 순식간에 목숨을 잃을 것이다.

죽었다 살아난 지 얼마 안 됐는데 또 죽고 싶지는 않다고!

"내, 내가 포기하면 카즈마가 죽는다……. 아아, 이럴 수
가……! 너는 주인님이라도 된 것처럼 나한테 버티라고 명령
하고 있지만, 그런 네 목숨을 내가 쥐고 있다니……! 이런
모순된 상황에서는 누가 주인님인 거지?! 새로운 감각이다!
카즈마, 나는 지금 완전히 새로운 감각을 느끼고 있어……!"

이 녀석, 꽤 여유가 있잖아. 요즘 들어 보여줬던 궁지에 몰
린 듯한 심각한 표정과 홀로 히드라에게 도전하던 그 멋진
모습은 대체 어디 간 거냐고.

……그야말로 절체절명의 위기에 처한 그때였다.

"저기 좀 봐! 히드라 자식, 꽤 약해진 것 같지 않아!? 게다
가 꼼짝도 하지 못하는 것 같잖아! 거물 현상범, 카오룽즈

히드라의 목은 내꺼야! 상금은 히드라의 숨통을 끊은 녀석이 혼자 먹는 거다!! 아무한테도 나눠주지 않을 거라고~!"

"자, 잠깐만, 너 지금 이런 상황에서 무슨 소리를 하는 거야?! 게다가 꼼짝 하지 못한다고 해도, 목이 묶여서 움직이지 못하는 것뿐이니까, 방심했다간…… 아앗~! 더스트! 더스트~!!"

귀에 익은 누군가의 비명 소리가 들려온 순간, 우리에게 가해지던 압박감이 약해졌다.

용감한 누군가가 히드라를 유인해준 것 같았다.

우리는 날뛰는 히드라의 밑에서 겨우겨우 기어 나온 후, 메구밍이 있는 곳으로 뛰어갔다.

"『라이트 오브 세이버』!!!!"

홍마의 마을에서 몇 번이나 접했던 마법명을 듣고 고개를 돌려보니 내가 모르는 사이에 토벌에 참가한 홍마족 소녀 융융이 히드라의 목을 베고 있었다.

아무래도 히드라에게 잡아먹힌 누군가를 구출하고 있는 것 같았다.

……그건 그렇고, 나는 저 존재감 없는 애가 우리를 따라왔다는 것을 이제야 눈치챘다.

아, 이곳에 오는 도중에 누군가가 계속 나에게 말을 걸어댄 기억은 있지만 다크니스 생각으로 머릿속이 가득 차 있었던 탓에…….

바로 그때, 모험가 중 한 명이 고함을 질렀다.

"저기 좀 봐! 잘려나간 머리가 재생되지 않아!"

그 말을 듣고 고개를 돌려보니 히드라의 머리는 일곱 개로 줄어 있었다.

그리고 히드라는 호수 밑바닥으로 도망치려 했지만 무거운 갑옷을 장비한 중량급 모험가들이 로프를 당기고 있는 탓에 도망치지 못했다.

"마법사 여러분~!!"

내가 고함을 지르자 전력을 다해 마력을 연성하며 자신이 익힌 마법 중 최고 위력의 마법을 준비하던 마법사들이 눈을 반짝이고 신호를 기다렸다.

"공격 개시~!!"

내가 호령을 한 순간, 대량의 공격마법이 히드라를 덮쳤다.

파이어볼과 라이트닝이 폭우처럼 쏟아지는 가운데, 두 홍마족이 맹위를 떨쳤다.

"『라이트 오브 세이버』!!!!!!"

윤윤은 히드라의 목을 향해 찬란히 빛나는 손날을 휘두른 후, 잘난 척하는 얼굴로 메구밍을 쳐다보았다.

그러자 메구밍은 입술 가장자리를 말아 올리더니 붉은 눈동자를 반짝이며 히드라를 향해 지팡이를 들었다.

"곧 폭렬마법이 펼쳐질 거야! 물가에 있는 녀석들은 피해~!"

"귀를 막아~!"

오랫동안 액셀 마을에서 지낸 덕분에 메구밍의 마법에 익숙해진 모험가들이 당황하지도 않으며 귀를 막는 가운데—.

"자, 카즈마의 원수를 갚아주겠어요! 천국에 있는 그 사람에게 바치는 한 송이 꽃이 되거라……!"

어이, 잠깐만. 원수를 갚는 거야 좋지만, 나는 천국이 아니라 여기에 있다고.

"『익스플로전』—!!!!!!"

메구밍의 지팡이에서 뿜어져 나온 섬광이 수많은 마법을 맞고 다 죽어가던 카오룽즈 히드라에게 꽂혔다.

오랫동안 이 일대를 말라비틀어지게 만들었던 거물 현상범은 비명조차 지르지 못하면서 영원한 잠에 빠져들었다—.

9

"제가 이겼다는 걸 인정하세요! 제가 날려버린 히드라의 머리는 여섯 개! 융융은 겨우 두 개! 그것만으로도 누가 더 뛰어난지는 명확하잖아요!"

"마, 말도 안 되는 소리 하지 마! 메구밍은 히드라가 빈사 상태가 될 때까지 멀뚱멀뚱 기다리고 있었잖아! 나는 히드라에게 먹힌 사람도 구했으니까, 그것도 포인트에 더해야 한다구!!"

"보수를 독차지하려고 멋대로 히드라에게 달려들었다가 잡아먹힌 양아치를 구한 건 1포인트 정도 쳐줄 수 있겠죠. 그리고 당신도 홍마족이니까 가장 빛날 수 있는 순간이 올 때까지 기다리는 게 얼마나 중요한지 알 텐데요!"

우리는 히드라를 쓰러뜨린 후, 다른 모험가들과 함께 환한 표정으로 액셀에 돌아가고 있었다.

참고로 마력이 다 떨어진 메구밍은 융융에게 업혔다. 그리고 두 사람은 현재 내 옆에서 계속 말다툼을 벌이고 있었다.

거물 현상범이 상대였는데도 불구하고 사상자는 한 명뿐인 것 같았다.

그 한 명도 아쿠아가 이미 소생시켰다.

"그건 그렇고, 우리만으로도 어찌어찌 히드라를 해치웠네! 뭐, 카즈마네 파티가 없었다면 무리였겠지만 말이야."

"그래. 역시 카즈마는 대단해! 히드라 퇴치 보수는 공평하게 나누기로 했지만, 카즈마 일행은 좀 더 많이 받아야 돼. 마침 「상금은 히드라의 숨통을 끊은 녀석이 혼자 먹는 거다!」 같은 소리를 한 바보가 있으니까, 그 바보 몫은 너희가 가져."

나와 한 번 파티를 짠 적이 있는 모험가, 키스와 린이 그렇게 말했다.

하지만 이번 토벌은 이 자리에 있는 이들 모두가 힘을 합쳤기에 해낼 수 있었다.

그러니—.

"그럼……. 히드라와 격전을 치르느라 다들 지쳤을 테니까, 오늘은 푹 쉬고, 내일은 그 보수로 파티를 벌이자고!"

"""끼얏호~!"""

"안 돼애애애애애애!"

환성과 함께 누군가의 비명이 들린 느낌이 드는 가운데, 나는 기분 좋은 표정으로 옆에서 걷고 있는 다크니스를 쳐다보았다.

요즘 들어 항상 초조함에 사로잡힌 채 침울해하던 다크니스는 매달려 있던 악령이 떨어진 듯한 표정을 짓고 있었다.

"어이, 그렇게 염원하던 히드라를 토벌한 기분이 어때? 내일부터는 푹 잘 수 있을 것 같아?"

"그래. 덕분에 여러모로 마음이 개운해졌다. 고민에 빠져 있는 것 자체가 바보 같다는 생각이 들 정도로 말이지. 하지만 그건 히드라를 토벌했기 때문이 아니다."

내 옆에서 걷던 다크니스는 그렇게 말하며 며칠 만에 미소를 지었다.

"내가 이 마을의 녀석들을 좋아한다는 걸 다시 한번 자각했다. 덕분에 망설임이 사라졌구나. 이제 아무것도 무섭지 않고, 후회도 하지 않을 것 같다."

"너, 가끔 그런 부끄러운 소리를 아무렇지 않게 하는구나."

다크니스는 나한테 놀림을 받더니 약간 삐친 표정을 지으며 내 옆구리를 꼬집었다.

그리고―.

"나는 행운아다."

그런 부끄러운 대사를 당당하게 입에 담았다.

"저기, 나를 좀 더 경애해! 「아쿠아 님, 소생시켜주셔서 감사합니다!」라고 말하란 말이야!"

"어이, 카즈마! 나를 되살려준 너희 파티의 프리스트가 아까부터 엄청 귀찮게 군다고!"

제3장 이 가출 소녀에게 설교를!

1

"모험가 여러분! 어제는 정말, 정~말~, 수고하셨습니다!! 거물 현상범 『카오룽즈 히드라』 토벌에 성공하신 걸 축하드립니다! 그리고 여러분께는 막대한 상금이 지급될 거예요!"

"""우오오오오오오오~!!"""

길드 직원이 그렇게 말한 순간, 모험가 길드가 환성으로 가득 찼다.

카오룽즈 히드라를 해치운 우리는 격전을 치르며 쌓인 피로를 풀고 이렇게 모험가 길드에 모였다.

현재 이곳에 있는 사람들은 전부 어제 토벌에 참가한 모험가들이다.

곧 상금을 받을 거라 그런지 다들 만면에 미소를 짓고 있었다.

"그건 그렇고, 다크니스는 왜 보수를 받으러 안 온 거야? 오늘 다 같이 파티를 벌이기로 한 걸 깜빡한 걸까? 아니면 어제 일 때문에 부끄러워서 못 온 건가?"

"그럴지도 몰라요. 부끄러워서 그런지 다크니스는 어제 평소보다 텐션이 높았잖아요. 평소에는 거의 술을 마시지 않으면서 어제는 엄청 마셔대기도 했고요. 평소에는 제가 술을 마시려고 할 때마다 화를 냈었는데, 어제는 권하기까지 하더라고요……."

우리는 길드 중앙에 있는 테이블을 차지하고 앉아서 평소보다 들떠 보였던 다크니스를 떠올렸다.

"다크니스는 우리 중에서 가장 나이가 많지만, 어린애 같은 구석도 있잖아. 매사에 서툰 데다 부끄럼쟁이니까, 우리 앞에 나타나지 못하는 것도 무리는 아냐. 나중에 집을 지키고 있는 다크니스에게 줄 선물을 사서 돌아가자."

아쿠아는 부드러운 빛을 뿜고 있는 손으로 알을 돌리면서 어른스러운 소리를 했다.

"인마, 다크니스를 연상 취급하면서 젊음을 어필하지 말라고. 너는 연령 미상의 할망구잖아."

"사토 카즈마 씨. 제가 저번에 말했죠? 다음에 또 그런 소리를 하면 진짜로 천벌을 내리겠다고요. 당신에게는 자신이 주문한 차가운 음료수가 금방 미지근해지는 천벌을 내리겠어요."

나는 진지한 표정으로 바보 같은 소리를 하는 아쿠아를 곁눈질하면서 희희낙락하며 보수를 받고 있는 모험가들을 쳐다보았다.

이번 보수인 10억 에리스는 참가한 모험가들이 나눠 가지기로 했다.

10억 에리스.

카오룽즈 히드라에게는 10억 에리스나 되는 현상금이 걸려 있었다.

히드라가 사라진 덕분에 앞으로 그 호수 주변은 비옥한 대지로 변할 것이라고 한다.

10억 에리스라는 거액의 상금은 히드라가 없어져서 생겨난, 비옥한 개척지에 대한 대가 같았다.

이번 현상범 토벌에 참가한 모험가는 50명 정도였다.

즉, 1인당 보수는 2천만 에리스 정도인 것이다.

이름을 불린 모험가들은 차례차례 보수를 받았고 어느새 내 차례가 되었다.

"그럼 사토 카즈마 씨의 파티에게는 4인분 보수인 8천만 에리스와 토벌 참가자 여러분의 희망에 따라 추가된 2천만 에리스, 총 1억 에리스를 지급하겠습니다!"

"감사합니다! 좋아! 다들! 이 2천만 에리스로 다 같이 파티를⋯⋯. 어, 어이, 놔! 너, 일전에도 나한테 상금 주는 걸 엄청 꺼려했지?! 어이, 놔! 놓으라고!"

나는 상금이 든 자루를 놓지 않는 직원에게서 억지로 그걸 빼앗은 후—.

"어이, 다들! 어제 협력해줘서 정말 고마워! 자, 약속대로 파티를 벌이자고!!"

""""오오오오오오오!""""

굵직한 환성이 모험가 길드를 가득 채웠다.

아직 대낮이지만, 일찍 집에 돌아가는 건 힘들 것 같았다—.

2

나는 해가 진 액셀 마을을 걸으며 저택으로 돌아가고 있었다.

히드라도 무사히 토벌해서 걱정거리가 사라진 우리는 평소보다 비싼 식재료를 구입했다.

이걸로 혼자서 집을 지키고 있을 다크니스와 또 파티를 벌일 생각이다.

우리가 산 것은 마블링 홍게다.

다크니스의 가문에서 보내준 걸 먹었을 때 이후로 한 번도 먹지 않은 고급 식재료였다.

아쿠아는 이것을 보더니 아까부터 엄청 흥분해서 시끄럽게 떠들어대고 있었다.

"—어이, 다크니스. 우리 돌아왔……어……? 어라. 그 녀석, 외출한 걸까?"

우리가 저택에 돌아와 보니 다크니스가 보이지 않았다.

그리고 테이블 위에 종이 한 장이 놓여 있다는 사실을 눈치챘다.

그 종이에는 다크니스의 글씨체로 영주에게 이번 히드라 퇴치 건을 보고하러 간다고 적혀 있었다.

옛날에 우리가 박살을 냈던 영주의 저택이 드디어 재건된 모양이다.

저택에 돌아온 아쿠아는 호주머니에 넣어뒀던 알을 꺼내더니, 또 소파 위에서 부화 작업을 시작했다. 그리고 먹이를 달라며 조르는 병아리처럼 빨리 저녁을 먹자고 칭얼댔다.

"어이, 시끄러워. 요리가 완성되어도 다크니스가 돌아올 때까지 기다려야 한다고. 그리고 병아리 부화 작업 그만하고 집안일 좀 해. 화장실 청소 좀 제대로 하란 말이야."

"저기, 카즈마. 육아 중인 여성에게는 좀 더 상냥하게 대해야 한다고 생각해. 그리고 이제 병아리 소리 좀 그만해주면 좋겠네. 그렇게 젤 킹의 험담을 해대다간, 이 애가 커서 너를 꽉 깨물어버릴지도 모른다구."

결국, 곧 돌아올 다크니스를 위해 나와 메구밍이 저녁을 만들기로 했다.

다른 한 명은 알 부화 작업을 하며 소파 위에서 농땡이를 치고 있었다.

이윽고 평소 먹던 것보다 호화로운 요리가 완성되었고, 우리는 그것을 거실 테이블로 옮겼다.

"저기, 카즈마. 다크니스가 너무 늦는 것 같거든? 나, 요리를 보면서 손가락이나 빠는 짓은 더 이상 못 할 것 같거든? 빨리 다크니스를 찾아서 데려와~. 빨리~."

"어이. 재료비도 안 보탰고, 요리 만드는 걸 돕지도 않은 녀석 입에서 그딴 소리가 잘도 튀어나오네."

나와 아쿠아가 그런 소리를 하는 사이, 메구밍이 4인분의 식기를 테이블 위에 놓았다.

"오늘은 요리에 꽤 정성을 들였네요. 상류층 아가씨인 다크니스도 이런 요리를 먹어본 적은 거의 없을 거예요. 후후후, 제 요리를 먹은 순간 다크니스가 어떤 반응을 보일지 벌써부터 기대되는군요."

"네가 한 거라고는 소금 치고 식기 꺼낸 것뿐이잖아."

하지만 메구밍이 저런 소리를 하는 것도 이해가 됐다.

내 입으로 이런 말을 하는 것도 좀 그렇지만 오늘은 요리가 꽤 잘됐다.

요즘 들어 미식 탐방을 하면서 입맛이 고급스러워진 나는, 돈을 주고 『요리』 스킬을 배웠다.

어차피 나는 앞으로 취미 생활 삼아 모험을 할 예정이다.

그래서 전투 관련 스킬 대신 평소 생활 수준을 향상시키는 스킬을 선택한 것이다.

거금이 있으니 음식점을 차려보는 것도 괜찮을 것 같네…….

나는 그런 생각을 하며 다른 이들과 함께 다크니스가 돌아올 때까지 기다렸다.

―밤의 장막이 드리워졌을 즈음…….

이렇게 밤이 깊었는데도 다크니스는 돌아오지 않았다.

"카즈마! 요리가 다 식었으니 다시 데워~."

"……음식이 눈앞에 있는데도 먹을 수가 없다니……. 저는 다크니스가 아니라서, 이딴 플레이를 당해봤자 전혀 기쁘지 않아요. ……다크니스가 돌아오면 벌로 소파 앞에 무릎을 꿇게 한 후, 그녀가 보는 앞에서 이 음식들을 먹어주겠어요."

"그 녀석한테 그런 건 벌이 아닐걸? 오히려……. ……그건 그렇고 정말 늦네. 그 녀석, 저녁때까지는 돌아온다고 했으면서 대체 뭘 하고 있는 거야. 바닐의 점대로 본가에 무슨 문제라도 생긴 걸까? 그럼 우리한테 솔직하게 알려주면 좋을 텐데 말이야."

짜증이 난 우리는 푸념을 늘어놓으면서도 다크니스를 계속 기다렸다.

이윽고 그 짜증이 분노로 변하자 우리는 다크니스가 돌아오면 어떻게 괴롭혀줄지 논의하기 시작했다.

웬만한 벌은 상으로 여기는 그 여자에게 어떤 벌이 통할지 진지하게 생각해봤다.

하지만 단 한 명도 먼저 먹자는 의견을 내놓지 않았다.

결국, 아쿠아가 코디네이트한 엄청 귀여운 옷을 입혀서 길드 및 마을 안을 질질 끌고 다닌 후, 딱 하루 빌리는 데도 엄청 거금이 드는 마도 카메라로 촬영회를 하기로 했다.

다크니스에게 줄 벌이 정해졌을 즈음에는 자정이 지나려 하고 있었다.

"……늦네."

아쿠아가 그렇게 말했지만 그래도 누구 한 명 식사를 하려고 하지 않았다.

히드라 토벌에 성공했다는 걸 보고하는 데 이렇게 시간이 걸리는 걸까?

그 색골 영주도 귀족인 다크니스를 건드리지는 못할 텐데…….

이대로 기다려봤자 오늘은 돌아오지 않을지도 모른다.

외박하고 내일 아침에 돌아온다면 그 녀석을 제대로 괴롭혀줘야겠다.

"오늘은 돌아올 것 같지 않네. 못 돌아올 것 같으면 연락 정도는 하라고. ……어이, 이제 그만 먹자."

내가 그렇게 말했지만 두 사람은 난처한 표정을 짓기만 할 뿐 식사를 하지 않았다.

……아아, 젠장!

그 진성 마조히스트가 울며불며 괴로워할 만한 짓을 해줘야겠다.

한 시간 정도 바닐을 대여해서 부끄러운 질문을 마구 하는 것이다.

좋다. 그걸로 해야겠다.

돌아오는 시간이 늦어질수록 바닐에게 심문당하는 시간도 늘리자.

나는 마음속으로 그런 결의를 품었지만…….

다크니스는 그날 집에 들어오지 않았다.

그뿐만 아니라, 그 다음 날에도…….

그리고 그 다음 날에도…….

다크니스는 저택으로 돌아오지 않았다—.

3

"저기, 카즈마. 그게 뭐야? 뭘 만들고 있는 건데?"

나는 거실 테이블에서 아침부터 뭔가를 열심히 만들고 있었다.

나는 아쿠아에게 내가 만든 것을 보여줬다.

그것은 바로 다이너마이트 모조품이다.

형태는 노벨이 처음으로 만든 것과 비슷했다. 니트로글리세린을 모래와 섞어서 굳힌 후, 그것을 종이로 싸고 도화선을 붙여서 만든 간단한 물건이다.

이 세계에서는 아직 니트로글리세린이 개발되지 않았고 도화선으로 쓸 만한 화약도 없기 때문에 이것에 불을 붙여도 폭발은 일어나지 않는다.

애초에 다이너마이트의 세세한 원리도 모르는 내가 그걸 만들 수 있을 리 없지만······.

"원리와 외관은 대충 알고 있지만, 재료 문제로 만들 수 없는 걸 형태만이라도 재현해보고 있어. 머리가 좋고 미래를 내다볼 줄 아는 녀석이라면 니트로글리세린을 대신할 만한 걸 알지도 모르잖아. 그럼 이것도 팔리지 않겠어?"

"아하, 오버 테크놀로지틱한 현대 병기를 이 세상에 도입하려는 거구나! 카즈마······ 무서운 아이······!"

실은 만들어봤자 팔리지 않을 것 같아서 개발 자체를 포기했지만 어쩌면 사줄지도 모른다는 생각이 들어 일단 만들어봤다.

아쿠아는 알을 배에 품은 채 다이너마이트 모조품을 들고 꼼꼼히 살펴봤다.

내가 이런 짓을 시작한 데에는 다 이유가 있었다.

오늘 아침, 다크니스에게서 편지가 왔다.

"아쿠아가 들고 있는 그건 어디 쓰는 물건인가요?"

다크니스한테서 온 편지를 뚫어져라 쳐다보던 메구밍이 그렇게 말하며 고개를 들었다.

"이건 폭렬마법을 재현할 수 있는 다이너마이트란 도구의 모조품이야."

"윽?!"

메구밍은 그 말을 듣더니 아쿠아에게서 다이너마이트를 빼앗았다.

폭렬마법을 재현한다는 말 때문에 저러는 것 같았다.

"그건 마력이 필요 없으니까 누구라도 손쉽게 사용할 수 있다는 장점이 있어. 뭐, 아직은 완성시킬 수가 없긴 하……."

"우랴아아아아아아아아아앗~!"

"아아아아아아아아앗?! 인마, 남이 공들여 만든 물건 가지고 무슨 짓을 하는 거야!!"

메구밍은 창가를 향해 뛰어가더니 창밖을 향해 그것을 있는 힘껏 집어 던졌다.

"이딴 걸로 궁극의 마법이 간단히 재현되게 놔둘 수야 없죠! 그딴 비열한 무기를 개발하는 건 절대 용납할 수 없어요!"

"이, 이 녀석, 정말 성가시네……!"

흥분이 가시지 않았는지 한동안 거친 숨을 내쉬던 메구밍은 문득 뭔가가 생각난 것처럼 방금 읽던 편지를 펼쳤다.

그것은 다크니스가 우리에게 보낸 편지였다.

메구밍은 숨겨진 의도 같은 게 있지는 않나 싶어 몇 번이나 읽어봤던 그 편지를 또 읽어본 후, 테이블 위에 살며시 내려놓으며 입을 열었다.

"다크니스는 정말 이대로 파티를 관두려는 걸까요……."

나와 아쿠아는 그 말을 듣고 입을 다물었다.

"……어쩔 수 없잖아. 그 녀석의 가문을 생각해봐. 애초에 우리 같은 일반인과 지금까지 같이 모험을 한 것 자체가 이상한 일이야."

"하, 하지만! 정말 이상하잖아요! 다크니스가 아무 말 없이 파티를 관두다니요! 저희는 편지 한 통으로 작별 인사를 할 만큼 얄팍한 관계가 아니라고요!"

메구밍은 언성을 높였다.

"맞아. 내 생각에는 카즈마의 지나친 성희롱이 원인이라고 생각해. 일단 우리 세탁물을 욕조에 잔뜩 집어넣은 후, 「우오오~, 속옷 목욕탕이다아아아앗~!」은 관두는 편이 좋을 거라고 봐."

"한 적 없어! 아직 그딴 짓을 한 적 없다고~!"

"방금 아직이라고 말하지 않았어요?"

나는 메구밍이 테이블 위에 올려놓은 편지를 쥔 후, 다시 내용을 살펴보았다.

『갑자기 이런 소리를 해서 정말 미안하다.』

그것을 읽은 후…….

『너희에게 말할 수 없는 피치 못할 문제가 생겼다. 귀족의 의무와 관련된 문제다.』

나는 그 편지를 동그랗게 구겨서…….

그대로 쓰레기통을 향해 냅다 던져버렸다.

『너희와는 이제 만날 수 없다. 갑작스럽게 이런 소리를 해서 미안하다만, 나는 파티에서 탈퇴하겠다. 그러니 나를 대신할 전위를 파티에 영입해라.』

그런 나를 본 아쿠아와 메구밍은 약간 겁먹은 표정을 지었다.

젠장, 나는 왜 이렇게 짜증이 난 거지?

『너희에게는 진심으로 고마워하고 있다. 평생을 감사해도 모자랄 정도로 말이다……. 너희와 함께 모험을 하면서 정말 즐거웠다. 내 인생에서 가장 즐거웠던 시기지. 나는 앞으로 너희와 함께 보낸 나날을 절대 잊지 못할 거다.』

어차피 나와는 사는 세계가 다른 상류층 아가씨다.

그런 그녀가, 자신이 원래 있던 세계로 돌아갔을 뿐인 것이다.

그렇다. 공격을 제대로 명중시킬 수 있는 새 전위 직업을 동료로 삼으면 해결될 문제다.

나는 테이블 앞에 앉아서 다음 제품의 제작에 착수했다.

『지금까지 정말 고마웠다. 더스티네스 포드 라라티나 올림. 사랑하는 동료들에게, 깊은 감사의—.』

우직, 하는 소리가 나더니 내가 쥔 커터 나이프의 날 부분이 부러졌다.

나도 모르는 사이에 힘이 과하게 들어갔던 것 같았다.

메구밍은 그런 나를 보더니 입을 열었다.

"……카즈마도 신경 쓰이나 보네요. 이제 그만 솔직해지세요! 그리고 한 번 더 다크니스의 저택에 가보죠!"

메구밍은 주먹을 말아 쥐고 나에게 그렇게 말했다.

다크니스가 돌아오지 않았던 그날.

결국 우리는 자정이 지난 후, 식은 요리를 묵묵히 먹었다.

그리고 다음 날 새벽, 다크니스의 저택으로 쳐들어갔지만……

"또 문전 박대당할 게 뻔해. 상대는 대귀족이라고. 강행 돌파라도 해봐. 우리는 전부 체포 및 구속을 당할 거야. 다크니스나 그녀의 아버지가 우리를 처형시키지는 않겠지만, 그 녀석이 우리를 보고 싶지 않다는데 뭘 어떻게 하겠냐고."

메구밍은 내 말을 듣더니 고개를 푹 숙였다.

다크니스의 저택에 간 우리는 「자초지종을 말씀드릴 수는 없습니다. 돌아가 주십시오」라는 말만 반복하는 문지기에게 쫓겨났다.

나는 짜증을 내면서 커터 나이프의 날을 교체…….

"카즈마, 말은 그러면서도 다크니스를 위해 할 수 있는 일이 없는지 생각하고 있지? 그래서 열심히 신상품을 개발하는 거잖아. 아무 짝에도 쓸모없는 그 악마의 조언을 믿는 거야? 악마는 말이지. 억지만 잔뜩 부리는 놈들이라구. 공짜로 남을 돕지는 않는단 말이야."

짜증이 난 나는 아쿠아에게 속내를 지적당하고 또 움직임을 멈췄다.

"따, 딱히 그런 거 아니거든~?! 성실하게 일하기 싫으니까, 더 편하게 거금을 벌려고 상품을 개발하는 것뿐이라고!"

아쿠아는 내 말을 듣더니 진지한 표정을 지었다.

"츤데레? 저기, 카즈마는 츤데레야? 정말 솔직하지 못하다니깐. 다크니스가 없어서 쓸쓸하면 쓸쓸하다고 말하면 되잖아. 나, 금발 트윈 테일 이외의 츤데레는 인정 못 해. 그러니까 빨리 금발로 염색하고 헤어 스타일도 트윈 테일로 바꿔."

"…………."

쓸데없는 소리를 해서 죄송합니다, 하고 엉엉 울며 외쳐대는 아쿠아에게서 알을 강제로 빼앗은 후, 이걸 점심 반찬으로 삼자고 생각하는 나를 쳐다보며…….

메구밍은 쓸쓸한 목소리로 말했다.

"두 사람이 평소처럼 다투는 모습을 봐도……. 왠지, 뭔가가 부족한 것 같은 느낌이 들어요……."

4

언짢은 표정의 메구밍이 길드로 향하는 내 뒤를 졸졸 따라왔다.

솔직히 말하자면 메구밍도 알 부화 작업에 여념이 없는

아쿠아처럼 저택에 얌전히 있어줬으면 했다.

"……저기, 메구밍. 용돈 줄 테니까 저택으로 돌아가 주지 않을래?"

"싫어요. 저도 파티 멤버니까, 새로운 멤버를 고를 권리가 있단 말이에요."

메구밍은 아까부터 내 말을 들으려고 하지 않았다.

그것도 무리는 아닐 것이다.

나는 현재 다크니스를 대신할 전위 직업 멤버를 찾기 위해 모험가 길드로 향하고 있었다.

메구밍은 내 등 뒤로 후다닥 뛰어와서 말했다.

"겨우 며칠 자리를 비웠다고, 지금까지 생사고락을 함께한 동료를 쫓아내는 건가요. 카즈마는 악마예요, 악마."

메구밍은 그 말을 한 후, 후다닥 내 등 뒤에서 떨어지더니 나와 몇 걸음 떨어져서 걸었다.

"무, 무슨 소리를 하는 거야. 다크니스가 자신을 대신할 새로운 파티 멤버를 영입하라고 부탁했었다고. 나도 다크니스가 돌아온다면 그게 가장 좋아. 하지만 본인이……."

메구밍은 그 말을 듣고 내 등 뒤로 후다닥 뛰어와서 말했다.

"카즈마는 그저 고집을 부리고 있는 것뿐이잖아요. 아까 아쿠아에게 그런 말을 듣고 부끄러웠죠? 인정하고 싶지 않은 거죠? 아무렇지도 않은 척하는 거죠? 새로운 멤버를 받지 않고 기다리면 자기가 다크니스에게 미련이 있다고 고백

하는 거나 다름없는 것 같아서 싫죠?"

메구밍은 그렇게 말한 후, 또 후다닥 나에게서 떨어졌다.

짜, 짜증 나……!

그 후, 메구밍은 길드에 도착할 때까지 일정 거리를 유지한 채 나를 계속 미행했다.

나란히 걸으면 될 텐데 그러지 않았다.

그러면서도 내가 냅다 달려서 떨쳐낼 수 없을 만큼의 거리를 유지하고 있었다.

이윽고 내가 모험가 길드 앞에 서자 메구밍은 나에게 다가왔다. 그리고 내 옷깃을 잡아당기며 말했다.

"카즈마, 안에 들어가지 않는 편이 좋을걸요? 이 안에 들어갔다간, 홍마족의 무시무시함을 몸으로 직접 느끼게 될 거예요."

"할 수 있으면 어디 해봐. 쓸데없는 짓을 한다면 네가 소중히 여기는 그 지팡이로 막힌 화장실 변기를 뚫어주겠어."

나는 표정이 딱딱하게 굳은 메구밍을 데리고 길드에 들어갔다.

그리고 파티 모집 게시판 앞에 서서 거기에 붙어 있는 종이들을 훑어봤다.

나는 모집용지를 붙이지 않기로 했다. 어차피 우리의 악명은 널리 알려져 있기 때문이다.

이제 와서 전위 모집용지를 붙여봤자 아무도 찾아오지 않을 거라는 사실을 이미 알고 있었다.

그러니 파티에 들어가고 싶어 하는 녀석을 확 잡아서 다소 억지로라도 동료로 삼을 생각이다.

……바로 그때, 꽤 괜찮은 내용이 적힌 종이를 발견했다.

직업, 전사. 주로 사용하는 무기는 한손검.

방어력에 자신 있음. 전위에서 방패 역할 희망.

성별, 남성. 나이는 열여덟.

……나쁘지 않은걸.

나는 그 종이를 뗀 후, 그걸 붙인 모험가가 기다리고 있는 테이블로 다가갔다.

"으음. ……저기, 이 모집용지를 보고 찾아왔습니다만……."

내가 말을 걸자 그는 우리를 모르는지 밝은 표정을 지으며 입을 열었다.

"아, 예! 만나서 반갑습니다. 저는 전사인……."

"아, 자기소개는 안 해도 돼요."

그 남자가 말을 이으려던 순간, 내 뒤편에 있던 메구밍이 그의 말을 끊었다.

……불길한 예감이 마구 들었다.

"그것보다 우선 당신이 저희 파티에 걸맞은 인물인지 아닌지 테스트하겠어요. 저희는 마왕군 간부와 싸워온 초일류 파티니까요. 테스트 내용은 홀로 거액의 현상금이 걸린 몬스터를 토벌…… 아얏!"

"테스트 같은 건 안 해! 이 녀석의 말은 무시해도 돼!! 저기, 미안한데 잠시만 기다려줄래?"

"아, 예."

나는 바보 같은 소리를 하는 메구밍의 머리를 쥐어박으며 그렇게 말했다.

"—어이, 너. 이쪽으로 좀 와봐."

"거절하겠노라. ……아앗, 후드를 잡아당기지 마세요. 이 로브는 친구한테서 받은 소중한 거란 말이에요. 그렇게 잡아당기면 늘어난다고요."

나는 메구밍을 데리고 전사로 보이는 남자에게 우리 대화가 들리지 않을 위치까지 이동했다.

"너, 머리가 안 돌아가는 거야? 다크니스가 돌아오면 5인 파티를 하면 되잖아. 나는 내구력이 낮아서 방패 역할을 못 해. 아쿠아도 마찬가지지. 너는 거론할 가치도 없어. 즉, 다크니스가 없는 지금 상황에서 다수의 몬스터를 상대하게 된다면 방패 역할을 할 사람이 꼭 필요하다고."

"알아요. 안다고요, 카즈마. 저도 전위의 중요성은 안단 말이에요. 그럼 면접을 하죠."

이 녀석, 모르는 게 분명해. 사고를 칠 생각인 게 틀림없어.

"잘 들어. 수많은 마왕군 간부를 해치운 우리를, 마왕도 슬슬 주시하기 시작했을지도 몰라. 일전에 바닐이 파견됐던 것도 이 마을에서 베르디아가 토벌당했기 때문이잖아. 만일의 사태에 대비해 적어도 전투다운 전투가 가능한 상태를 유지하고 싶어. 뭣하면 저 형씨를 임시 멤버로 삼는 걸로 하자. 알았지? 그러니까 방해하지 마."

"알았어요. 방해 안 할게요. 안 한다고요."

메구밍은 꽤 순순히 고개를 끄덕였다.

솔직히 말해 이 녀석이 이렇게 얌전할 때는 뭔가 일을 벌일 셈인 게 틀림없다.

나는 메구밍에게 주의를 기울이며 아까까지 있었던 테이블로 돌아갔다.

"으음…… 갑자기 자리를 비워서 미안해. 나는 사토 카즈마. 카즈마라고 불러줘. 그리고 이쪽은……"

내가 메구밍을 소개하려고 한 순간, 그녀는 망토를 펄럭이고 길드 안에 있는 모든 이들에게 들릴 만큼 큰 목소리로 외쳤다.

"내 이름은 메구밍! 액셀 마을 제일의 마법사이자, 폭렬마법을 펼치는 자! 이 길드에서 나한테 붙인 별명은 정신 나간 폭렬걸! 자, 나와 함께…… 아얏!!"

메구밍이 길드에 있는 모든 이들의 시선을 한 몸에 받으며 당치도 않은 자기소개를 시작하자 나는 허둥지둥 그녀를 쥐어박으며 말렸지만…… 이미 한발 늦었다.

전사로 보이는 그 남자는 딱딱하게 굳은 표정으로—.

"저, 저기……. 소문은 들었습니다. 바로 당신이……. 죄, 죄송합니다. 그 소문은 과장된 거라고만……. 역시 저한테는 버거울 것 같으니, 다른 사람을 찾아보세요……."

그 소문이란 건 대체 뭘까.

우리에 대한 악평은 예상했던 것보다 심각한 수준인 걸지도 모른다.

거듭 사과하는 그 남자와 헤어진 후, 메구밍은 만족스러우면서도 소중한 뭔가를 잃어버린 표정을 지으며 나를 향해 미소 지었다.

"카즈마, 그는 무리였던 것 같네요. 저는 그저 자기소개를 했을 뿐이에요. 자, 다른 사람을 찾아보죠."

그야말로 완벽한 자폭 테러였다. 아무래도 나는 메구밍의 각오를 너무 얕잡아본 것 같았다.

설마, 자신의 입으로 자기가 정신 나갔다고 말할 줄이야…….

하지만 다른 사람을 찾으려고 해도…….

나와 메구밍은 게시판에서 적당한 인물을 찾아서 그 사람을 쳐다봤지만 상대방은 주저 없이 고개를 돌렸다.

……방금 메구밍이 한 자기소개가 치명적이었던 것 같았다.

젠장. 평소에는 앞뒤 안 가리고 폭렬마법을 날려대면서, 왜 이럴 때는 머리가 비상하게 잘 돌아가는 거냐고.

바로 그때였다.

"어이, 카즈마. 뭐야. 멤버를 모집하는 거야? 그럼 나한테 말을 걸지 그랬어."

이러지도 저러지도 못하는 나에게 말을 건 사람은 바로 더스트였다.

오늘은 그가 소속된 파티의 다른 멤버들이 보이지 않았다.

"너, 이미 파티에 소속되어 있잖아. 다른 애들은 어디 간 거야?"

더스트는 내 말을 듣더니 인상을 한껏 썼다.

"카즈마, 내 말 좀 들어봐. 그 녀석, 진짜 너무하지 않아? 히드라와 싸우고 거금을 받았으니 한동안은 일할 생각이 없다더라고! 나는 히드라 토벌 보수를 못 받았으니까 돈을 벌어야 해. 하지만 대부분의 모험가들은 지금 주머니 사정이 좋거든? 그래서 임시 파티 멤버 모집도 거의 없어. 게다가 전사는 가장 흔해빠진 직업이잖아……. 그래서 말인데 전위 직업을 구하는 거라면 나는 어때?"

메구밍은 짜증 나는 방해꾼을 쳐다보는 눈길로 더스트를 노려보았다.

확실히 이 양아치는 행실이 불량하지만 실력이 좋다는 이야기를 들은 적이 있다.

메구밍, 아쿠아도 이 녀석과 같이 파티를 짠 적이 있고 나도 이 녀석의 성격을 파악하고 있다.

나는 딱히 거절할 이유가 없었기에 더스트와 함께 파티를 짜기로 했다.

—일단 임시 파티를 짜기로 한 우리는 서로의 상성을 파악하기 위해 적당한 퀘스트를 받은 후, 마을 외곽의 거대한 농장으로 향했다.

지금은 장마 시기다.

장마 하면 개구리가 생각나겠지만 이 시기에는 더 골치 아픈 상대가 존재했다.

"저격! 저격, 저격, 저격! ……젠장, 내 화살로는 대미지를 줄 수 없어! 이 녀석들은 너무 단단하다고!"

"아다만마이마이에게는 화살이나 날붙이는 통하지 않아! 카즈마, 그쪽은 마법으로 어떻게든 발을 묶어봐! 나는 로리 꼬맹이가 마법을 완성할 때까지 이 녀석들로부터 밭을 지키겠어!"

"어이, 로리 꼬맹이가 누구를 가리키는 말인지 어디 말해보실까!"

나와 더스트와 메구밍, 이렇게 세 사람은 이 퀘스트를 맡은 다른 모험가들과 함께 농장에 해를 끼치는 짐승을 처리하고 있었다.

장마 시기가 되면 밭의 농작물을 먹어치우는 거대 달팽이, 아다만마이마이가 대량으로 발생한다고 한다.

그리고 현재, 내 뒤편—.

"어이! 조세프가 여름 죽순에게 엉덩이를 찔렸어! 중상이야! 이 녀석은 밭일을 못 해! 빨리 데리고 가!"

"멧돼지가 나타났다! 이 혼란한 틈을 노리기라도 한 것처럼 멧돼지와 각종 짐승들이 몰려 왔다고!"

농장에서 수확 작업을 하던 농가 사람들에게 그런 목소리가 들려왔다.

농사란 그 어떤 세계에서도 힘든 일인 것 같았다.

"『프리즈』!『프리즈』!.『프리즈』!『프리즈』!!"

나는 아다만마이마이의 체온을 낮춰 일시적으로 움직임을 둔하게 만들었다.

전설적인 고강도 물질인 아다만티움에서 따온 이름을 지닌 만큼 이 녀석은 껍질 이외의 부분도 꽤나 단단했다.

내가 할 수 있는 일은 이렇게 시간을 버는 것뿐이다.

밭 중앙에서 원숭이 몇 마리를 격퇴한 더스트는 들고 있던 장검을 지면에 꽂더니 그 검의 손잡이를 움켜쥐며 왼손에 든 방패를 앞으로 내밀었다.

그리고 밭을 향해 돌진하는 거대한 멧돼지가 내 눈에 들어왔다.

더스트는 저 멧돼지와 싸울 생각인 것 같았다.

"우랴아아압~!"

더스트는 자세를 낮추고 다리에 힘을 주더니 검의 손잡이를 더욱 세게 움켜쥐었다.

다크니스라면 멧돼지와 부딪힌들 꿈쩍도 하지 않을 것이다.

그것도 그럴 것이, 그 녀석은 히드라의 맹렬한 공격도 견뎌낼 만큼 튼튼하니까 말이다.

하지만 더스트에게 그 정도의 방어력을 기대하는 것은 무리다.

소만 한 몸집의 멧돼지는 그대로 더스트를 향해 돌진하더니⋯⋯!

"커어억?!"

멧돼지에게 치인 더스트는 그대로 허공을 가르며 날아갔다.

하지만 멧돼지 또한 강철제 갑옷을 입은 더스트와 부딪히고 무사할 수는 없었는지 비틀거리며 걸음을 멈췄다.

나는 그 멧돼지에게 다가간 후, 주저 없이 칼로 베었다.

내가 평소와 달리 딱히 고전하지도 않고 멧돼지를 해치운 후, 다른 사람들이 어쩌고 있는지 둘러보니―.

대량의 원숭이들이 모험가들의 방어를 뚫고 차례차례 농장으로 침입하고 있었다.

크으, 젠장!

나는 멧돼지에게 치인 후 바닥을 뒹굴며 꿈틀거리고 있는 더스트를 내버려 둔 채, 그 원숭이들을 활로 저격했다.

"카즈마! 폭렬마법 영창이 끝났어요!"

메구밍이 나에게 마법이 완성되었다는 사실을 알리자 나는 도주하는 원숭이 무리를 손가락으로 가리키며 고함을 질렀다.

"메구밍! 한 방에 전부 쓸어버려!"

내가 그렇게 지시를 날린 순간, 다른 모험가들 중 누군가가 고함을 지른 느낌이 들었다.

"잠깐……! 기다……!"

"『익스플로전』!!"

메구밍의 폭렬마법은 원숭이와 멧돼지, 아다만마이마이, 그리고 밭의 작물까지 싹 쓸어버렸다.

5

우리는 농작물을 노리는 짐승들을 전부 제거한 후, 길드에 보고하러 왔다.

토벌 보수는 참가한 모험가 한 명당 2만 에리스다.

상대는 인간에게 해를 끼치지 않는 아다만마이마이와 야생 짐승이었다.

멧돼지 이외에는 목숨을 잃을 걱정을 할 필요 없는 아다만마이마이와 원숭이를 제거하는 퀘스트인데 이 정도 보수를 받을 수 있는 것이다.

2만 에리스면 충분히 타당한 금액이리라.

하지만 우리는—.

"그럼 사토 카즈마 씨, 메구밍 양, 더스트 씨는 5천 에리스입니다."

채소를 전부 날려버린 탓에 보수도 확 줄어버렸다.

내가 메구밍에게 함부로 지시를 내려서 이런 일이 벌어진 것이다.

그래서 내가 사과를 하자, 더스트는—.

"헤헷. 이럴 때도 있는 거지, 뭐. 오늘 쓸 술값 정도는 벌었으니까 너무 신경 쓰지 마. 아까도 가만히 있었으면 원숭이들이 도망쳐서 퀘스트 자체가 실패했을 거라고!"

웃으면서 그렇게 말한 후, 방금 받은 보수로 시원한 맥주를 시켰다.

"이 정도면 아쿠아와 다크니스가 없는 상태인 저희 셋이서 잘한 편이라고 생각해요. 참가한 모험가의 숫자도 적었잖아요. 원래 그 퀘스트에는 더 많은 모험가가 참가했어야 해요."

메구밍은 그렇게 말했다.

그녀는 퀘스트에 성공해서 기뻐하면서도 왠지 표정이 좋지 않았다.

……왜 저러는 것인지는 안다. 다크니스 때문이리라.

다크니스와 비교하는 건 좀 그렇지만, 역시 그 마조히스트 크루세이더의 방어력만큼은 인정하고 있었던 만큼, 비교를 하지 않을 수 없었다.

더스트는 원숭이도 베어 넘기며 나름대로 전위로서 멋지게 활약했지만…….

다크니스는 공격을 명중시키지 못하지만 돌격해 오는 멧돼지와 부딪히더라도 끄떡없었을 거라는 그런 괜한 생각만…….

잠깐만. 이제 와서 그 녀석과 더스트를 비교해서 뭘 어쩌자는 거야.

일단 한동안은 더스트를 임시 멤버로 삼으며 상황을 지켜보기로 했다.

―임시 멤버가 정해진 다음 날.

어떤 남자가 노크도 하지 않고 현관문을 열어젖히며 저택 안으로 뛰어 들어왔다.

"……이제부터 일시적으로 파티를 짤 거니까 아쿠아와도 인사를 나누게 집으로 오라고 내가 말하기는 했어. 그래도 왜 이렇게 허둥대는 거야?"

내가 그렇게 묻자 저택에 뛰어 들어온 더스트가 거친 숨을 내쉬며 말했다.

"카즈마, 큰일 났어! 네 도움이 필요해! 같이 좀 가자! 응?! 부탁이야!"

히드라에게도 숨통을 끊어놓겠다며 망설임 없이 달려들었던 이 남자가 이렇게 당황하는 걸 보면 큰일이 나긴 한 것 같았다.

나는 아쿠아와 메구밍을 향해 고개를 돌리고 말했다.

"무슨 일인지는 모르겠지만, 일단 갔다 올게."

나는 더스트에게 끌려가다시피 하며 저택을 나섰다.

—더스트는 앞장서며 그 큰일이라는 걸 이야기했다.

나는 그 이야기를 다 듣자마자 무심코 그 자리에서 멈춰섰다.

"……으음, 좀 있어봐. 그러니까 말이야. 그 큰일이라는 게, 린에게 남자가 생겼다는 거야?"

"그래! 이렇게 큰 사건이 벌어졌는데도, 테일러와 키스는 별일 아니라는 듯「흐음~」하고 말한 뒤 끝이더라고!"

아니, 나도 흐음~ 하고 말할 수밖에 없는 데 말이다.

하지만 더스트는 그렇지 않은지 주먹을 치켜들며 외쳤다.

"소중한 동료가 어디서 굴러먹던 말 뼈다귀인지도 모르는 녀석과 시시덕대고 있다고. 카즈마도 여자 동료가 이상한 남자에게 걸려든다면 걱정될 거 아냐!"

뭐, 나도 사이좋은 여자 사람 친구가 있고 그 애에게 연인

이 생긴다면…….

"왠지 이해가 될 것 같아."

"그렇지?! 역시 카즈마는 내 마음을 이해해주는구나!"

텐션이 하늘을 찌르는 더스트가 나에게 계속 설명했다.

더스트의 말에 따르면 요즘 들어 린이 그와 잘 어울려주지 않는 것 같았다.

그걸 미심쩍게 생각한 더스트는 하루 종일 린의 뒤를 쫓아다녔고 결국 처음 보는 남자와 함께 여관에 들어가는 광경을 목격했다고 한다.

"……너, 너, 그건 스토…….'

"그러니까! 이 촌뜨기 자식이 린을 유혹한 거라고! 나는 동료로서 린이 걱정돼. 그래서 그 상대 남자에 대해 조사하고 싶어. 카즈마 부탁이야. 다른 두 사람은 전혀 도움이 안돼! 제발 부탁이야! 도와줘!"

더스트가 빌기라도 하듯 두 손바닥을 마주 대며 애원하자 나는 잠시 동안 생각에 잠겼다.

남의 연애에 간섭하는 건 좀 그렇지만 나도 남 말 할 처지는 아니지 않을까?

예를 들어 다크니스가 어느 날 갑자기 애인이 생겼다고 말한다면 그 애인이 어떤 남자인지 조사하고 싶을 것이다.

다크니스는 남자 취향이 지나치게 특수하기 때문이지만 말이다.

"……알았어. 좀 기분 나쁘지만, 나도 더스트와 같은 처지였다면 그 상대편 남자를 조사할지도 몰라. 린이라면 그런 걱정을 안 해도 될 것 같지만, 그래도 한 번 같이 모험을 했던 동료로서 그녀의 애인이 어떤 녀석인지 신경 쓰이기는 해."

"우오오! 역시 카즈마는 말이 통한다니까! 정말 믿음직해!"

더스트의 말을 듣고 일말의 불안감을 느끼면서도, 요즘 들어 연락이 되지 않는 다크니스와 린을 무심코 겹쳐서 생각한 나는 결국 그를 따라가기로 했다.

—더스트가 안내한 곳은 작지만 깨끗한 여관이었다.

모험가보다는 커플이 자주 찾을 듯한, 그렇고 그런 여관이다.

"카즈마, 여기야. 여기에 린을 홀린 쓰레기 자식이 있어."

어이, 아직 상대가 어떤 자식인지는 모르잖아.

나는 분노에 떨고 있는 더스트가 무모한 짓을 벌이지나 않을지 약간 걱정이 되었다.

"그런데 어떻게 할 거야? 설마 이대로 그 남자의 방에 쳐들어갈 수는 없잖아."

더스트는 내 말을 듣더니 씨익 웃으면서 말했다.

"내가 몇 년이나 모험가로서 살아왔는지 알기나 해? 이 일은 용의주도하지 않으면 오래 못 한다고. 상대가 머무는 방도 조사해뒀고, 실은 그 옆방도 이미 빌려뒀어."

어, 어이……

내가 지금 바로 경찰에 신고해서 이 남자를 잡아가게 해야겠다는 생각을 하는 사이, 더스트는 이 여관의 문을 열었다.

나는 어쩔 수 없이 그의 뒤를 따랐다.

이 주도면밀함과 행동력을 잘 살린다면 이 녀석은 성공하고도 남을 것 같다는 생각이 들었다.

이 여관의 내부는 꽤나 평범한 스타일이었다.

1층은 식당이고 2층이 방으로 되어 있는 타입이다.

이미 이야기가 다 되어 있는지, 여관 주인은 더스트와 나를 보고도 말리는 것은 고사하고 아무것도 못 봤다는 듯 하품을 했다.

더스트는 그대로 2층으로 이어지는 계단을 올라가더니 이윽고 어느 방 앞에서 멈춰 섰다.

"좋아. 여기야. ……벽이 얇으니 가능한 한 소리를 내지 마. 린은 이미 옆방에 있을 거야. 그 녀석은 귀가 좋으니까 우리 목소리를 들을지도 몰라."

나는 마른침을 삼키면서 더스트의 뒤를 따르며 그 방 안으로 들어갔다.

그곳은 침대와 테이블, 그리고 조그마한 옷장만 있는 심플한 방이었다.

더스트는 문을 살며시 닫고 벽에 귀를 댔다.

나도 왠지 해선 안 되는 짓을 하는 느낌을 받으면서 벽에 귀를 댔다.

　그러자 옆방에서 귀에 익은 목소리가 들려왔다ㅡ.

『하지만……. 제 입으로는 뭐라고……』

　그것은 린의 목소리가 틀림없었다.

　하지만 목소리로 보아하니 즐겁게 이야기를 나누는 것 같지는 않았다.

『린 양. 제가 어려운 일을 부탁하는 거라는 건 압니다. 원래 이건 해선 안 되는 일이죠. 하지만 좋아하게 되었으니 어쩔 수 없지 않습니까!』

『지, 진정하세요! 저기, 잘 생각해봐요. 당신은 귀족이에요. 원래 모험가 같은 이들과는 얽힐 일이 없는 사람이죠. 그것만으로도 문제인데……』

　상대방 남성은 귀족 계급인 것 같았다.

　그렇다면 린에게 있어서는 신데렐라가 될 기회가 찾아온 것일지도 모른다.

　하지만 린의 말투에서는 내키지 않아 하는 기색이 느껴졌다.

　귀족의 아들과 모험가.

　원래라면 평생 마주칠 일도 없었을 두 사람.

　나와 다크니스가 같은 파티에 소속되어 모험을 했다는 것 또한 비정상적인 일이리라.

　내가 그런 생각을 하고 있는 동안에도 벽 너머에서는 목소리가 계속 들려왔다.

『린 양! 신분 차이 때문에 이 마음을 전할 수 없다는 건 저도 압니다! 아니, 그것보다 더 큰 난관이 기다리고 있다는 것도 알죠. 하지만, 하다못해……! 하다못해, 거금을 들여 입수한 이 마도 카메라로 사진을 남기고 싶습니다!』

『지지지지, 진정해요! 진정하라고요! 냉정을 되찾아요!』

방금 그 이야기를 통해 자초지종은 얼추 알았다.

귀족 청년은 린에게 반했지만 신분 차이 때문에 그녀와 맺어질 수 없다.

그러니 하다못해 사진이라도 남기고 싶다는 건가?

뭐야. 나쁜 녀석은 아니잖아.

『가능한 한! 가능한 한 선정적인 사진을요!』

『진정해요! 부탁이에요! 좀 진정하라고요! 일단 1층에 가서 뭐라도 좀 먹으면서 진정하죠, 예?!』

……아니, 아무래도 그렇지 않은 것 같았다.

바로 그때, 내 옆에 있던 더스트가 벌떡 일어나더니—.

"저 자식을 작살내버리겠어."

"어이, 잠깐만! 가지 마! 아직 이르다고!"

내가 더스트를 말리고 있을 때 옆방의 문이 열렸다 닫히는 소리가 들려왔다.

저 두 사람은 1층에 식사를 하러 간 것이리라.

그 소리를 아무 말 없이 듣고 있던 더스트는 흉악하기 그지없는 미소를 지었다.

6

"어이, 카즈마. 아무렇게나 벗어놓은 이 옷 좀 보라고! 역시 귀족님답게 좋은 옷을 입나 보네!"

나는 더스트를 뒤쫓아 옆방에 침입했다.

그리고 방 안을 물색하는 더스트를 보며 머리를 감싸 쥐었다.

결국 사고를 치고 말았다.

현재 우리가 저지르고 있는 죄명은 불법 주거 침입이다.

"자, 귀족 도련님께서는 어떤 보물을……. 아니, 이건……?!"

이제 말려야 한다.

불법 침입과 절도라니 그건 넘어선 안 되는 선을 넘는 행동이다.

나는 옷장 안에서 찾아낸 뭔가를 보고 놀란 더스트의 어깨에 손을 얹으면서―.

"카즈마, 레이스가 달린 이 빨간 란제리 좀 봐! 그 자식, 이걸 린에게 입힌 후 사진을 찍을 속셈인 거야! 이 변태 자식, 감히 이런 것까지 준비하다니! 이딴 건 이렇게 해주겠어!"

더스트가 격앙된 목소리로 그렇게 외치고 주저 없이 알몸이 되더니 그 빨간 레이스 속옷을 입었다.

지금 상황에서는 분명 이 남자야말로 변태일 것이다.

"좋아! 카즈마, 거기 굴러다니는 고급 마도 카메라로 나를 찍어! 거액의 필름을 내 알몸으로 가득 채워서, 린을 찍은 후 현상했을 때 평생 떠오를 트라우마가 생기게 만들어주겠어!"

어쩌다 일이 이렇게 된 걸까.

나는 반쯤 얼이 나간 채 더스트가 시키는 대로 마도 카메라를 쥐었다.

구조는 단순하지만 확실히 이 마도 카메라에서는 강한 마력이 느껴졌다.

나는 아마 집도 살 수 있을 만큼 비싼 마도구로 얼간이 같은 짓을 하고 있는 것이리라.

옷을 벗어 던진 더스트는 팔짱을 끼더니 손을 쓰지 않고 브리지 자세를 취했다.

붉은색 란제리를 입은 변태가 단련된 목으로 버티면서, 탄탄한 몸으로 멋진 포물선을 자아냈다.

"좋아. 카즈마, 찍어! 나의 끝내주는 육체미를 후세에 남기자고!"

─대체 몇 장이나 찍었을까.

더스트가 치아를 반짝이며 포즈를 취하자 나는 테이블 위에 올라가거나 바닥을 구르며 다양한 각도에서 마도 카메라로 사진을 찍어댔다.

매 포즈와 암표범 포즈.

예술성을 추구해서 생각하는 사람 포즈 같은 것도 찍어봤다.

"좋았어, 더스트! 바로 그거야! 너는 지금 찬란히 빛나고 있다고!! 아름다운 포즈는 다 찍었어! 자, 다음은 선정적인 포즈를 찍어보자! 그럼 우선 손가락을 빨면서 엉덩이를 이쪽으로 내밀어 봐!"

더스트는 내가 시키는 대로 요염하게 손가락을 빨더니, 붉은색 팬티에 감싸인 엉덩이를 내 쪽으로 내밀었다.

그 사진을 몇 장 찍은 후, 나는 또 지시를 내렸다.

"좋아! 그럼 드디어 멋진 포즈도 찍어볼까! 다리를 벌리고, 허리를 낮춘 후, 손을……! 그래, 바로 그거야!"

더스트는 붉은색 팬티 차림으로 스모 선수의 준비 자세를 취하듯 허리를 낮췄다. 그리고 손을 옆으로 쭉 뻗으면서…….

매우 진지한 표정으로 내가 가르쳐준 스모 대결의 시작을 알리는 대사를 토했다.

"핫케요이!"

그리고 드디어 한계에 도달한 우리가 배를 잡고 바닥을 굴러다니며 낄낄 웃고 있을 때……!

달그락.

지팡이를 놓친 채, 방문 앞에 서서 망연자실한 표정으로 우리를 쳐다보는 린과 눈이 마주쳤다.

7

"……이게 대체 어떻게 된 거야? 더스트가 바보인 건 알지만, 카즈마까지 뭘 하고 있는 건데?"

나와 더스트는 린과 귀족 청년 앞에서 무릎을 꿇고 있었다.

""잘못했습니다.""

나와 더스트는 동시에 사과했다.

실수를 범했다.

잠시 동안 정신이 나갔던 우리는 바보 같은 사진을 찍는 데 열중하고 말았다.

그런 우리를 본 린이 한심해 죽겠다는 듯 한숨을 내쉬었다.

더스트를 쳐다보는 린의 눈길은 정말 날카로웠다.

참고로 더스트의 여자 팬티 차림은 보는 이들의 눈도 썩어 들어가게 만들 만큼 충격적이니 하다못해 바지 정도는 입게 해줬으면 좋겠다.

"하아……. 괜한 걱정만 잔뜩 했네. 아, 더스트를 마음대로 하셔도 돼요. 저도 이제 아무 말 안 할게요. ……카즈마. 우리는 가자."

린은 그렇게 말하더니 지칠 대로 지친 표정을 하고 나를 향해 손을 내밀었다.

"……뭐? 저기, 저 두 사람을 같이 놔두면 안 될 것 같은데? 진짜로 큰일이 날 거라고."

나는 린에게 반쯤 끌려가다시피 방 밖으로 나갔다.

"괜찮아. 이제 내 알 바 아니라구."

린은 문을 닫더니 그렇게 말하면서 복도를 따라 걸었다.

『더스트 씨. 당신이 이런 차림으로 제 방에 있는 날이 올 줄은 몰랐습니다……』

『아앙? 그래, 내가 불법 침입 좀 했다. 그게 뭐? 불만 있냐?』

문 너머에서는 저 방에 단둘이 남아 있는 두 사람의 목소리가 들려왔다.

더스트는 자포자기했는지 험악한 분위기를 형성하고 있었다.

그런데 저 녀석은 자기가 지금 어떤 꼴인지 이해하고 있는 걸까.

"저기, 린. 저 녀석, 말리는 편이 좋지 않을까? 더스트가 무슨 짓을 저지를지 모른다고."

지친 표정을 짓고 있던 린은 내 말을 듣더니 체념한 것처럼 고개를 저었다.

"무슨 짓을 저지른다기보다, 무슨 짓을 당할 것 같은데……. 아무튼, 나는 최선을 다했어. 응. 최선을 다했다구. 그런데 방문을 열어보니 저 바보가 저딴 꼴로 방 안에 있잖아. 오리가 파를 짊어지고 자기 발로 냄비에 들어와서 직접 뚜껑도 닫은 거나 마찬가지야. 이제 내가 할 수 있는 일은 없어."

……뭐?

왠지 뭔가가 어긋나고 있는 느낌이 들었다.

『부, 불만이 있을 리가 없지 않습니까! 더스트 씨! 더스트 씨……! 아아…… 더스트 씨! 우, 우와아, 감동했어! 린 씨도 포기하라고 했지만, 설마 이런 일이……. 아쿠시즈 교단에 입교해서 계속 기도하기 잘했어……! 신은, 신은 진짜로 존재해……!』

『왜 기뻐하는 건지 모르겠지만, 상대가 귀족이라서 내가 겁먹을 거라고 생각하지 말라고. 나는 왕족이나 귀족을 상대하는 데 익숙하거든? 그리고 지금 너와 난 남자 대 남자로서 이 자리에 있는 거야. 그걸 이해하고 있긴 한 거냐?』

『예?! 신분 차이 같은 건 신경 쓰지 않는다는 건가요?! 남자 대 남자로서 이 자리에 있는 거라니……!! 아아……, 아아……! 이렇게 경사스러운 날이 찾아오다니……! 아쿠아 님, 진심으로 감사드리옵니다……!』

나와 린은 더스트와 귀족 청년의 목소리를 문 너머로 들으며 그 여관에서 빠져나왔다.

"—그런데 너희 둘은 대체 왜 그런 곳에 있었던 거야?"

린은 여관에서 나온 후 영문을 모르겠다는 표정으로 그렇게 물었다. 대체 뭐라고 대답하면 좋을까…….

"그게, 실은 말이지……."

내가 지금까지의 경위, 그리고 더스트가 꽤 진심으로 린을 걱정했다는 것을 그녀에게 말해주자—

린은 숨도 제대로 못 쉴 만큼 포복절도했다.

"아, 아하하……! 바, 바보네! 너희 둘 다 진짜 바보라구! 아하하하하!"

맞는 말이라고 생각한다.

아니, 나도 평소 같으면 이런 일에 협력하지 않겠지만 린과 다크니스를 겹쳐서 생각한 바람에…….

어깨를 들썩이며 웃어대던 린은 눈가에 맺힌 눈물을 닦으며 말했다.

"하아……. 저기 말이야. 그 귀족은 더스트를 좋아해."

그 순간, 시간이 멈췄다.

"……뭐?"

방금 뭐라고 했지?

"그러니까, 그 귀족이 더스트를 좋아하는데 어쩌면 좋을지 모르겠다며 나한테 상담을 해 왔다구. 그리고 맺어지고 싶다는 생각 같은 건 안 할 테니, 하다못해 더스트의 사진을 간직하고 싶다고 했어."

……바로 그때였다.

"끼야아아아아아아아아아아아아아아아~!"

더스트의 새된 절규가 들려왔다.

여관 2층 쪽에서 새의 목을 비트는 듯한 안타까운 목소리가 들려왔다.

……더스트를 임시 멤버로 영입할까 했지만 아무래도 한동안은 가만히 놔두는 편이 좋을 것 같았다.

나는 오늘 아무 일도 일어나지 않았다고 되뇌면서 린과 함께 걸음을 옮겼다.

왠지 엄청 피곤했다. 빨리 집에 돌아가서 낮잠을 자야겠다.

내가 지칠 대로 지친 채 이제부터 뭘 할지 생각하고 있던 바로 그때—

"참, 방금 그 귀족 때문에 생각났는데 말이야. 라라티나는 귀족이라면서? 나, 얼마 전에 알고 깜짝 놀랐어."

린은 별일 아니라는 말투로 그런 말을 입에 담았다.

"용케도 알았네. 대체 누구한테 들은 거야?"

내가 무심코 되묻자 린은 이제 와서 무슨 소리를 하는 거냐는 투로 말했다.

"마을 전체에 파다하게 소문이 돌고 있는데? 라라티나가 더스티네스 가문의 영애이고, 이 마을의 영주인 알다프와 곧 결혼한다는 소문 말이야."

…………·

"그 이야기, 자세하게 해줘."

제4장 이 영애와 마지막 밤을!

1

나는 두 사람 앞에서 힘찬 목소리로 선언했다.

"이렇게 됐으니, 지금부터 경비가 엄중한 저택에 침입해 다크니스와 만나기 위한 작전 회의를 시작하겠어. 뭐, 작전은 이미 내가 얼추 짜뒀지만 말이야!"

나는 저택에 돌아오자마자 메구밍과 아쿠아에게 자초지종을 이야기했다.

그리고 현재, 그녀들과 나는 거실에 모여 회의를 하고 있었다.

"왠지 카즈마의 텐션이 높네. 아무튼, 지금 마을은 곰과 돼지를 합친 듯한 영주와 다크니스의 결혼 이야기로 시끌벅적하다는 거야? 다크니스의 취향이 이상하다는 건 알고 있었지만, 대체 어떻게 된 거야? 평소 같으면 다크니스의 아버지가 말렸을 텐데, 무슨 일이 있는 걸까? ……왠지 마음에 안 드네. 그 수상쩍은 악마의 점괘대로 되어가고 있는 점도 포함해서 말이야."

소파 위에서 알을 품고 있던 아쿠아는 평소와 달리 진지하기 그지없는 표정을 지으며 그렇게 말했다.

확실히 그 악마의 점괘에 따르면 다크니스의 가문과 그녀의 아버지는 위기에 처한다고 했다.

하지만 점괘 같은 것을 철석같이 믿는 사람은 없다.

보통은 한 귀로 듣고 한 귀로 흘릴 것이다.

하지만 이 세계에는 마법도 있고 저주도 있다.

"카즈마는 그 점괘를 믿나요? 그 악마가 말한 대로, 부자가 된 후에도 상품 개발에 힘쓰고 있잖아요. ……아쿠아의 편을 드는 건 아니지만, 아무런 대가도 바라지 않으며 남을 돕는 악마는 이 세상에 존재하지 않아요. 분명 그 점괘와 충고를 통해 그 악마는 이득을 보려는 게 틀림없어요. 홍마의 마을에 돌아갈 수 있다면, 제 지인이자 뛰어난 점술가인 언니에게 점을 쳐달라고 부탁할 수 있을 텐데……."

메구밍은 그런 소리를 했지만…….

솔직히 말해, 나도 잘 모르겠다.

악마의 말을 순순히 믿는 것 자체가 정신 나간 짓이라고 생각한다.

하지만—.

"나는 바닐이 헛소리를 지껄인 게 아니라고 생각해. 왠지 중요한 부분을 생략한 것 같은 느낌은 들지만 말이야. 그 녀석이 다크니스를 구해주고 어떤 이득을 보는 건지는 모르겠지만……. 솔직하게 털어놓자면, 내가 상품 개발에 힘쓴 건 그 점괘대로 다크니스에게 무슨 일이 생긴다면 도와주기 위해서야. 점괘가 빗나가더라도, 내가 손해 보는 건 아니잖아. 그런 가벼운 마음으로 한 건데……."

머리가 좋지 않은 다크니스는 자신을 희생시키면 전부 해결될 거라면서 충동적인 행동을 취한다.

바닐은 점을 친 후, 다크니스에게 그렇게 말했다.

이게 길 가다 우연히 만난 점술가가 한 말이라면 코웃음을 치며 무시하겠지만…….

"아무튼, 결론을 내리기에는 일러. 아직 린한테서 마을에 도는 소문을 간접적으로 들었을 뿐이잖아. 직접 본인을 만나서 이야기를 들어볼 때까지 결론을 내릴 수 없어. 편지에는 파티에서 빠지겠다고만 적혀 있어서 더는 간섭하지 않았지만, 우리도 그 영주 때문에 고생 꽤나 했잖아. 억지로라도 다크니스를 만나 자초지종을 들어봐야 해. 안 그래? 안 그래?"

메구밍과 아쿠아는 내 기세에 압도당한 것처럼 고개를 끄덕였다.

그러고 보니 그 바보는 그 영주가 자신의 맞선 상대로서 걸맞을 수준의 쓰레기 자식이라는 당치도 않은 소리를 한 적이 있다.

그리고 생각하기 싫지만 다크니스의 아버지에게 무슨 일이 생긴 탓에, 그녀 본인이 직접 결혼을 진행하고 있을 가능성도 충분히 존재했다.

왜냐하면 그 녀석은 때때로 바보 같은 짓을 벌이니까 말이다.

그렇다. 베르디아를 넙죽넙죽 따라가려고 하거나, 바닐에게 몸을 빼앗긴 후 기뻐 죽으려 한 적도 있었다.

홍마족의 마을에 갔을 때는 수컷 오크가 전멸했다는 이야기를 듣고 엄청 충격을 받기도 했다.

딸랑 편지 한 통으로 파티에서 빠지겠다고 말한 것도 그렇다. 아무튼 옛날부터 걱정을 잔뜩 끼치는 녀석인 것이다.

그러니 본인을 직접 만나 확인을 해봐야겠다.

그리고 겸사겸사 왜 그런 편지를 보낸 것인지도 따져봐야겠다.

겨우 편지 한 통 때문에 만나러 가는 것은 좀 그랬지만 린한테서 그런 이야기를 들었으니 어쩔 수 없다.

그렇다. 어쩔 수 없는 것이다.

그 녀석 때문에 쌓인 짜증을 다 갚아줄 수 있겠다, 더스티네스 저택에 침입하게 되어서 가슴이 두근거린다, 이제 그 여자를 만날 구실이 생겼다, 같은 생각은 눈곱만큼도 한 적 없다.

크큭. 다크니스 녀석, 두고 보라고~.

메구밍은 생각에 잠긴 나를 보더니 환한 미소를 지었다.

그리고 아쿠아는 이상한 걸 보는 표정을 지었다.

그리고—.

"저기, 카즈마. 요즘 들어 짜증만 잔뜩 내더니, 지금은 꽤 기분이 좋아 보이네?"

그런 말을 약간 기쁜 목소리로 했다.

2

"자, 시간도 딱 좋군. 그럼 아쿠아. 부탁해."

현재 시각은 심야 두 시경.

우리는 현재 경계가 삼엄한 더스티네스 저택의 정문이나 뒷문이 아니라, 출입구가 없는 저택 옆쪽에서 대기하고 있었다.

이 저택은 철책에 둘러싸여 있었다.

나는 그림자가 드리워진 길가에 숨어서 철책 너머로 보이는 저택을 관찰했다.

아쿠아는 내 말을 듣더니 작은 목소리로 마법을 영창했다.

그것은 각종 육체 강화 지원마법이었다.

근력 증가와 속도 상승.

딱히 필요는 없을 것 같지만 방어력과 마법 저항력을 상승시켜주는 지원마법까지 걸어줬다.

"『버서틀 엔터테이너』!"

그리고 아쿠아는 내가 한 번도 본 적이 없는 마법을 영창했다.

다음 순간 내 몸이 옅게 빛난 것을 보면 이것도 일종의 지원마법이리라.

"방금 그건 무슨 마법이야?"

"장기자랑 전문가가 되는 마법이야."

나는 아무 말 없이 아쿠아의 머리를 때렸다.

나는 울먹거리며 내 목을 조르려고 드는 아쿠아를 무시한 후, 활과 화살을 꺼내 들었다. 참고로 화살은 디스트로이어와의 전투에서 활약했던 갈고리와 로프가 달린 화살이다.

화살 끝부분에 천을 몇 겹으로 감아서 옥상에 닿아도 소리가 나지 않게 해뒀다.

"그럼 갔다 올게."

두 사람과 상의한 결과, 잠복 스킬과 암시 스킬 같은 다채로운 침입 스킬을 지닌 내가 혼자서 저택에 잠입하기로 했다.

귀족의 저택이라고 해도 왕성에 침입하는 것에 비하면 식은 죽 먹기일 것이다.

해를 끼칠 생각은 없기에 이번에는 활만 들고 왔다.

이 활도 화살을 쏜 후에는 아쿠아에게 맡길 것이다.

"잘해. 뭣하면 다크니스를 기절시킨 후에 납치해버려."

"……이, 인마. 프리스트라는 사람이 그런 소리를 해도 되는 거야?"

"아뇨. 아쿠아의 말이 옳아요. 어차피 다크니스는 자초지종을 이야기하는 걸 거부할 게 뻔해요. 다소 무모한 방법이라도 괜찮으니, 화끈하게 가자고요!"

"너희는 왜 이렇게 과격한 거야?"

나는 아쿠아와 메구밍의 시선을 받으며 활에 화살을 메긴 후, 저격 스킬로 지붕 꼭대기 부분을 향해 쐈다.

내가 쏜 화살은 낮은 소리를 내며 지붕 꼭대기 부분에 정확하게 걸렸다.

그 후 잠시 동안 가만히 있었지만 방금 그 소리를 듣고 사람들이 몰려드는 기색은 없었다.

나는 저택을 둘러싼 철책 일부에 로프를 묶은 후, 다른 두 사람을 향해 낮은 목소리로 말했다.

"내가 지붕에 올라가면, 철책에 묶어둔 로프를 풀어. 순찰을 도는 사람이 로프를 발견하면 내가 침입했다는 걸 바로 들킬 거야. 탈출은 나 혼자서 어떻게 해볼 테니까, 두 사람은 저택에 돌아가 있어."

로프가 튼튼하게 묶였는지 확인하며 내가 그렇게 말하자 두 사람은 고개를 끄덕였다.

좋아, 그럼 가볼까!

나는 특수 부대 대원처럼 로프를 쑥쑥 올라가기 시작했다.

아쿠아가 근력을 강화시켜주는 지원마법을 걸어주지 않

았다면 체력이 일반인 수준인 나는 이 단계부터 고전했을 것이다.

별 무리 없이 지붕에 올라간 후, 아쿠아에게 신호를 보냈다.

아쿠아가 밑에서 로프를 풀자 나는 적 탐지 스킬로 인기척을 살폈다.

방 안을 살펴보지 않고도 사람이 있는지 없는지 알 수 있는 점은 이럴 때 정말 효율적이었다.

그리고 잠시 후, 나는 사람이 없는 방을 찾아냈다.

지붕에 걸린 로프를 사용하여 2층 창문을 통해 그 방 안으로 침입하려 했지만 창문이 잠겨 있었다.

하지만 이럴 때야말로 현대 지식을 이용해야 한다.

"『틴더』."

나는 한 손으로 로프에 매달린 채 다른 한 손에 불을 발생시켜서 유리의 표면을 달궜다.

타들어 갈 것이 없기 때문에 마력이 떨어지면 불도 사라졌지만 나는 몇 번이나 불을 발생시켜서 유리를 달궜다.

이윽고 유리 표면이 충분히 달궈졌을 즈음…….

"『프리즈』."

내가 작은 목소리로 그렇게 중얼거리자 순식간에 냉각된 유리에 금이 생겼다.

방금 발생한 희미한 소리를 누군가가 듣고 이곳으로 오지는 않을까 싶어 경계했지만 그런 기척은 느껴지지 않았다.

참고로 이건 빈집털이가 유리를 깰 때 사용하는 방법이며 원래 라이터와 물로 한다.

인터넷이라는 것을 처음으로 접했을 즈음, 중2병을 심하게 앓던 나는 딱히 쓸 데도 없으면서 위험한 지식을 수집했었다.

그때는 아무 짝에도 쓸모없는 지식이었지만 이런 식으로 도움이 될 줄이야…….

금이 가며 깨진 유리 부분에 손가락을 집어넣은 후, 잠금장치 주위의 유리를 떼어내듯이 쪼갰다.

이윽고 손을 집어넣을 수 있을 만큼 구멍이 커지자 나는 창문의 잠금장치를 열고 안으로 침입했다.

이 순간, 나는 모험가에서 빈집털이로 클래스체인지를 했다.

자, 무사히 저택에 침입했지만 문제는 어떻게 다크니스의 방을 찾아낼 것인가, 다.

복도를 따라 걸으면서 방이란 방은 전부 확인할 것인가?

하지만 저택 내부를 순찰하는 자가 있다면 잠복 스킬을 사용하더라도 발견당할 가능성이 컸다.

그렇다면—.

"진짜로 소리가 들린 거야?"

"뭐, 기분 탓이면 좋겠지만……."

문밖의 복도 쪽에서 그런 소리가 들렸다.

나는 허둥지둥 커튼을 쳐서 깨진 창문을 숨기고 융단에

떨어진 유리 파편을 주웠다.

찰칵찰칵하고 잠긴 문을 여는 소리가 들려오는 가운데, 나는 허둥지둥 침대 밑에 숨으며 잠복 스킬을 발동시켰다.

문이 열리는 것과 동시에 어이없어하는 목소리가 들려왔다.

"거 봐. 아무도 없잖아. 노리스, 이제 그만 콩알만 한 간 좀 키우라고. 그것보다, 아래층 주방에 가서 야식이나 만들어달라고 하자."

"미, 미안해……. 뭔가 깨지는 소리가 들린 것 같았거든……."

문이 닫힌 후 멀어져가는 발소리를 들으면서 나는 계속 가만히 있었다.

주방에 가서 야식을 만들어달라고 하겠다는 걸 보면, 저들은 저택 내부를 순찰하는 이들일 것이다.

그렇다면 역시 방을 하나씩 확인하는 것은 무리이리라…….

그러면 아까 그 사람들이 말했던 주방에 가서 라라티나 아가씨가 야식을 찾으신다고 전한 후, 그걸 다크니스의 방으로 옮기는 요리사 뒤를 쫓아가는 건……!

……여러모로 무리일 것이다.

내 얼굴을 드러낼 수도 없는 데다, 아까 순찰을 돌던 사람들의 목소리를 흉내 내는 것도 무리다.

재주가 많은 아쿠아라면 성대모사 정도는 어렵지 않게 할 것 같지만 말이다.

……잠깐만.

불현듯 어떤 아이디어가 떠오른 나는 헛기침을 했다.

순찰을 돌던 사람 중 한 명의 이름은 노리스였다.

"……제 이름은 노리스입……니다……?!"

나는 순찰을 돌던 이들 중 한 명의 목소리를 흉내 내보고 너무 똑같은지라 화들짝 놀랐다.

말도 안 돼. 기분 나쁠 정도로 똑같잖아!

나는 아쿠아가 아까 장기자랑 전문가가 되는 지원마법을 걸어줬다는 것을 떠올리고, 혹시나 하는 마음에 성대모사를 해본 건데……!

"이, 이건 장난 아니네……. 아~아~. 다크니스. 오오, 다크니스야……! 다크니스의 목소리가 틀림없다고!"

다크니스의 목소리를 흉내 내보니 이번에도 놀라울 정도로 똑같았다.

우와! 이건 진짜로 쓸 만하네!

저택에 돌아가면 아쿠아에게 사과를 해야겠다.

………….

"카즈마 님, 멋져요! 안아줘요!"

나는 잠시 동안 다크니스나 다른 사람의 목소리를 흉내 내면서 놀다, 퍼뜩 정신을 차렸다.

큰일 났다. 지금은 혼자서 놀고 있을 때가 아니다. 까딱했으면 목적을 잊을 뻔했다.

오늘만큼 녹음기가 가지고 싶다고 생각한 적이 없지만 지금은 다크니스와 만나는 걸 우선하자.

일단 주방을 살펴보러 갈까.

나는 그렇게 생각하며 조용히 방에서 나온 후, 잠복 스킬을 펼쳤다―.

아까 그 두 사람의 뒤를 쫓아가서 주방을 발견한 나는 그들이 사라지고 주방의 문 쪽으로 다가갔다.

그 후, 헛기침을 한 번 하면서 노리스의 목소리를 떠올렸다.

그리고 약간 경망스럽게 노크를 한 후에 일방적으로 말을 늘어놓았다.

"나, 노리스인데 말이야! 아가씨께서 야식을 가져다 달라고 부탁하셨던 걸 깜빡했어! 나는 순찰을 돌아야 하니까, 대신 아가씨께 전해주지 않겠어?!"

나는 얼굴도 모르는 노리스 씨에게 미안하다고 마음속으로 사과하며 그렇게 말했다.

"하아, 정말 덜렁댄다니깐. 간도 콩알만 한 데다 그렇게 중요한 것까지 깜빡하면 어떻게 하냐고. 내가 아가씨께 전해드릴 테니까 너는 하던 일이나 계속해."

그러자 문 너머에서 쓴웃음 섞인 목소리가 들려왔다.

그 후, 나는 서두르는 척하고―.

"정말 고마워!"

그렇게 말한 뒤 허둥지둥 그 자리를 벗어났다.

그리고 장식물 뒤편에 숨어서 요리사가 주방에서 나올 때까지 기다렸다.

얼마 후, 주방 쪽에서 인기척이 느껴졌다—.

3

"아가씨, 야식을 가져왔습니다."

요리사는 그렇게 말하며 문에 노크를 했다.

나는 어둠 속에 몸을 숨긴 채 그 모습을 지켜보고 있었다.

좋아, 다크니스의 방이 어디인지 확인했어.

요리사가 몇 번 노크를 하자 이윽고 방의 문이 열렸다.

이미 잠에 빠져 있었는지, 비단으로 된 네글리제 차림에 머리카락을 푼 다크니스가 눈을 비비면서 요리사를 맞이했다.

요리사는 허둥지둥 다크니스에게서 눈을 돌리더니—.

"저기, 노리스 녀석이 아가씨께서 야식을 찾으셨다고 했습니다만……."

"……뭐? 나는 그런 적 없다만?"

다크니스가 졸린 표정으로 그렇게 말하자 요리사는 당황한 채 고개를 숙였다.

"……윽?! 그, 그렇습니까. 밤늦게 실례했습니다!"

요리사가 그렇게 말하면서 허둥지둥 돌아가자 다크니스는 영문을 모르겠다는 표정을 지으며 문을 닫았다.

　내가 숨어 있는 곳의 옆을 요리사가 고개를 갸웃거리며 지나가고 얼마 지난 후…….

　주위에서 인기척이 느껴지지 않자 나는 다크니스의 방문에 노크를 했다─.

　"아가씨. 일어나십시오. 이렇게 늦은 밤에 사토 카즈마라는 남자가 찾아와서, 아가씨를 꼭 뵈어야겠다고 난리를 치고 있습니다……!"

　나는 노리스라는 사람의 목소리를 흉내 내며 방 안에 있는 다크니스를 향해 그렇게 말했다.

　잠시 후, 방 안에서 소리가 나더니─.

　"……카즈마, 아쿠아, 메구밍이라고 자처하는 이가 나를 찾아와도 나한테 알리지 말라고 했지 않느냐. 하아, 이렇게 늦은 시간에 찾아오다니, 그 녀석은 정말 못 말리겠구나. 정말……. 정말 못 말리겠어……!"

　문 너머에서는 괴로운 듯하면서도 약간의 기쁨이 어린 조그마한 목소리가 들려왔다.

　"하지만 아가씨. 그 카즈마라는 남성이 이런 말도 했습니다……. 라라티나 아가씨와 만나게 해주지 않는다면, 길드 녀석들에게 아가씨의 비밀을 폭로하겠다고……."

내가 그렇게 말하자 문 너머에서는 즐거운 웃음소리가 들려왔다.

그리고—.

"후훗, 그 녀석은 여전하구나……. 카즈마에게 멋대로 하라고 전해라. 어차피 나는 두 번 다시 모험가 길드에 얼굴을 비추지 못할 테니 말이야……."

다크니스는 가라앉은 목소리로 그렇게 말했다.

…………

"하지만 아가씨. 현재 그 남자는 현관 앞에서 이 저택 사람들에게 당치도 않은 소리를 하고 있습니다. 요즘 들어 아가씨께서 더욱 탄탄해진 복근을 신경 쓰고 있으니 단백질 위주의 식단은 자제해줬으면 한다고……."

문 너머에서 와직 하는 소리가 들렸다.

"그 외에도, 아가씨께서 얼마 전에 귀여운 원피스를 몸에 대보며 방긋방긋 웃었으니, 그런 옷을 준비해줬으면 한다고……."

또 문 너머에서 와지끈…… 하고, 뭔가 부서지는 소리가 들렸다.

그 뒤를 이어, 다크니스의 떨리는 목소리가 문 너머에서 들려왔다.

"그, 그그그, 그런…… 그런 소문은 전부 거짓이다. 헛소리다! 그러니 속지 말라고 이 집 고용인들에게 전해라!"

……………….

"그 외에도 더 엄청난 발언을 했습니다만, 아가씨께 전해도 괜찮을런지요?"

"……말해봐라."

나는 숨을 들이마신 후 말했다.

"아가씨께서 밤낮으로 농익은 육체의 성욕을 주체하지 못한 나머지, 처녀면서도 밤이면 밤마다……."

눈가에 눈물이 맺힌 걸로 모자라 볼마저 새빨개진 다크니스가 문을 힘차게 열어젖히고 뛰쳐나왔다.

그리고 그대로 나와 시선이 마주치자—.

"!!?????!??!??"

눈을 치켜뜬 다크니스는 입을 뻐끔거리며 숨을 삼켰다.

돌격~!

4

나는 다크니스의 입을 한 손으로 막은 채 그대로 방 안에 뛰어들었다.

다크니스는 당황할 대로 당황했지만 그런 와중에도 내 오른손을 양손으로 움켜잡았다.

그리고 그대로 나를 떼어내려 했지만……!

"아쿠아의 지원마법으로 신체 능력이 상승한 내가 그렇게 쉽게 질 것 같냐고!"

나는 다크니스의 귓가에 입을 댄 채 그렇게 속삭이며 왼손으로 문을 잠갔다.

다크니스는 찰칵하는 소리를 듣더니 한순간 몸을 부르르 떨었다.

다크니스가 말을 못 하도록 오른손으로 그녀의 입을 막은 채, 다른 한 손으로 그녀의 오른 손목을 움켜쥐며 재빨리 방 안을 확인했다.

방금까지 잠을 자고 있었는지 이 방은 어두컴컴했다.

창문을 통해 쏟아지는 별빛만이 나와 다크니스의 얼굴을 비추고 있었다.

이대로 그녀를 제압한 후 이야기를 나누고 싶지만 그래도 바닥에 쓰러뜨리는 건 좀……

바로 그때, 다크니스의 뒤편에 있는 커다란 침대가 내 눈에 들어왔다.

나는 오른손에 힘을 주면서 그녀를 그대로 들어 올렸다.

"윽?!"

빈약하기 그지없는 내가 한 손으로 자신을 들어 올릴 거라고는 생각도 못 한 것 같았다.

다크니스를 다시 데려와 주기를 바라는 마음이 강하기 때문인지 오늘 아쿠아가 걸어준 지원마법은 평소보다 엄청났다.

나는 다크니스를 들어 올린 채 그대로 침대를 향해 뛰어간 후, 그녀를 그대로 침대에 쓰러뜨렸다.

부드러운 소리와 함께 다크니스의 몸이 침대에 묻혔다.

걷어차지 못하도록 다크니스의 다리 사이에 자신의 몸을 집어넣고 나는 그녀를 덮쳐눌렀다.

좋아, 이제 다크니스도 저항을 못 할 테니 이야기를 나눌……?

……다크니스는 내 팔을 놓더니 그대로 침대에 팔을 내려놓았다.

그리고 그녀의 눈가에 희미하게 눈물이 맺히더니 눈동자가 젖어들어 가기 시작했다.

희미한 별빛 아래, 발그레해진 그녀의 볼이 내 눈에 들어왔다.

나한테 입이 막힌 탓에 거친 숨이 손가락 사이로 흘러나왔다…….

……어라?!

이 상황, 여러모로 좀 그렇지 않아?

어이, 저항하라고. 아니, 네가 저항하면 곤란하긴 하지만 말이야!

아쿠아가 전력을 다해 걸어준 지원마법 덕분에 나는 다크니스에게 힘으로 질 것 같지 않았다.

하지만 그녀가 체념한 것처럼 무방비한 상태가 되면 여러모로 문제가……!

나는 어둡고 조용한 방 안에서 작은 목소리로 속삭였다.

"어, 어이, 다크니스. 지금 엄청 묘한 상황이기는 하지만 오해하지는 마. 나는 너와 이야기를 나누러 온 거야. 너를 덮치러 온 게 아니니까 착각…… 어, 어이! 체념한 것처럼 눈 감지 마! 그만해! 점점 묘한 분위기가 되어가고 있잖아! 그만해! 진짜 여러모로 위험하단 말이야!"

누가 위험하냐면 내가 위험하다.

자초지종을 듣기 위해 침입했더니 다크니스가 너무 에로틱해서 그대로 선을 넘어버렸습니다, 같은 소리를 메구밍과 아쿠아에게 했다간……. 자기들의 분이 풀릴 때까지 폭렬마법 & 리저렉션 콤보를 나에게 날려댈지도 모른다.

나는 다크니스의 입을 막은 채 그대로 흔들어댔다.

"어이, 잘 들어! 나는 너한테서 자초지종을 듣기 위해 이 저택에 숨어든 거라고! 알았지?! 그럼 이제 손을 뗄 테니까 고함을 지르지 마. 나는 진짜로 이야기를 들으러 왔을 뿐이란 말이야."

내가 필사적으로 호소하자 다크니스는 희미하게 눈을 뜨면서 고개를 끄덕였다.

다행이야…….

왠지 무시무시한 강적과 싸울 때보다 훨씬 긴장되고 엄청 초조했다.

"좋아. 그럼 뗀다? 고함지르지 마."

다크니스가 고개를 끄덕이자 나는 그녀가 고함을 지르려고 해도 금방 입을 막을 수 있는 자세를 취하며 손을 뗐다.

입이 자유로워진 다크니스는 부끄러움을 타듯 고개를 옆으로 돌리고 말했다.

"저기……. 카즈마. 너도 고개를 돌려주지 않겠느냐. 이런 자세로, 게다가 이렇게 가까운 거리에서 서로를 응시하며 이야기를 나누는 건, 좀……."

나는 그 말을 듣자마자 다크니스와는 반대 방향으로 고개를 돌렸다.

"으, 응. 그건 그래. 저, 저기, 이런 상황에 처하게 해서 정말 미안해! ……하지만 너한테도 잘못은 있어. 왜 그런 편지를……."

내가 다크니스에게서 주의를 떼며 말문을 연 바로 그 순간이었다.

"침입자다~! 나를 범하려…… 우읍……!"

이 여자, 진짜 너무하네!

젠장, 방심했어!

나는 허둥지둥 다크니스의 입을 막았지만 이미 복도에서 소리가 들려왔다.

그것은 이곳을 향해 뛰어오는 누군가의 발소리였다.

큰일 났다, 큰일 났어! 이제 어떻게 하지?!

나한테 깔린 다크니스는 의기양양한 눈빛으로 나를 쳐다보고 있었다.

그녀의 눈은 명백하게 웃고 있었다.

이 여자가~!

"아가씨, 무슨 일이십니까! 실례지만 지금 바로 문을 열겠습니다!"

그 말과 함께 문의 자물쇠에서 찰칵찰칵하는 소리가 들렸다!

젠장, 다크니스의 의기양양한 표정이 정말 밉살스럽네!

하지만 내가 이 정도 일로 무릎 꿇을 거라고 생각하지 마……!

"열지 마라! 지금 남한테 보여줄 수 없는 모습을 하고 있단 말이다! 실은 좀 격렬한 놀이를 하다 감격한 나머지 고함을 지르고 말았구나! 정말 미안하다!"

다크니스는 내 목소리를 듣더니 화들짝 놀라며 눈을 치켜떴다.

그럴 만도 했다. 나는 다크니스와 똑같은 목소리를 냈던 것이다.

"그, 그렇습니까……. 하지만, 아가씨께서 무사하신지 두 눈으로 직접 확인해야 합니다. ……게다가 이렇게 늦은 밤에 대체 무슨 놀이를……."

이 저택의 고용인들은 미심쩍은 목소리로 그렇게 말했다.

그러는 것도 무리는 아니다. 다크니스가 침입자에게 협박을 당해 이런 소리를 하는 것일지도 모르니까 말이다.

"이런 밤에 어른이 혼자서 할 놀이라고 하면 뻔하지 않느냐. 부끄러우니 더는 캐묻지 마라."

"아, 아가씨……?!"

문 너머에서 경악에 찬 목소리가 들려왔다.

그와 동시에 다크니스는 내 오른손을 움켜잡았다.

"혹시 무사한지 확인하겠다면서 나의 흐트러진 모습을 보려는 것이냐. 이 변태애애애애애애애앳?!"

다크니스는 울먹거리며 나를 노려보더니 내 오른팔을 으스러뜨리려는 것처럼 힘껏 움켜쥐었다.

고통 때문에 내 목소리가 상기되자 밖에 있는 사람들은 또 당황했다.

"왜, 왜 그러십니까?!"

나는 오른손에서 느껴지는 고통을 참으며 말했다.

"아, 아무것도 아니다! 음란한 마도 장난감을 착용하고 있다는 걸 깜빠아아아아아아악! 아아아, 부, 부러지겠어! 이상해질 것 같아! 더, 더 했다간! 진짜로 망가질 거야~!"

"시, 실례했습니다! 그그, 그럼 이만 돌아가 보겠습니다!!"

문 너머에서 당황스러운 발소리가 들려왔다.

아무래도 문밖에는 다크니스의 목소리를 듣고 몰려든 사람이 몇 명이나 있는 것 같았지만, 잠시 후 그들이 이 방에서 멀어지는 기척이 느껴졌다.

나는 팔에서 느껴지는 고통을 견디며 울상을 지은 채 부들부들 떨고 있는 다크니스를 향해 씨익 웃었다.

5

다크니스는 자신의 입을 막고 있는 내 손을 손가락으로 톡톡 두드렸다.

이제 고함을 지르지 않을 테니 손을 떼라는 의미일 것이다.

내가 손을 떼자 다크니스는 휴우 하고 한숨을 내쉬었다.

다크니스가 움켜쥐었던 팔을 보니 손바닥 모양의 시퍼런 멍이 나 있었다.

아쿠아가 방어력을 강화하는 지원마법을 걸어주지 않았다면 진짜로 부러졌을지도 모른다.

다크니스는 어이없다는 표정을 지으면서 말했다.

"……하아, 여전히 당치도 않은 녀석이구나. 어떻게 책임을 질 것이냐. 이제 내일부터 고용인들이 나를 변태 영애라고 부르며 몰래 손가락질……, 하앙……?!"

다크니스는 말을 이으려다 멈추더니 온몸을 부르르 떨었다.

"너, 방금 그것도 괜찮을 것 같다고 생각했지?"

"안 했다."

"했잖아."

이 녀석은 이럴 때도 정말…….

"그런데 대체 뭐가 어떻게 된 거야? 파티를 탈퇴하겠다니, 그게 무슨 소리냐고. 아쿠아와 메구밍도 너를 걱정하고 있어. 하다못해 자초지종이라도 말해봐. 우리는……."

동료잖아, 하고 말하려던 나는 무심코 그런 낯 뜨거운 대사를 입에 담을 뻔한 자기 자신이 너무 부끄러웠다.

다크니스는 그런 내 마음을 꿰뚫어 본 것처럼 후훗 하고 웃은 후 말을 이었다.

"소중한 동료이기 때문에 말할 수 없는 것도 있다. ……뭐, 별건 아니다. 단순한 가문의 문제지. 우리 가문은 그 영주에게 돈을 빌렸다. 그것은 아버지가 천천히 갚아나갈 예정이었지만……. 실은 요즘 들어 아버지의 건강이 좋지 않거든. 그리고 그 영주가 재촉을 하기 시작했다. 아버지가 돌아가시기 전에 다 갚을 수 있겠냐면서 말이다. ……그리고 내가 시집을 온다면 빚을 없었던 걸로 해주겠다더구나. 그렇게 된 것뿐이다."

그게 무슨 소리야.

"너희 집, 그 영주에게 빚을 졌던 거야? 하지만 너희 아버지는 이 나라의 높은 사람이잖아. 임금님이 손을 써주지는 않는 거야? 게다가 그런 건……."

나는 말을 잇지 못했다.

그건 마치…….

"그래. 담보가 된 거다. ……하지만 귀족 가문에서는 그렇게 드문 일도 아니지. 귀족 가문의 여식이 다른 가문에 시집을 간다. 그 이상도 그 이하도 아니다."

다크니스는 별일 아니라는 투로 그렇게 말했다.

그리고 내 표정을 본 다크니스는—.

"카즈마, 그런 표정을 짓지 마라. 내 남성 취향은 너도 알지 않느냐. 그 영주는 한시라도 빨리 나를 자기 것으로 만들고 싶은 것 같더구나. 결혼식 날짜를 당기려고 여러 가지 의례도 전부 생략하고 있다. 그 돼지 영주는 첫날밤까지 기다리지 못하겠다는 듯이 신부 대기실에서 나를 덮칠 듯한 기세였다. 후훗, 보아하니 한 며칠은 먹지도 마시지도 못한 채 그 녀석한테 이 몸을 유린당하겠지. 벌써부터 가슴이 뛰는구나……!"

다크니스는 농담하듯 그렇게 말하면서 살며시 웃었다.

……그럼 왜 그렇게 쓸쓸한 표정을 짓는 거냐고 묻고 싶어졌다.

"그래서 너는 그렇게 우리끼리 히드라를 쓰러뜨리고 싶었던 거구나. ……저기, 사람들을 잔뜩 모아서 정말 미안해……. 빚이 얼마나 되는데? 내가……."

"대신 갚겠다고 말하지 마라, 카즈마. 나는 귀족이다. 원래 내가 지켜야 할 서민이 목숨을 걸고 번 돈으로 빚을 변제해줄 바에야, 나는 내 몸을 팔겠다. ……그리고 지금의 네 재산으로도 다 갚지 못할 만큼 큰 금액이다."

다크니스는 내 말을 끊더니 나를 지그시 쳐다보았다.

나는 여전히 다크니스를 덮쳐누르고 있는 자세로 별빛 아래에서 오래간만에 만난 그녀의 얼굴을 쳐다보았다.

고결하고 드세어 보이는 푸른 눈동자가 나를 지그시 쳐다보고 있었다.

침대에 펼쳐져 있는 금색 실 같은 머리카락이 달빛을 반사하며 옅은 빛을 뿜고 있었다.

입을 막힌 상태에서 버둥거린 탓인지 약간 숨결이 거칠어진 다크니스의 볼을 타고 땀 한 방울이 흘러내렸다.

거칠게 숨을 쉴 때마다 얇은 잠옷에 감싸인 가슴이 강렬한 존재감을 과시하며 상하 운동을 했다.

그리고 나와 몸싸움을 벌인 탓에 네글리제의 어깨 끈이 흘러내렸고, 옷자락이 말려 올라갔으며, 열기를 띤 다크니스의 몸은 희미하게 달아올라 있었다—.

그 순간, 나는 정신이 맑아지는 마법의 주문을 머릿속으로 읊조리기 시작했다.

『거실에서 굴러다니는 반 벌거숭이 상태의 엄마……』
『누구 건지 알 때까지 나를 두근거리게 했던, 할머니의 속옷……』
『빨간색 팬티에 감싸인 더스트의 엉덩이여—!』

『부디 내 마음에 한순간의 평온을 가져다다오!!』

주문을 외운 덕분인지 놀라울 정도로 머릿속이 냉정해졌다.

좋아, 괜찮아. 이 정도는 얼마든지 견뎌낼 수 있어.

내가 겨우 평정을 되찾은 순간…….

나를 지그시 올려다보던 다크니스가 상냥한 미소를 지으며 속삭였다.

"……이대로 그 영주에게 어이없이 **빼앗길** 바에야……. 어이, 카즈마. 차라리, 이대로 같이 어른이 되지 않겠느냐……?"

아까 읊조린 주문의 효과가 순식간에 사라지고 말았다.

진정해, 사토 카즈마. 잘 생각해봐.

다크니스는 이미 시집을 가기로 마음먹었기 때문에 이런 소리를 하는 거야.

이미 포기했기 때문에 우리와 두 번 다시 만날 일이 없다고 생각하고 있어.

이대로 끝날 리가 없잖아?

그래, 다크니스를 그딴 녀석한테 줄 것 같아? 내가 반드시 어떻게든 하겠어.

그렇게 된다면 지금 이 자리에서 선을 넘은 걸 나중에 후회하게 될 거야.

다크니스와 연인 사이라도 될 거야?

아니잖아. 정신 차려, 사토 카즈마. 너는 뭘 하러 여기에 온 거야!

내가 스스로를 향해 그렇게 말하고 있을 때, 다크니스가 내 오른손을 살며시 잡았다.

그리고 내 손을 자신의 몸 쪽으로 가져갔다!

하지만 다크니스는 내 손을 자신의 가슴으로 가져갈 용기는 없는지 잠시 동안 이러지도 저러지도 못했다.

나는 다크니스의 불안 섞인 표정을 쳐다보며 2초 동안 고민한 후……!

뒷일은 생각하지 않으며, 이대로 갈 데까지 가기로 했다.

내가 다크니스의 배에 오른손을 얹자 그녀는 온몸을 부르르 떨었다.

그리고 그녀는 살며시 눈을 감았다.

왠지 센스 있는 말을 한마디 해야겠다는 생각이 든 나는 다크니스의 새하얗고 매끄러운 배 위에 손을 얹은 채……!

"……너, 진짜로 복근이 있구나."

6

—나와 다크니스는 달빛에 의지한 채, 방 한가운데에서 대치했다.

내 눈앞에는 색기 넘치는 분위기에서 완전히 벗어난 다크니스가 핏발 선 눈으로 나를 노려보며 주먹을 말아 쥐고 있었다.

"미안해! 내가 잘못했어! 무심코 그런 거야! 아까 분위기를 견뎌내지 못한 나머지 입을 잘못 놀렸다고!"

"나도 진심으로 화낼 때가 있다! 이놈, 각오를 다진 여자를 이렇고 우롱하고 무사할 성싶으냐! 죽여버리겠다!"

"아가씨, 죽여버린다 같은 비천한 말을 쓰지 말아주세요! ……뭐야. 너, 진짜로 나를 좋아하는 거야? 그럼 좋아한다고 말하라고!"

"누가 너 같은 바보를 좋아한다는 것이냐! 진짜로 열 받는구나! 그리고 아가씨라고 부르지 마라!"

다크니스는 고함을 지르며 나에게 달려들었다.

하지만 나는 지원마법으로 속도도 강화된 덕분에 그 공격을 간단히 피했다.

복도 쪽에서 사람들의 발소리가 들렸다.

한밤중에 이렇게 난리를 쳤으니 더는 속일 수 없을 것이다.

"후훗. 어떠냐, 카즈마. 곧 이 집의 고용인들이 올 것이다! 이대로 잡히면 무사하지 못할 거다. 귀족 영애의 침실에 숨어들었으니까 말이다. 내가 옹호해주지 않는다면 네 목이 날아갈 수도 있지. 자, 살고 싶으면 무릎을 꿇고 용서를 빌어라!"

내가 손쉽게 공격을 피해대는 바람에 뚜껑이 열린 다크니스는 엄청난 분노에 휩싸여 있었다.

이윽고 방문 너머에서 사람들의 기척이 느껴지더니 누군가가 격렬하게 문을 두드려댔다.

"아가씨! 아가씨! 지금 문을 열겠습니다!"

고용인들의 목소리가 들리는 가운데, 다크니스는 손을 활짝 펼쳐 나를 잡으려는 자세를 취했다. 그리고 그대로 나를 향해 몸을 날렸다.

평소의 나였다면 피했겠지만 지금은 아쿠아가 엄청난 지원마법을 걸어준 덕분에 다크니스와 힘으로 싸워도 질 것 같지 않았다.

게다가 다크니스는 우리에게 엄청 걱정을 끼쳐댔고 여기까지 오느라 엄청 고생했단 말이다.

이제 와서 저 녀석에게 고개를 숙일 수야 없지!

"덤벼! 에로틱한 육체와 내구력과 근력 말고는 자랑할 게 없는 에로세이더! 최약체 직업인 모험가한테 근력으로 지고 엉엉 우는 모습을 구경해주겠어! 왕도에서 선보였던 내 진짜 실력을 보여주지!"

나는 다크니스의 목소리를 흉내 내서 그렇게 외쳤다. 그리고 달려드는 그녀와 깍지를 끼며 힘겨루기를 시작했다.

"내, 내 목소리를 흉내 내지 마라!"

"아, 아가씨?! 대, 대체 뭘 하고 계신 겁니까?!"

문 너머에서 당황한 목소리가 들려왔다.

나와 다크니스가 똑같은 목소리로 말다툼을 벌이자 혼란스러워하는 것이리라.

그 뒤를 이어 잠긴 문을 열려고 하는 소리가 들려왔다.

나는 문 쪽을 향해 고개를 돌리며 외쳤다!

"열면 안 돼~! 라라티나, 지금, 알몸이야! 보면 안 돼~!"

"예엣?! 죄, 죄송합……!"

내가 다크니스의 목소리를 흉내 내며 그렇게 외치자 문에서 들려오던 소리가 한순간 멎었다.

나는 그 틈에 드레인 터치로 다크니스의 체력을 빨아들였다.

하지만 왕도의 기사들조차 비교가 안 될 만큼 체력이 강한 다크니스는 드레인 터치를 당하는데도 끄떡없어 보였다.

다크니스는 나와 맞잡은 손에 힘을 주면서 얼굴을 붉혔다.

"내 목소리로 「안 돼~」 같은 소리를 하지 마라! 어이, 사양하지 말고 들어와라! 침입자가 내 목소리를 흉내 내는 마법을 쓰고 있는 거다!"

"아, 예! 금방 들어가겠습니다!"

또 문을 열려고 하는 소리가 들려왔다.

빌어먹을!

"하하하하하! 카즈마, 내가 이긴 것 같구나! 너와는 몇 번이나 싸웠지만, 마지막 대결만큼은 제대로 결판이 나서 정말 기쁜걸!"

다크니스는 내 드레인을 견디며 의기양양한 목소리로 그렇게 말했다.

뭐가 마지막이라는 거야! 헛소리하지 말라고! 그런 말을 들으면 질 수가 없잖아!

내가 갑자기 몸에서 힘을 빼자 체중을 앞쪽으로 싣고 있던 다크니스의 몸이 휘청거렸다.

나는 그 틈에 내 왼손을 움켜쥔 다크니스의 오른손을 떨쳐낸 후, 그대로 그 손을 그녀의 등에 집어넣었다.

그리고 내 진짜 목소리로 목청껏 외쳤다.

"『프리즈』!!!!"

"하아앙?!"

자신의 등에 느닷없이 빙결 마법이 작렬하자 다크니스는 비명을 지르고 온몸을 부르르 떨었다.

볼이 새빨개진 다크니스가 몸을 떨면서 무릎을 꿇자 나는 내 오른손을 잡고 있는 그녀의 왼손도 떨쳐낸 후…….

"아가씨!"

쾅 소리를 내며 열린 문을 향해 오른 손바닥을 내밀었다.

"『크리에이트 어스』!"

자주 사용했던 시선 차단 콤보를 준비한 것이다.

내 손바닥 위에 생성된 흙을 본 다크니스가 내 의도를 눈치채고 고용인들에게 경고를 하려고 했지만―.

"다들, 눈을……!"

감싸라, 하고 다크니스가 말하기도 전에―.

"『윈드 브레스』!!!"

나는 마법을 펼쳤다!

7

안녕하세요. 카즈마입니다.

일본 출신 모험가입니다.

제 꿈은 돈 걱정 하지 않아도 되는 부자가 되어서 느긋하게, 그리고 제멋대로 사는 것입니다.

저는 그런 평범한 꿈을 꾸며 적당히, 그리고 평화롭게 하루하루를 살아왔습니다만―.

"찾았느냐?! 이쪽에는 없다! 상대는 잠복 스킬을 지녔다! 그러니 아무것도 없는 곳도 일단 만져봐라! 절대 놓치지 마라! 반드시 잡아! 더스티네스 가문의 이름을 걸고, 그 남자를 반드시 잡아서 내 앞에 끌고 와라!"

"""예, 아가씨!"""

저는 현재 완전히 뚜껑이 열린 다크니스한테서 어떻게 도망칠지 궁리 중입니다.

"카즈마! 어디 있느냐! 네가 자수한다면, 내 풀 파워 펀치

열 방 정도로 용서해주겠다! 하지만 내가 너를 찾아냈을 때도 그런 미적지근한 형벌로 봐줄 거라고 생각하지 마라!"

완전히 열 받은 다크니스가 잠복 스킬을 발동 중인 내 등 뒤에서 외쳤다.

나는 다크니스와 고용인들의 목소리를 들으며 몸을 낮춘 채 살금살금 복도를 이동했다.

현재 다크니스는 머리끝까지 피가 치솟은 상태다.

이 상태에서는 말이 통하지 않을 테니 오늘은 이대로 물러나야겠다.

게다가 다크니스는 아쿠아가 리저렉션으로 나를 살려낼 수 있다는 사실을 안다. 그러니 나를 진짜로 죽일지도 모른다.

나는 저택에서 탈출하기 위해 가까운 곳에 있는 방에 침입하려 했다.

다행스럽게도 그 방의 문은 잠겨 있지 않았다.

좋아. 이 방의 창문으로 탈출하자.

내가 그렇게 생각하면서 창문으로 다가가고 있을 때……

방 중앙에 있는 침대 쪽에서 작디작은 목소리가 들려왔다.

"……거기……. 누구 있느냐……?"

그 사람은 다크니스의 아버지였다.

불빛이 존재하지 않는 이 방 안에서도 핼쑥해진 볼과 새파랗게 질린 안색이 확연하게 눈에 들어왔다.

"아, 자네인가……. 이렇게 늦은 밤에 왜 이런 곳에…….
오호라, 내 딸은 좋은 동료를 둔 것 같군……."

다크니스의 아버지는 그렇게 말하더니 핼쑥해진 볼로 미
소를 지었다.

그녀의 아버지는 이렇게 늦은 시간에 이곳에 있는 나를
보자마자 내가 무슨 목적으로 이 저택에 온 것인지 눈치챈
것 같았다.

역시 왕국의 기둥이라 불리는 사람다웠다.

하지만 일전에 만났을 때와는 분위기가 너무나도 달랐다.

그렇게 건강하던 다크니스의 아버지가 지금은 기운이라고
는 눈곱만큼도 느껴지지 않는 미소를 짓고 있었다.

이렇게 짧은 시간에 건강이 나빠지는 병도 존재하는 걸까?

복도에서는 사람들의 발소리가 계속 들려오고 있었다.

"저기, 건강도 안 좋으신데 이런 부탁을 드려서 죄송하지
만……. 분노에 휩싸여 발광 중인 이 집 아가씨를 설득해주
실 수 없을까요?"

다크니스의 아버지는 내 말을 듣더니 침대 안에서 즐겁게
웃었다.

"그래. 요즘 들어 계속 가라앉아 있던 내 딸이 그 정도로
화를 내고 있는 건가."

저기, 아버님? 지금은 웃을 때가 아닌데요.

……맞다.

"저기, 이 가문이 그 영주 아저씨에게 빚을 졌다고 들었어요. 하지만 당신이 그딴 아저씨에게 빚을 졌을 것 같지는 않거든요. 애초에 이 집은 그렇게 호화로운 생활을 하고 있는 것 같지도 않고요. 그런데 왜 빚을……."

나는 다크니스의 아버지에게 궁금했던 점을 물어봤다.

몸 상태가 나쁜 사람한테 이런 말을 해서 미안하지만, 다크니스가 자세한 이야기를 해주지 않으니 그녀의 아버지에게 물어볼 수밖에 없다.

"……음, 카즈마 군. 자네는 꽤 머리가 좋군. 역시 자네에게 내 딸을 맡겨야겠어. 미안하지만……. 내 딸을 데리고 도망쳐주지 않겠나……?"

이 사람이 지금 무슨 소리를 하는 거야.

빚을 지게 된 이유를 물어봤는데, 왜 나한테 자기 딸과 야반도주를 하라고 권하는 건데?

"사양하겠어요. 진심으로 사양하겠어요. 저는 애초에 당신 딸한테 쫓겨서 이 방으로 도망친 거라고요. 이런 말을 해서 죄송하지만, 딸을 끝내주는 요조숙녀로 기르셨군요."

"하하, 그렇지? 저 애는 요조숙녀일 뿐만 아니라, 정말 상냥하지. 순수하고 부끄러움을 많이 타며, 누군가에게 폐를 끼치는 걸 무엇보다 싫어한다네."

대체 누구 이야기를 하는 것입니까, 하고 태클을 날리고 싶었지만 참았다.

다크니스의 아버지는 내 비아냥거림을 가볍게 흘려 넘겼을 뿐만 아니라 딸 자랑까지 해댔다.

무슨 병에 걸린 건지는 모르겠지만 아무래도 그 병마가 저 아저씨의 뇌에도 영향을 끼친 것 같았다.

다크니스의 아버지는 여전히 강렬한 빛을 띤 눈으로 나를 지그시 쳐다보며 말했다.

"그 이유에 대해서는 물어보지 말아주겠나? 빚은 딸의 고집 때문에 생긴 것이네만……. 뭐, 자네가 딸을 데리고 도망친다면 이 저택이라도 팔아서 어떻게 해보겠네. 그리고 지금 여러모로 손을 쓰고 있지. 어쩌면 빚 자체가 없어질지도 모른다네."

빚 자체가 없어질지도 모른다고? 그건 부당한 빚이라는 건가?

뭐, 그쪽은 수완이 좋기로 정평이 난 이 아저씨가 알아서 해줄 것이다.

"문제는 내 딸이 자신을 희생해 이 문제를 해결하기 위해 서둘러 결혼을 하려고 한다는 거네. 그것만큼은 어떻게 해서든 막아야 해……. 카즈마 군, 내가 보기에 우리 딸아이는 자네에게 마음이 있다네. 아비인 내가 보기에도 그 애는 용모가 뛰어난 편이지. ……어떤가?"

"어떠냐고 물어도 대답하기 좀 그렇거든요? 지금 이 집의 아가씨가 죽여버리겠다면서 길길이 날뛰고 있다고요."

　그리고, 그것보다…….

"저기, 무슨 병에 걸린 거죠? 저희 파티에는 우수한…… 아, 마법 하나만큼은 우수한 아크 프리스트가 있어요. 리저렉션도 쓸 수 있을 정도의 실력자죠. 어디가 안 좋으신 건지는 모르겠지만, 그 녀석을 데리고 올게요."

　이럴 때야말로 그 식충이가 밥값을 할 때일 것이다.

　하지만 다크니스의 아버지는 내 말을 듣더니 옅은 미소를 지으며 말했다.

"……부질없는 짓이라네. 회복마법으로는 병을 치유할 수 없어. 그리고 병으로 죽은 사람을 리저렉션으로 되살릴 수도 없지. 병에 걸렸다는 건 수명이 다했다는 걸 의미하네. 수명이 다해 죽은 자에게는 신의 기적이 일어나지 않아. 사망 원인이 뭐든 간에, 수명이 다해 신의 곁으로 가는 것은 기뻐해 마지않을 일이라네. ……그러니 자네가 그런 표정을 지을 필요는 없어."

　나도 모르게 얼굴에 감정이 드러났던 것 같았다.

"하다못해 저희 파티의 아크 프리스트에게 진찰을 받아보시지 않겠어요? 아무래도 이 타이밍에 아저씨의 건강이 나빠진 게……."

"영주가 나에게 독을 먹였다고 생각하는 건가?"

　아저씨는 내 말을 끊으며 그렇게 말했다.

……그렇다.

다크니스에게 비정상적일 정도로 집착하는 그 영주라면 그녀의 아버지에게 이런 짓을 하고도 남을 것이다.

그러나—.

"이미 조사해봤다네. 아니, 최우선적으로 조사했지. 하지만 독은 검출되지 않았어."

……그건 그렇다. 이 아저씨는 왕국의 기둥이라 불릴 정도로 실력이 뛰어난 귀족이다.

분명 나보다 훨씬 많은 가능성을 고려해봤으리라.

"아직도 못 찾은 것이냐! 카즈마, 튀어나와라! 그리고 고용인들에게 네가 성대모사를 했다는 걸 자백해라! 그들의 오해를 풀란 말이다!"

복도에서 다크니스의 목소리가 들려왔다.

그녀의 아버지는 그 목소리를 듣더니 쓴웃음을 지었다.

"저기……. 저 애를 부탁하네."

시, 싫은데…….

"왕가에 도움을 요청할 수는 없나요? 아저씨는 이 나라에 있어 중요한 인물이잖아요? 그 영주가 부당한 빚을 뒤집어씌운 거라면……."

아저씨는 내 말을 듣더니 눈을 감았다.

그리고, 천천히 고개를 저었다.

"그런 짓을 해도 내 딸은 시집을 가겠지. 누구를 닮은 건지 몰라도 저 애는 고집쟁이거든. 국왕 폐하에게 부탁해 돈을 마련하더라도, 국민의 혈세를 그딴 데 쓰지 말라면서 자신을 희생하겠지. ……어쩌다 저런 고집불통으로 자란 건지 모르겠군.”

제 말이 그 말이에요.

진짜, 어쩌다 저딴 애로 자란 거냐고요.

당신, 쟤 부모잖아. 저 고집불통을 어떻게 좀 해보라고…….

바로 그때, 문이 쾅 소리를 내며 열렸다.

그 문 앞에 선 다크니스는 거친 숨을 내쉬며 나를 죽일 듯이 노려보았다.

“후후후……. 카즈마, 여기 있었구나. 하하하! 자, 이제 어떻게 요리해줄까……!”

“어이, 이 방에는 환자가 있으니까 문 좀 살며시 열고 닫아. 그리고 진정 좀 해. 나는 네가 걱정되어서, 파티를 대표해……!”

분노로 가득 찬 다크니스는 내 말에 귀를 기울이지 않았다.

“시끄럽다! 나를 걱정한다는 사람이 이렇게 단시간에 내 평판을 밑바닥까지 떨어뜨린 것이냐……! 이 일은 귀족 간의 문제다. 너 같은 서민은 이런 더러운 문제에 끼어들지 말고, 저택에서 수상쩍은 거나 만들어라!”

이 여자가!

"빚 같은 건 아무래도 상관없잖아! 그딴 건 무시해버리고 도망치자! 그리고 다 같이 새로운 곳에서 다시 시작하는 거야! 게다가 말이야! 내가 이대로 아무것도 하지 않고 저택으로 돌아갔다간 그 두 사람! 특히 메구밍이 분명 사고를 칠거라고! 네 결혼식 당일에는 결혼식장 자체가 소멸할지도 모른단 말이다!"

"그딴 짓을 한다면 너를 주범으로서 체포해주마! 그게 싫으면 그 두 사람을 어떻게든 막아라! 나는 도망치지 않을 거다! 내가 도망친다면 그 영향이 다른 누군가에게 미칠 테니까 말이다! ……그리고, 그 문제를 제쳐두더라도……!"

다크니스는 그렇게 외치면서 나를 향해 뛰어왔다.

시집을 가기 전에 나와 결판을 낼 생각인 것 같았다!

큰일 났다! 이대로 있다간 죽을 거야!

나는 그대로 뒤돌아선 후, 창문을 향해 내달렸다.

"이 고집불통에 벽창호! 이제 됐어! 멋대로 해! 나중에 후회하지나 말라고!"

나는 그 말을 남기고 창문을 향해 날아 차기를……!

"도움을 받고 싶으면 언제든 저택에 사과하러 와! 「걱정 끼쳐서 죄송합니다! 저는 카즈마 님의 도움이 필요해요」라고…… 쿠에엑?!"

창문 유리는 꽤나 튼튼해서 날아 차기 한 방에 깨지지 않았고 나는 그대로 창문과 격돌했다.

날아 차기가 아니라 몸통 박치기에 의해 깨진 창문 유리와 함께, 나는 균형을 잃은 채 지면을 향해 떨어졌다.

2층 높이였다고는 해도 낙법을 취하지 못하고 어깨부터 지면에 떨어진 나는 고통을 호소하며 바닥을 굴러다녔다.

창가로 뛰어온 다크니스는 그런 나를 내려다보더니ㅡ.

"괘, 괜찮으냐, 카즈마 님! 너야말로 「잘못했습니다, 더스티네스 님, 도와주세요!」 하고 외친다면 치료해줄 수도 있다!"

필사적으로 웃음을 참으며 그렇게 외쳤다.

몸이 욱신거리는 와중에도 유리가 깨지는 소리를 듣고 이쪽을 향해 뛰어오는 경비병에게서 도망치기 위해 철책을 기어 올라간 나는……!

"제, 젠장! 다크니스! 네가 울며불며 매달릴 때까지 절대 도와주지 않을 거야! 젠장, 다가오지 마! 『크리에이트 워터』! 『프리즈』!!"

즐거워 죽겠다는 얼굴로 나를 내려다보는 다크니스를 향해 그렇게 외쳤다.

그리고 나는 쫓아오는 경비병들의 발을 묶기 위해 마법을 펼치며 저택으로 도망쳤다.

8

"아야야야야야……! 아쿠아~! 아쿠아~! 힐 걸어주세요!

힐 걸어주세요!!"

나는 저택에 도착한 후, 거실 소파 위에서 꼬박꼬박 졸며 알을 품고 있던 아쿠아에게 다가갔다.

다크니스도 아쿠아나 메구밍과는 얼굴을 마주하기 힘든지 저택까지 쫓아오지는 않았다.

"……흠냐? ……앗, 카즈마! 완전 엉망진창이잖아! 다크니스와 만나기는 했어? 왜 이렇게 엉망이 된 거야? 또 바보 같은 소리라도 했어?"

아쿠아는 질문 공세를 펼치면서 나에게 힐을 걸어줬다.

왠지 엉망이 된 나를 보고 기뻐하는 것처럼 보였다.

소파에서 졸고 있던 메구밍이 우리 목소리를 듣고 눈을 떴다.

"카즈마, 돌아왔군요. 어떻게 된 건가요? 또 말도 안 되는 헛소리를 지껄인 건가요? 아, 그것보다 다크니스는 설득했나요?"

너희 두 명이 나를 평소에 어떻게 생각했는지 잘~ 알겠다.

아쿠아의 힐 덕분에 상처는 나았지만 왠지 가슴 깊은 곳에 응어리가 생긴 것 같았다.

나는 짜증에 사로잡힌 채 2층에 있는 내 방으로 향했다.

"그 녀석은 이제 내버려 둬! 울면서 매달릴 때까지 그냥 놔두라고! 나는 이제 아무것도 안 할 거야! 할 거면 너희끼리 해!"

내가 완전히 삐친 태도를 취하자 아쿠아와 메구밍은 서로를 쳐다보았다.

"어……. 다크니스는 드래곤이 살 외양간을 짓는 걸 도와주기로 나와 약속했는데……."

아쿠아는 풀이 죽은 표정을 지으면서 안고 있던 알을 쳐다보았다.

그리고 메구밍은—.

"카즈마, 무슨 일이 있었던 건지는 모르겠지만, 지금은 삐칠 때가 아니잖아요? 그것보다, 다크니스가 영주에게 시집을 가야만 하는 이유는 뭔가요?"

2층으로 향하는 내 등을 쳐다보면서 그렇게 말했다.

나는 걸음을 멈춘 후, 그 질문에 대답했다.

"빚 때문이야. 그 녀석 가문이 영주에게 막대한 빚을 졌다더라고! 그리고 영주와 결혼하면 그 빚이 전부 면제된대!"

"으……. 돈 때문인가요. 빚이 얼마나 되는지는 모르겠지만 저도 얼마 전에 고향에 있는 가족들에게 돈을 보내서, 지금은 가지고 있는 돈이……."

메구밍은 쿠폰과 포인트 카드로 가득 찬 자신의 지갑을 쳐다보며 한숨을 내쉬었다.

"어쩔 수 없네. 돈이 필요한 거라면, 내 비장의 저금통을 쪼개서 빌려줄 수도 있어. 어때?"

아쿠아는 알을 품에 안은 채 그런 소리나 지껄여대고 있었다.

그 빚이 얼마인지는 모르겠지만 대귀족인 다크니스가 자신의 몸을 희생해야만 갚을 수 있을 정도로 큰 금액이다.

메구밍과 아쿠아의 푼돈으로는 어림없을 것이다.

나는 그런 두 사람에게서 돌아서고 내 방으로 향하며 말했다.

"그 녀석이 결정한 거니까 이제 내버려 둬! 나는 그 녀석이 울며불며 애원할 때까지 절대 도와주지 않을 거야!"

메구밍은 그 말을 듣더니 나를 향해 이렇게 말했다.

"카즈마, 지금은 삐칠 때가 아니에요! 다크니스가 시집을 갈 거라고요! 그래도 괜찮은 건가요?!"

그래도 괜찮은지 괜찮지 않은지는 그 고집불통한테 물어보라고!

제5장 이 신부에게 축복을!

1

마을은 축제가 벌어진 것처럼 매일같이 시끌벅적했다.

인색하기로 유명한 영주가 마을에 적지 않은 돈을 풀며 대대적으로 결혼 소식을 퍼뜨리자 축하 분위기가 형성된 것이다.

마치 누구누구 씨가 변심을 하지 못하게 하려는 것 같았다.

결혼식이 거행되는 날짜 또한 이미 발표됐다.

영주는 빨리 결혼식을 올리고 싶은지 각종 의례를 생략했으며 그 결과 식은 일주일 후에 치르게 되었다.

지금도 그는 콧김을 씩씩 뿜으며 다크니스와 결혼하는 날만 기다리고 있을 것이다.

"카즈마. 몇 번이나 말했지만, 정말 괜찮겠어요? 괜찮겠어요? 괜찮은 거냐고요!"

거실에서 다양한 신상품을 개발하고 있을 때 메구밍이 나에게 말을 걸었다.

나는 타르플랜트라고 불리는 식물의 수액과 슬라임의 소

화액을 섞은 것으로 새로운 상품을 개발하고 있었다.

이 두 물질을 섞으면 반쯤 건조된 비닐 같은 소재가 만들어진다.

나는 작업을 계속 진행하며 말했다.

"이미 몇 번이나 말했지만, 본인이 저렇게 고집을 피우니 어쩔 수 없잖아. 아직 일주일이나 있어. 그 녀석이 울며불며 애원한다면 어떻게 해주자고. 만약 애원하지 않는다면, 나는 아무것도 안 할 거야."

나는 조그마한 스포이트로 비닐 같은 물질 안에 공기를 집어넣었다.

이 작업은 꽤나 어려웠다.

분명 이걸 훨씬 간단하게 대량 생산할 방법이 있겠지만 지금은 시제품을 만드는 단계이니 거기까지 신경 쓰지는 말자.

내 옆에 있는 아쿠아는 우리의 대화는 전혀 개의치 않으며 품고 있는 알을 위해 노래를 부르고 있었다.

무지막지하게 짜증이 났지만 그녀에게 시제품 제작을 방해받는 것보다는 낫기에 그냥 가만히 뒀다.

그리고 노래를 너무 잘 부르는 점도 짜증이 났다.

……바로 그때, 메구밍은 내가 만들고 있던 시제품을 빼앗아갔다.

"이런 짓 하지 말고, 제대로 궁리 좀 해보라고요! 저는 인정할 수 없어요! 이대로 결혼식 당일이 된다면, 저한테도 다 생각이 있어요!"

메구밍은 그렇게 말하더니 나한테서 빼앗은 시제품을 그대로 움켜쥐었다.

"어이, 위험한 짓을 벌일 생각인 건 아니지? 네가 무모한 짓을 벌이면 다크니스도 곤란해진단 말이야. 다크니스는 아쿠아와 네가 바보 같은 짓을 하지 못하도록 막아달라고 나한테 부탁했어. ……자, 그걸 돌려줘. 아침부터 많은 시간을 들인 끝에 겨우 그 만큼이나 만들었단 말이야."

나는 분노에 사로잡힌 메구밍을 말리며 한 손을 내밀었다.

"……이게 뭐죠?"

메구밍은 그것을 움켜쥔 채 뚫어져라 쳐다보았다.

"우리나라에 있던 뽁뽁이라는 물건을 만들어봤어. 재질과 제조법이 달라서 감촉은 약간 별로지만, 그 정도면 꽤 잘 만든 편이야."

메구밍은 내 설명을 듣더니…….

"……어디에 쓰는 물건인가요?"

그렇게 말하면서 고개를 갸웃거렸다.

"터뜨리는 거야. 뽁뽁 소리가 나게 말이야. 그걸 터뜨리면서 마음의 평온을 되찾는 거지."

"…………그게 다인가요?"

"그게 다야."

………….

메구밍은 내가 오랜 시간을 들여 겨우 완성한 뽁뽁이를 걸레라도 짜듯 비틀었다.

"크아아아앗~!!"

"우와아아앗~?!"

메구밍이 고함을 지르면서 뽁뽁이를 단숨에 터뜨리자 나는 무심코 비명을 질렀다.

메구밍은 휴우 하고 만족 섞인 한숨을 내쉬더니 한때 뽁뽁이였던 물건을 나에게 건넸다.

"……확실히 마음의 평온을 되찾을 수 있네요. 조금 기분 좋았어요."

메구밍이 저벅저벅 저택 밖으로 나가는 가운데, 나는 털썩 무릎을 꿇었다.

내, 내 장시간의 결과물……!

내 옆에서는 이딴 소동 따위는 자신이 알 바가 아니라는 듯 아쿠아가 노래를 부르고 있었다.

"쉬는 시간 종이 울리면~, 교실 바닥에 둘러앉아~, 아까 못다 했던 공기놀이 한 판~, 다시 시작된다~."

"시끄러워~!"

무심코 벌컥 화를 낸 나는 자기혐오에 빠졌다.

…………아아, 젠장!

아쿠아한테 화를 내면 어떻게 해! 그리고 나는 왜 이렇게 짜증이 난 거냔 말이다!

2

—다크니스의 결혼식 엿새 전.

"실례합니다. 사토 카즈마 님은 계신지요?"

한 초로의 집사가 저택에 틀어박혀 있는 나를 찾아왔다.

"누구시죠? ……아, 전에 만난 적이 있는 것 같은데……."

그렇다. 이 사람은 다크니스의 가문에서 일하는 집사다.

"오래간만입니다. 저는 더스티네스 가문의 집사장인 하겐이라고 합니다. 오늘은 사토 님에게 상의드릴 일이 있어 이렇게 찾아뵈었습니다."

나와 상의한다고?

혹시 다크니스가 자존심을 접고 나에게 도움을 청한 걸까?

내가 그런 기대를 품은 가운데, 하겐이라고 자신의 이름을 밝힌 집사는 고개를 숙이더니—

"실은 더스티네스 가문의 저택 우편함에 매일같이 이런 편지가 들어 있습니다만……."

그렇게 말하면서 나에게 편지를 건넸다.

나는 그 편지를 펼쳐서 읽어본 후—

"죄송합니다! 제가 그 바보를 꾸짖어둘게요!"

"아, 아뇨. 이 편지가 영주님에게 전해진다면 문제가 될 테니, 그렇게 되기 전에 카즈마 님에게 상의를 드리려고 찾아온 것입니다."

나는 편지를 동그랗게 만 후, 무릎이라도 꿇는 심정으로 하겐을 향해 고개를 숙였다.

볼일을 끝내고 저택을 나서는 하겐을 배웅하고 나는 다시 편지를 펼쳐서 읽어봤다.

『더스티네스 가문에 알린다. 마왕군 간부 중 한 명이 액셀 마을의 에리스 교회에 테러를 한다는 정보를 입수했다. 테러 결행일은 결혼식 당일. 즉시 결혼을 중지하지 않는다면 결혼식 당일, 폭렬마법이 교회에 작렬할 것이다. 부디 이 충고를 순순히 받아들이기를 빌겠다……. 친절한 마법사 올림』

"메구밍~! 할 이야기가 있으니까 문 좀 열어!!"

나는 협박장을 한 손에 쥔 채 메구밍의 방을 향해 고함을 질러댔다.

—결혼식 나흘 전.

"자, 다음은! 이 가방에서, 가방보다 커다란 초보자 킬러가 튀어나올 거예요!"

"그딴 건 꺼내지 마! 너 지금 뭐하는 거야! 이쪽으로 와봐!"

나는 더스티네스 저택 바로 앞에서 수많은 사람들을 불러

모은 후, 정체불명의 쇼를 하고 있는 아쿠아를 움켜잡았다.

"카즈마, 뭐하는 거야! 놔! 초보자 킬러를 잡으려고 일부러 모험가 길드에 의뢰까지 했단 말이야! 그것보다 이 인파를 봐!! 내 장기자랑을 보려고 이렇게 많은 사람들이 몰려들었어!"

"그래서 내가 이렇게 불려 온 거라고! 완전 민폐니까 너 좀 말리라고 말이야! 너, 이런 데서 대체 뭘 하고 있는 거야?!"

아쿠아는 수많은 사람들에게 둘러싸여 있었고 그들은 그녀를 향해 돈을 던지고 있었다.

"아, 돈은 됐어요. 저는 장기자랑으로 먹고사는 사람이 아니니 돈을 받을 수는 없어요. ……카즈마, 이건 말이야. 다크니스를 집에서 끌어내기 위한 작전이야."

아쿠아는 돈을 사양하면서 나에게 귓속말을 했다.

이 녀석, 혹시—.

"너, 다크니스를 집밖으로 끌어내려고 여기서 장기자랑을 하고 있는 거냐?"

"바로 그거야! 일본 신화 중에는 말이지, 삐친 나머지 집에 틀어박힌 여신을 연회의 흥겨운 소리로 유인한 후, 함정에 빠뜨려 끌어내는 게 있어. 너도 알지?"

"일단 그 이야기는 알아. 그런데 신들은 전부 연회를 좋아하는 거야? 여신들이 하나같이 너 같은 건 아니겠지?"

아쿠아는 내 태클을 무시하더니 다크니스의 저택을 향해 가방을 들었다.

"아까부터 저쪽 방의 커튼이 흔들렸어. 분명 호기심이 왕성한 다크니스가 몰래 쳐다보고 있는 거야. 저기~! 다크니스, 내 말 들리지?! 빨리 나와~! 자, 가까운 곳에서 안 보면 후회할 거야! 지금부터 비장의 장기를 선보일 거라구! …… 앗, 카즈마! 뭐하는 거야?! 놔!"

"네가 이러니까 이 집 사람들이 나를 찾아와서 불평불만을 늘어놓은 거라고! 자, 빨리 돌아가자!"

"싫어! 다크니스가 나올 때까지 매일 여기서 쇼를 할 거야!! 방해하지 말고 저리 가! 자, 빨리 저리 가란 말이야!!"

평소보다 내 말을 듣지 않는 아쿠아를 억지로 데리고 집에 돌아와 보니 어느새 해가 저물어가고 있었다.

—결혼식 이틀 전.

"다녀왔습니다……."

"어서 와. 이제 바보 같은 짓 하지 마."

메구밍은 저택에 돌아오더니 현관 앞에서 풀썩 주저앉았다.

내 설교를 들은 척도 하지 않던 메구밍은 결국 영주의 저택에도 협박장을 보냈고, 그 죄로 오늘까지 구치소에 갇혀 있었지만—.

"다크니스 가문의 사람이 힘써준 덕분에 특례로 석방되었어요……."

"다크니스를 구하려다 오히려 그녀에게 도움을 받으면 어떻게 해. 마음은 이해하지만 이제 얌전히 있어. 요즘 들어 너나 아쿠아나 민폐만 잔뜩 끼치고 있단 말이야."

나는 오늘도 신상품 개발에 힘을 쏟으면서 메구밍에게 다짐을 받았다.

참고로 아쿠아는 오늘도 다크니스의 집으로 향했다.

요즘 들어 다크니스의 저택 근처는 노점도 생길 정도로 관광 명소가 되어가고 있었다.

"역시 저와 아쿠아만으로는 무리예요. 카즈마, 이제 그만 결혼식 방해 공작에 협력해주지 않겠어요?"

메구밍은 비틀거리면서 소파에 쓰러지더니 그대로 축 늘어진 채 그런 소리를 했다.

"……다크니스가 도와달라고 한다면 생각해볼게."

메구밍은 내 말을 듣더니 벌떡 일어났다.

"이 인간 말종! 다른 사람들은 카즈마를 카레기나 카오물이라고 부르지만, 그래도 동료가 위기에 처했을 때 도와주는 사람이라고 생각했어요! 할 때는 하는 사람이라고 생각했다고요!"

메구밍은 그렇게 외치며 신상품을 만들고 있는 나를 향해 덤벼들었다.

"어이, 나를 그런 식으로 부르는 녀석의 이름을 가르쳐주지 않겠어? 이제 슬슬 그 녀석들을 진짜로 혼쭐내줘야 할 것 같거든."

메구밍은 다시 소파에 드러누웠다.

"제가 좋아하는 사람은 이럴 때 불평을 늘어놓으면서도 「어쩔 수 없지」라고 말하며 어떻게든 이 상황을 해결해주는, 그런 사람이에요. 한사코 고집이나 부려대는 사람이 아니라고요."

"그, 그만해. 내가 좋아한다는 말을 듣고 협력할 거라고 생각했다면, 그건 착각이야. 나는 그렇게 쉬운 남자가 아니라고."

느닷없이 좋아한다는 말을 듣고 약간 동요한 나는 그런 속내를 감추려는 듯, 그리고 메구밍을 달래기 위해 개발 중인 신상품을 손가락으로 가리켰다.

"그렇게 화만 내지 말고 이걸 시험해봐. 이건 샌드백이라는 건데, 스트레스 발산에 딱 좋은 아이템이야. 게다가 진짜 가죽으로 만든 거라고. 뭐, 샌드백에 쓸 만한 소재라고는 가죽밖에는 없었지만 말이야."

나는 메구밍을 진정시키기 위해 가죽을 꿰매고 그 안에 모래를 채워서 만든 바닥 설치형 샌드백을 손가락으로 가리켰다.

메구밍은 스트레스 발산이라는 말을 듣고 약간 흥미를 보였다.

"이건 어떻게 쓰는 거죠?"

"그냥 공격하면 돼. 두들겨 패도 되고, 걷어차도 되지. 아, 그래도 마법은 금지야. 뭐, 그 정도는 너도 알겠지만 말이야."

나는 농담 투로 그렇게 말하며 작업을 일단락한 후, 잠시 휴식을 취하며 차를 한 잔 하려고 부엌으로……

"하아아아아아아아앗!"

"윽?!"

메구밍의 기합성을 듣고 불길한 예감을 받은 나는 뒤를 돌아보았다.

"휴우……. 조금 개운해졌어요. 저기 하나 더 만들어주세요."

"왜 날붙이를 쓴 거야!! 때리거나 걷어차라고 내가 말했잖아!"

내 칼을 쥔 메구밍은 샌드백을 쓰레기로 만든 후, 만족스러운 표정을 지으며 서 있었다.

3

—다크니스가 없는 일상을 거부하듯 나는 신상품 개발에 몰두하며 하루하루를 보냈다.

그리고 드디어, 이 날이 왔다.

오늘은 다크니스가 결혼식을 올리는 날이다.

결국 그 녀석은 우리에게 기대지 않았다.

"카즈마, 가죠! 결혼식을 박살 내버리는 거예요! ……후후후, 제가 무심코 쓴 마법에 결혼식장이 소멸하거나, 제가 무심코 쓴 마법에 영주의 저택이 소멸하는 것 정도는 흔한 일이에요."

"어이, 관둬. 그건 진짜로 관두라고. 그랬다간 빚쟁이가 아니라 범죄자가 될 거야."

나는 거실 테이블 위에 바닐과 거래를 하려고 만들어둔 물건들을 정리했다.

나는 요즘 들어 계속 발명에 열중했지만 그것도 이제 끝이다.

아무리 머리를 쥐어짜도 더는 아이디어가 생각나지 않았다.

각종 상품의 설계도, 그리고 내가 알고 있는 효율적 작업법.

농사법 같은 것도 자세한 부분까지는 알지 못하지만 현대인이 일반적으로 알고 있는 지식 같은 것은 전부 기록했다.

다크니스의 결혼식은 오늘 낮에 거행되지만 나는 그것을 보러 갈 생각이 없었다.

그 녀석이 도움을 청하지 않자 이 일에 끼어드는 것이 계속 주저되었다.

한심하게 고집이나 피우고 있는 것이다.

이게 고집에 불과하다는 것은 나 또한 알지만…….

메구밍은 나를 보더니 지팡이를 고쳐 쥐며 분통을 터뜨렸다.

"제가 좋아하는 사람은 이렇게 썩어빠진 사람이 아니에
요! 카즈마는! 이대로 그 영주와 다크니스가 결혼해도, 정말
괜찮은 건가요?! 다크니스가 그 영주에게 능욕당해도 괜찮
은 거냐고요!"

"괜찮을 리가 없잖아!"

나는 무심코 메구밍을 향해 고함을 질렀다.

내가 느닷없이 고함을 지르자 메구밍은 약간 당황했다.

"괜찮을 리가 없잖아. 나도 그딴 녀석한테 다크니스를 빼
앗기고 싶지 않아! 외모도 나쁜 데다, 평판도 최악이야! 너
는 모르겠지만 말이야! 그 인간은 눈에 들어온 귀여운 애나
괜찮은 여자는 무슨 수를 써서라도 다 자기 걸로 만들어!
게다가 질리면 돈 몇 푼 쥐여준 후 버린다고! 더 골 때리는
건, 그런 악행을 마구 저질러대는데도 결정적인 증거가 없
다는 거야!"

메구밍은 내 말을 듣더니 고개를 푹 숙였다.

"카즈마는 이미 다크니스의 결혼 상대에 대해 조사해봤군
요……."

조사를 해보니 그 영주는 소문으로 들었던 것보다 더 악
랄했다.

전문가가 아닌 내가 조사해봤는데도 별의별 이야기가 다

튀어나왔다.

부당한 착취와 뇌물 수수 및 전달.

하지만 이상하게도 물증이 없었다.

피해를 입은 여성은 하나같이 굳게 입을 다무는 데다, 악행의 증거가 없기 때문에 왕국에서도 그 아저씨를 어쩌지 못한다고 한다.

다크니스의 아버지는 결정적인 증거를 잡기 위해…….

그리고 영주를 감시하기 위해 이곳에 파견된 것 같았다.

메구밍은 지팡이를 움켜쥐면서 말했다.

"그럼 더욱 내버려 둘 수 없는 거잖아요. 카즈마라면 당치도 않은 해결책을 제시할 수 있지 않나요? 지금까지도 그랬듯 부족한 저희들을 도와서 이 문제를 어떻게든 해결할 수 있지 않나요?"

……당치도 않은 해결책이라, 이 녀석은 나를 대체 어떻게 생각하고 있는 걸까.

"이번만큼은 방법이 없어. 우선 다크니스가 가르쳐주지 않아서 빚이 얼마인지도 알 수 없어. 그리고 돈을 조달하더라도 다크니스를 설득하는 건 무리야. 그 고집불통은 분명 돈을 받지 않을 거야. 그리고 마지막으로……."

메구밍은 고개를 갸웃거렸다.

"마지막으로?"

"이건 귀족 간의 결혼식이야. 경비도 엄중할 테니, 이제 우리가 다가가는 건 무리야. ……실은 그래서 다크니스가 도움을 요청하기를 기다렸던 거야. 다크니스의 저택도 내가 침입한 후로는 경비를 강화했을 게 뻔하거든."

지금까지는 그다지 신경 쓰지 않았지만, 이렇게 신분 차이를 실감한 것은 처음이다.

나는 아무 말도 하지 않는 메구밍과 더는 얼굴을 마주할 수가 없어서 뒤돌아섰다.

지금 내 등에서는 좋아하는 애를 빼앗긴 남자의 애수가 흐르고 있으리라.

"다크니스의 아버지도 위중한 상태이니 면회는 무리일 거야. ……그리고 나를 식에 초대해주거나 결혼식장 잠입을 도와줄 만한 인맥도 없어. ……나는 일반 서민이잖아."

왕도에서 만든 인맥을 이용할까 생각해봤지만 설령 아이리스에게 부탁을 하더라도 본인들이 결혼을 원하니 손쓸 수가 없을 것이다.

이것이 신분의 차이라는 것이다.

우리와 다크니스는 이렇게 사는 세계가 다른데도 지금까지 같이 모험을 할 수 있었다는 것 자체가 기적 같은 일이다.

내가 반쯤 자포자기한 심정으로 그렇게 말한 순간—.

"……알았어요. 카즈마도 영주를 조사해서 어떻게든 손을 써보려 했다는 건 알았어요. 저는 그것만으로도 충분해요."

메구밍은 주눅이 든 내 얼굴을 지그시 바라본 후, 그렇게 말하며 안도 섞인 미소를 지었다.

"저는 스스로 생각해보고 후회하지 않을 길을 선택하겠어요. 카즈마도 잘 생각해보고 후회하지 않을 길을 선택하길 빌게요……."

메구밍은 뭐라도 잘못 먹었는지, 평소와 달리 진지한 목소리로 식견 있는 마법사 같은 발언을 했다.

내가 아연실색하고 있을 때 메구밍은 주저 없이 저택을 나섰다.

……말려야 할까?

아니다. 누가 말린다고 메구밍이 멈출 것 같지는 않았다.

나는 메구밍을 배웅한 후, 넓은 거실에 홀로 있었다.

아쿠아는 현재 손님과 만나고 있었다.

지금은 2층에 있는 그녀의 방에서 손님의 이야기를 듣고 있었다.

듣자 하니 급하게 일거리가 들어온 것 같은데 오늘은 아쿠아를 도울 기분이 아니었다.

우리는 딱히 할 일이 없어도 이곳에 모여 느긋하게 시간을 보내곤 했다.

그곳에 홀로 있으니 이 저택이 이렇게 넓었다는 것을 실감하는 것과 동시에 쓸쓸함을 느꼈다.

……어쩔 수 없지.

귀족 아가씨와 함께 모험을 하는 것은 내가 일본에 있었을 시기에는 상상도 할 수 없었던 일이다.

　그리고 현실은 그렇게 뜻대로 되는 것이 아니다.

　나는 소파에 몸을 맡긴 채 홀로 땅이 꺼져라 한숨을 내쉬
었다.

　바로 그때, 그런 우울한 분위기를 걷어내듯 현관이 힘차
게 열렸다.

　그리고 등장한 이는―.

　"매번 감사합니다~! 아무짝에도 쓸모없는 여신을 대신해,
이 내다보는 악마 님께서 도와주러 왔다. 이 몸의 등장을
반기며 눈물 어린 광란의 댄스를 추도록. 자, 네놈이 지닌
모든 지식을 나에게 보여다오!"

4

　"어이, 미인 점주를 데려와! 체인지야, 체인지! 이렇게 우
울할 때에 왜 너와 거래를 해야 하는 거냐고! 미인 점주로
체인지해줘! 위즈! 위즈를 빨리 데려오란 말이야!"

　나는 그렇게 말하며 저택 거실의 테이블을 사이에 두고
바닐과 마주 앉았다.

　"그 녀석은 지금 잠시만 더 자게 해달라고 울며불며 애원
하면서 가게를 운영하고 있다. 「울먹거리며 일하는 점주가

귀여워」, 「상품이 잘 팔려서 기쁨의 눈물을 흘리는 거구나! 더 팔아줘야지!」 같은 뜻밖의 효과도 발휘되고 있지. 게다가 그 부채 생성 장치가 제대로 된 거래를 할 수 있을 리가 없지. 어제도 아량을 베풀어 휴식 시간을 조금 주며 눈을 뗐더니, 「이건 커플 모험가에게 잘 팔릴 거예요!」라면서 이 펜던트를 사들였다.」

바닐은 그렇게 말하며 펜던트를 보여줬다.

"그건 어떤 펜던트야?"

"이걸 착용한 자가 목숨이 위험할 정도의 중상을 입으면 그자의 마지막 남은 목숨을 불태워 폭발하는 펜던트다. 콘셉트는 『최후의 순간에, 목숨을 걸고 소중한 사람을 지킬 수 있기를……』이라더군. 위즈는 「로맨틱하죠?」 같은 소리를 하면서 꺄아꺄아~ 거렸지만, 위력이 너무 강해서 적뿐만 아니라 사랑하는 사람도 같이 날려버리지. 그야말로 점주의 장사 센스를 의심하고 싶어지는 상품이다. 사지 않겠느냐?"

"……돼, 됐어. ……그것보다 너, 방금 도와주러 왔다고 했잖아. 그게 무슨 소리야?"

바닐은 내 질문에 대답하지 않더니—

"그 이야기는 나중에 하지. 우선 상품을 내놔 봐라. 이 몸의 안목으로 적정 가격을 파악해주지. ……뭐, 사실 이 몸께서는 이미 네놈이 납득할 만한 금액을 준비해 왔지만 말이다."

바닐은 그렇게 말하며 조그마한 검은색 가방을 손바닥으로 두드렸다.

내다보는 악마 님은 정말 효율이 끝내주네요.

"하지만 내가 거래에 응할지 응하지 않을지는 아직 모른다고. 이건 나에게 남은 지식의 집대성이거든. 당연히 싸게 넘길 생각은 없어."

게다가 다크니스를 구할 수 없다면 이제 와서 이걸 팔 이유가 없다.

하지만 바닐은 전부 다 알고 있다는 투로 말했다.

"구하러 가고 싶어 미칠 것 같지만, 구하러 갔다 갑옷 계집에게 거절당하는 것을 두려워하고 있는 남자여. 내다보는 악마, 바닐이 선언하노라. 네놈은 자신이 가진 모든 지식 재산권을 내놓더라도, 이 가방 안의 내용물을 차지하려 할 것이니라."

……내다보는 악마 씨는 정말 성가시네.

바닐은 내가 내놓은 각종 설계도와 시제품, 그리고 다양한 재산권 소유 증서를 딱히 살펴보지도 않고 커다란 가방 안에 집어넣었다.

분명 이 녀석은 이것을 살펴볼 필요도 없는 것이리라.

아, 그리고 보니 나는 아직 판다고 말하지 않았는데…….

……내다보는 악마, 라.

"어이, 바닐. 너는 별의별 걸 다 알지?"

나는 잡담이라도 나누려는 듯한 어조로 가방에 서류를 집어넣고 있는 바닐에게 말을 걸었다.

바닐은 나를 쳐다보지도 않은 채 가방에 각종 물건들을 넣으면서 대답했다.

"음. 삼라만상을 전부 다 내다보는 것은 아니지만, 웬만한 것은 내다볼 수 있지. 예를 들자면 지금 네놈이 묻고 싶어 하는 게 뭔지도 알고 있다. 네놈이 신경 쓰는 그 갑옷 계집이 왜 영주에게 막대한 빚을 지게 되었는가. 그녀를 구할 방법은 없는가. 왜 그 영주는 그렇게 악행을 저지르고도 증거를 하나도 남기지 않은 건가."

나는 마른침을 삼킨 후 물었다.

"……어이. 너는 악마─."

"악마 주제에 왜 네놈에게 협력적인가. 다른 꿍꿍이가 있는 것은 아닌가. ……등등. 물론 꿍꿍이는 있다. 이 몸은 악마니까 말이다. 하지만 이번 건에 있어서 네놈과 이 몸은 이해관계가 일치한다. 그래서 이렇게 협력적인 거지. 예를 들자면 네놈이 만약에 대비해 팔지 않고 가지고 있던 각종 권리도, 이 기회에 싼값에 살 수 있을 테니까 말이다."

바닐은 손을 멈추더니 내 얼굴을 쳐다보며 씨익 웃었다.

……크윽, 이 자식.

"하지만 내가 팔지 않겠다고 하면 그만이잖아. 그것보다 내가 듣고 싶은 게 뭔지 안다면 뜸 들이지 말고 가르쳐줘."

"좋다. 그럼 지금 네놈이 알고 싶어 하는 것을 가르쳐주마! 점주가 오늘 입은 속옷의 형태라든가 색깔 같은 것 말이지! 후하하하하, 농담…… 어라? 맛있는 악감정이 흘러나오지 않는구나."

"그것도 나름 알고 싶으니까 말이죠."

"그, 그러냐……. 그럼 네놈이 진정으로 알고 싶어 하는 정보를 가르쳐주마. 그 여자가 빚을 진 이유는 바로……."

"『세이크리드 엑소시즘』!"

바닐의 말을 끊으며 아쿠아의 목소리가 들려왔다.

그와 동시에 바닐은 빛으로 된 기둥에 휩싸였다.

이윽고 빛이 사라지자 툭 하는 소리를 내며 바닐의 가면이 바닥에 떨어졌다.

"어, 어이, 바닐! 너는 대악마잖아?! 네가 저딴 화장실의 여신이 날린 공격에 당할 리가 없다고! 어이, 정신 차려!"

"아앗?! 잠시 눈을 뗀 사이에 카즈마가 악마에게 세뇌당했잖아?! 왜 악마 편을 드는 거야?! 그리고 나는 물의 여신이라구!"

아쿠아는 2층에서 내려오다 바닐을 발견하고 바로 마법을 날린 것 같았다.

아쿠아는 마법을 날리는 자세를 유지한 채 고함을 질렀다.

이 녀석은 매번 괜한 타이밍에 괜한 짓을 벌인다니깐!

아쿠아의 뒤편에는 눈에 익은 초로의 남성이 서 있었다.

요즘 들어 매일같이 나를 찾아와서 항의를 했던 다크니스 가문의 집사였다.

아쿠아에게 무슨 일을 의뢰한 것인지는 모르겠지만 하겐이라는 이름의 그 할아버지는 이 상황을 보더니 아연실색했다.

바로 그때, 바닐의 가면에서 몸이 자라났다.

……매번 옷까지 같이 생겨나니 편리하겠는걸…….

아니, 옷도 몸의 일부이기에 아쿠아의 마법에 옷도 소멸한 것일지도 모른다.

"후하하하하. 기습을 하다니, 양아치 여신답구나! 그래서야 우리 악마와 별반 차이가 없지 않느냐! 덕분에 이 몸의 멋진 가면에 금이 갔단 말이다!"

"꺄아~. 악마는 해충이나 마찬가지잖아요~! 너, 해충을 박멸할 때마다 항상 「지금부터 당신을 박멸할 거니 양해 부탁드립니다」라고 말하는 거야? 바보지? 푸푸푸푹!"

바닐과 아쿠아가 서로를 노려보며 점점 험악한 분위기를 자아내자 나는 허둥지둥 두 사람을 말렸다.

"어이, 너희 둘! 그딴 건 다른 날에 해! 아쿠아, 지금은 바닐의 이야기를 들어야 하니까 방해하지 마!"

내가 그렇게 외치자 아쿠아는 투덜거리면서 물러났다.

아쿠아의 뒤편에 있던 하겐이 그 험악한 분위기를 감지한 것 같았다.

"저, 저기……. 아무래도 바쁘신 것 같군요……. 아크 프리스트 님, 점심때부터 시작되니 잘 부탁드립니다. 그럼 저는 이만 실례하겠습니다……."

그렇게 말한 하겐은 몸을 낮춘 채 아쿠아와 바닐 사이를 통과하더니 그대로 저택을 빠져나갔다.

대체 무슨 일로 아쿠아를 찾아온 것인지 신경 쓰였지만 지금 중요한 것은 바닐의 이야기다.

바닐은 아쿠아를 향해 의기양양한 미소를 지으며 말했다.

"후하하하. 이번 일에는 전혀 도움이 못 되고 있는 얼간이 여신이여! 구석에 처박혀서 이 몸이 얼마나 고맙고 유용한 존재인지 두 눈 뜨고 똑똑히 지켜봐라! 그리고 분통을 터뜨리며 손수건이나 물어뜯는 것이다!"

이 악마도 어른스럽지 못한 구석이 있는지 아쿠아를 향해 혀를 날름날름 내밀며 도발했다.

그 모습을 본 아쿠아가 눈을 치켜떴지만 이대로는 이야기를 나눌 수가 없으니 그만 좀 했으면 좋겠다.

아쿠아는 알을 소중히 품고 소파에 앉은 나와 바닐 사이에 앉았다.

그녀는 나와 함께 바닐의 이야기를 들을 생각인 것 같았다. 하지만 무릎을 끌어안은 채 코가 맞닿을 만큼 가까운 거리에서 바닐을 노려보고 있었다.

"여러모로 불편하군. ……자, 신이 곁에 있는데도, 신에게 매달리지 못하는 가련한 남자여. 네놈이 알고 싶은 것은 그 갑옷 계집이 빚을 지게 된 경위였지? 이 사태의 발단은 모험가들이 기동요새 디스트로이어를 파괴한 것에서 기인한다."

바닐은 잡담이라도 하는 듯한 어조로 그런 소리를…….

……………………

방금, 뭐라고 했어?

"어이, 자세하게 말해봐."

내가 그렇게 말하자 바닐은 씨익 웃었다.

그리고 담담하기 그지없는 목소리로 이야기를 시작했다.

"딱히 자세하게 말할 것도 없다. 지금까지 디스트로이어가 지나간 마을은 전부 유린당했으며, 영주는 토지를 잃었다. 주민은 파괴된 마을을 떠나야 했고, 영지를 잃은 영주와 귀족도 책임 추궁을 당한 끝에 그대로 길거리에 나앉게 되지. 정처 없는 떠돌이나 별반 다름없는 모험가들에게는 그편이 나았을지도 모른다. 하지만…… 이 마을은 그렇게 되지 않았지."

……잘된 일이잖아.

내가 그런 생각을 하고 있다는 사실도 꿰뚫어 본 바닐은 또 씨익 웃었다.

"마을 자체는 파괴되지 않았다. 이 마을에서 상업에 종사하고 있었던 사람들은 결국 그 어떤 피해도 입지 않았지.

대부분의 주민들도 마찬가지다. ……그리고 디스트로이어는 마을 코앞에서 토벌됐다. 마을 근처의 곡창 지대와 치수(治水) 시설 및 각종 설비를 파괴 혹은 유린한 후에 말이다."

……그것도 이해는 되었다.

하지만 그 정도면 피해를 최소한으로 줄인 것이라고 할 수 있지 않을까?

"농업에 종사하는 이들에게 있어 곡창 지대를 잃는다는 것은 일자리를, 재산을 잃는다는 것이나 다름없다. 파괴된 곡창 지대는 간단히 복구할 수 없다. 그래서 그들은 영주에게 도움을 요청했다."

……그 말을 들은 순간, 불길한 예감이 엄습했다.

내가 인상을 쓰자―.

"그렇다. 네놈의 예상대로다! 그 영주는 도움을 요청하는 사람들에게 이렇게 말했다. 목숨을 건진 것만 해도 다행이지 않느냐. 헛소리를 하지 마라. 불만이 있으면 곡창 지대를 지키지 못한 모험가들에게 해라. 모험가들은 현재 막대한 보수를 받아서 주머니가 두둑하지 않느냐. 그들의 보수를 받아내서 시설을 복구하면 되겠구나, ……라고 말이다."

……우와아, 웬만한 악덕 관리는 발끝에도 미치지 못하겠네.

"음. 이번 건은 자신의 책무를 내팽개친 욕심쟁이 영주 이외에는 그 누구에게도 잘못이 없을지도 모른다. 모험가들은 최선을 다해 건투했다. 그것은 틀림없지. 하지만 피해를 입은 주민들도 이대로 있다간 길거리에 나앉고 말 것이다. 그들의 마음 또한 이해가 되지. 천재지변 같은 일을 당한 거니 포기하라고 말할 수도 없다."

바닐은 그야말로 악마 같은 미소를 입가에 머금으면서……

―절대 흘려들을 수 없는 말을 태연히 입에 담았다.

"영주에게 도움을 받을 수 없게 된 자들은 울며불며 매달렸다. 바로 네놈과도 인연이 깊은 더스티네스 일족에게 말이다. 그리고 그들은 이렇게 말했다. 「일개 모험가들이 일으킨 홍수에 의해 파괴된 건물의 변상금 중 태반을 부담한, 자비심 넘치는 더스티네스 님. 부디 저희에게도 자비를 베풀어 주십시오」……하고 말이다."

…………

"방금 뭐라고 했어? 홍수에 의해 파괴된 건물의, 뭐?"

바닐은 내 말을 듣더니 실로 악마다운 미소를 지으며 말했다.

"그렇게 화끈하게 파괴된 건물들의 가격이 수억에 불과할 리가 없지 않느냐. 길드 측이 네놈에게 건물 배상금을 청구하면서, 이렇게 말하지 않았느냐? 「전액 배상을 요구하지는 않겠지만, 그래도 일부라도 배상해달라」고 말이다."

그 여자—.

"더스티네스 가문은 저택을 제외한 대부분의 보유 자산을 건물 변상금으로 썼다. 그리고 그때 대부분의 자산을 잃은 더스티네스 가문의 갑옷 계집은 디스트로이어에게 유린당한 자들을 구하기 위해 영주에게 머리를 숙여가며 돈을 빌렸지."

그 여자, 완전 자기 멋대로잖아.

"그 여자는 돈을 빌려주기 싫다며 투덜대는 영주에게 이렇게 말했지. 「만약 더스티네스 가문의 당주에게 무슨 일이 생겨 변제가 힘들어진다면, 내 몸을 담보로 삼겠다」고 말이야."

내가 테이블을 내려치는 소리 때문에 바닐은 말을 멈췄다.

나는 그 소리를 듣고 놀란 아쿠아를 향해 손을 내밀었다.

"……저기, 카즈마. 분노에 몸을 맡긴 채 테이블을 주먹으로 내려쳐서 아팠지? 엄청 아팠지?"

이걸로 모든 의문이 풀렸다.

일전에 저택에 찾아왔던 무례한 집사는 영주가 보낸 심부름꾼이었으리라.

다크니스의 아버지가 건강을 해쳤다는 사실을 알고 빚 독촉을 하러 왔던 것이다.

그리고 그 녀석은 빚을 갚기 위해 히드라 퇴치라는 바보 같은 짓을 벌였다.

하지만 그 녀석이 걱정되어 모여든 모험가들을 본 뒤, 더

는 폐를 끼칠 수 없다고 생각한 그녀는 결국 체념하고 만 것
이다—.

　나는 바닐에게 낮은 목소리로 물었다.
　"다크니스가 진 빚이 얼마야?"
　내가 그 말을 할 것이라는 사실조차 내다봤던 걸까, 바닐
은 준비해 온 가방을 내밀면서 말했다.

　"손님께서 지닌 모든 자산과 이 가방 안의 내용물을 합치
면, 딱 빚과 동일 금액이 됩니다. ……그럼, 거래를 시작해볼
까!"

　이 자식은 역시 악마가 틀림없어!

5

　"정말……! 정말 아름다우세요, 아가씨……! 결혼식이 끝난
후, 저택에 계신 주인님에게도 이 모습을 꼭 보여주세요!"
　신입 메이드는 내 드레스 차림을 보더니 환한 미소를 지으
며 입이 마르도록 칭찬했다.
　나는 그 말을 듣고 무심코 쓴웃음을 지었다.
　이 신입 메이드는 우리 가문이 처한 상황이나 내가 결혼

을 올리게 된 경위를 알지 못한다.

영주와의 결혼식이 끝난 후 아버지에게 이 모습을 보여주면, 분명 아버지는 슬퍼하실 것이다.

이 결혼을 기뻐할 사람이 없다는 것은 알고 있다.

이것은 어디까지나 내 자기만족이다.

……바로 그때, 문 너머에 있는 복도에서 고함 소리가 들려왔다.

"왜 신부를 만나면 안 되는 것이냐! 에이, 비켜라! 더는 못 기다린다! 못 기다린단 말이다! 이제 몇 시간 후면 라라티나는 내 것이 된다! 빠르든 늦든 달라질 건 없지 않느냐! 비켜서라! ……라라티나! 라라티나!!"

……후홋. 저 남자는 이제 자기 본성을 숨길 생각이 없는 것 같구나.

"그럴 수는 없습니다. 이곳은 더스티네스 님의 대기실입니다. 아직 식을 올리지 않았으니, 이 방에는 더스티네스 가문의 사람만이 들어갈 수 있습니다. 부디 돌아가 주시길."

짜증 섞인 영주의 목소리가 들린 후, 우리 가문 사람의 담담한 목소리가 들려왔다.

"이 멍청이가! 잘 들어라! 식이 끝나고 나면 네놈의 주인은 바로 나다. 그 점을 고려한 후, 나를 들여보낼 것인지 말 것인지를 판단해라!"

영주가 그런 악랄한 발언을 하는데도 상대방의 목소리는

여전히 담담했다.

"그럴 수 없습니다. 당신은 아직 제 주인이 아닙니다."

"……얼굴을 기억해뒀다. 결혼식이 끝나고 네놈의 소중한 아가씨를 마음껏 가지고 논 후, 네놈도 응분의 대가를 치르게 해주마."

영주의 그런 역겨운 소리가 들리고 묵직한 발소리가 점점 멀어져갔다.

"……문밖에 있는 자에게 고맙다는 말을 하고 싶으니, 안으로 불러다오."

메이드는 내 말을 듣고 천천히 고개를 끄덕이더니 밖에 있는 남자를 불러왔다.

"아가씨, 정말 아름다우십니다……!"

방에 들어온 그는 탄성을 터뜨렸다. 그리고 옅은 주름이 있는 그의 얼굴에 미소가 어렸다.

그는 오랫동안 더스티네스 가문을 모신 경비병 중 한 명이다.

융통성이 없고, 내가 어릴 적에 저택 밖으로 나가려고 하면 절대 보내주지 않았다.

내가 철책을 넘으려고 할 때마다 용케도 눈치채고 나타났다.

언제부터인가 나는 이 경비병을 따돌리는 데 열을 올리기 시작했다.

나는 정원에서 공을 철책 너머로 던진 후, 주워 오라고 어리광을 부렸다. 그리고 이 남자가 공을 주우러 간 사이에

밖으로 나갔다.

그는 밖으로 나간 나를 바로 쫓아왔고, 순식간에 잡힌 나는 금세 저택으로 돌아갔다. 하지만 나는 그게 너무 재미있어서 매일같이 공을 철책 밖으로 던졌다.

이 남자가 매번 속는 게 재미있어서 말이다.

지금 생각해보면 이 남자는 어머니가 돌아가시고 같이 놀 상대도 없는 나와, 자기 나름대로 놀아주려고 한 것이라는 생각이 들었다.

"미안하다……. 나는 이제 어찌 되든 상관없으니 그냥 그 녀석을 들여보내지 그랬느냐. 내가 나중에 그자에게 잘 말해서 네가 처벌을 받지 않게 할 테니……."

"저는 아가씨께서 시집을 가신 후 이 일을 관둘 생각이니 신경 쓰지 않으셔도 됩니다. 제가 모시는 가문은 어디까지나 더스티네스 가문이니까요. 아가씨께서 인정하신 남자라면 모실 생각이 있습니다만……."

그가 그렇게 말하면서 멋쩍은 미소를 짓자 나는 쓴웃음을 지었다.

내가 인정한 남자라는 말을 들은 순간, 일전에 내 방에 침입한 걸로 모자라 말도 안 되는 소리까지 해대며 창밖으로 떨어진 후 고통을 호소하고 바닥을 뒹굴던 그 녀석이 생각났다.

그때 일을 떠올리자 내 입가에 미소가 어렸다.

"아가씨께서 때때로 지으시는 그 미소는 정말 아름답습니다. 마지막으로 그 미소를 볼 수 있어 저는 정말 행복합니다."

그는 만족스러운 미소를 지은 후 그대로 돌아섰다.

"……저, 저기. 주제넘게 한 말씀 드리자면, 이렇게 아름답고 청초하시니……. 그렇고 그런 놀이를 너무 격렬하게 하시는 것만은 자제해주십시오……."

"윽?!"

그는 부끄러워하며 그렇게 말하고 문밖으로 나갔다.

방 안에 있던 두 메이드는 시선을 다른 쪽으로 돌렸다.

내 성대모사를 해서 당치도 않은 소문을 퍼뜨린 그 남자를 확 작살내버리고 싶다!

입이 험하고, 예의를 모르며, 아무도 알지 못하는 특이한 지식을 지녔지만 누구나 다 아는 상식을 모르는 무례한 남자.

겁쟁이에 보수적이지만, 때로는 무모한 짓도 벌이는 종잡을 수 없는 남자.

최약체 직업에, 스테이터스도 운 이외에는 전부 평균 이하지만 잡다한 스킬과 잔머리를 무기로 마왕군 간부와 거물 현상범, 그리고 각종 몬스터와 싸워온 남자.

내가 귀족이라는 사실을 밝혔을 때도 귀족이라는 사실보다 내 이름에 흥미를 보였던 특이한 남자.

그리고…….

그 특이한 남자와 선을 넘으려고 했던 나 또한, 분명 특이한 여자일 것이다.

지금까지 했던 모험과 즐거웠던 나날을 떠올렸다.

원래 귀족으로서 태어난 자에게는 자신의 뜻대로 살 권리가 없다.

하지만 나는 지금까지 스스럼없는 동료들과 함께 지낼 수 있었다.

……그걸로 충분하다. 귀족인 내가 더 많은 것을 바라서는 안 된다.

이번에는 내가 이 마을 사람들에게 보답할 차례다.

더는 그 영주가 멋대로 하게 둘 수 없다.

영주가 내 몸에 빠져 헤어 나오지 못하는 사이 그 녀석의 비밀을 밝혀내고 말겠다.

이 목적을 달성하는 데 긴 시간이 걸릴지라도 그들과의 추억이 있는 한 분명 견뎌낼 수 있으리라.

……하지만 정말 이상했다.

옛날에는 시집을 가도 괜찮겠다고 생각했던 그 영주에게서 지금은 전혀 매력을 느낄 수 없었다.

이것도 전부 그 녀석 탓인 걸까?

항상 다투기만 했던 그 녀석을 떠올리자 역시 입가에 미소가 어렸다.

"저, 저기…… 아가씨?"

내가 갑자기 웃음을 터뜨리자 화장을 해주던 메이드가 당황하면서 손을 멈췄다.

"아, 미안하다. 별일 아니니 신경 쓰지 마라."

메이드에게 화장을 계속해달라고 한 후, 나는 독특하기 그지없는 동료들을 떠올렸다.

동료들은 내가 빚을 지게 된 이유를 알면 어떻게 생각할까.

메구밍은 화를 낼 것이다.

아쿠아는 영문도 모르면서 울음을 터뜨릴지도 모른다.

그 녀석은 「멍청한 짓 하기는!」 하고 설교를 하며 내가 정말 싫어할 만한 짓을 정확하게 파악한 후 즉시 실행에 옮길 것이다.

영주의 비밀을 알아내고 이 모든 일에 결판을 낸다면…….

항상 즐거워 보이던 그 녀석들이, 또 나를 동료로 받아줄까?

"아가씨, 정말 아름다우십니다……! 자, 거울 앞에 서보세요……!"

나는 거울 앞에 서서 순백의 웨딩드레스 차림인 자신을 쳐다보며 쓴웃음을 지었다.

유감스럽게도 내가 이 모습을 보여줘야 할 상대는 바로 그 영주다.

그러나 일반인은 결혼식에 참석할 수 없지만 식이 끝난 후에는 교회 앞에 모여 있는 그들에게 신랑 신부의 모습을 보여주기로 되어 있었다.

그 녀석은 그 자리에 올까?

……아마 오지 않을 것이다.

그 녀석이라면 분명 삐칠 대로 삐쳐서 저택에 홀로 틀어박혀 있을 것이다.

나는 언짢은 표정을 짓고 있는 그 녀석을 떠올리며 무심코 쓴웃음을 지었다.

"시간이 되었으니 가시죠, 아가씨. 오늘 이 결혼식을 축복해주실 프리스트는 이 마을 제일의 실력자입니다. 분명 최고의 결혼식이 되겠지요……."

그렇게 말하면서 나를 향해 한 손을 내밀며 한쪽 무릎을 꿇은 사람은 누구보다도 오랫동안 더스티네스 가문을 모신 집사, 하겐이다.

오늘까지 나에게 자유를 줬던 이 마을 사람들에게 감사하자.

아아, 즐거웠어…….

그들과 함께 1년 동안, 나는 매일같이 즐거웠고, 행복했다.

나는 작게 미소 지으며…….

하겐이 내민 손을 잡았다—.

6

이곳은 액셀 마을에서 가장 신성한 장소다.

아쿠시즈교……는 물론 아니다.

이곳은 에리스교의 교회 안이다.

이 결혼식에 참가한 이들은 대부분 이 마을의 유력자 혹은 근처에 사는 귀족들이다.

그들 대부분은 이 결혼식이 그저 헛짓거리에 불과하다는 사실을 알고 있을 것이다.

자리에 앉아 있는 이들은 하나같이 멋대로 떠들어대고 있으며 곧 식이 시작되는데도 긴장감이 전혀 느껴지지 않았다.

교회 입구에서는 영주의 부하들이 경비를 서고 있었으며 구경꾼들은 신부를 보기 위해 몰려들고 있었다.

그 구경꾼들은 대부분 모험가들이었다.

다크니스는 기본적으로 자신이 귀족이라는 사실을 숨긴 채 모험가 생활을 해왔다.

그런 그녀가 이번에 영주와 결혼한다는 사실이 대대적으로 발표되자, 항상 갑옷 차림인 다크니스가 웨딩드레스를 입은 모습을 보기 위해 이렇게 모여든 것이리라.

정말 호기심이 왕성한 놈들이다.

호기심이 강하기 때문에 모험가 같은 것을 하는 걸지도 모른다.

계속 술렁대던 교회 안에 이윽고 정적이 흘렀다.

교회 입구의 좌우에는 신랑, 신부의 대기실이 있다.

그 대기실에서 하겐의 손을 잡은 신부가 순백색 드레스 차림으로 나타났다.

아버지가 위중하기 때문에 저택의 집사가 아버지 역할을 대신하고 있는 것이리라.

다크니스는 베일로 얼굴을 가린 채 천천히 걸음을 옮기고 있었다. 그런 그녀는 베일 너머로도 사람들의 시선을 한 몸에 모을 만큼 아름다웠다.

그 뒤를 이어, 신랑 측 대기실에서 흰색 턱시도 차림의 영주가 나타났다.

흰색 턱시도 안에 뚱뚱한 몸을 억지로 욱여넣은 영주 또한 다른 하객들과 마찬가지로 다크니스에게서 눈을 떼지 못했다.

그는 얼이 나간 것처럼 입을 반쯤 벌린 채 다크니스를 향해……

다가가려던 순간, 다크니스의 손을 잡은 하겐이 어험 하고 헛기침을 하자 그는 퍼뜩 정신을 차렸다.

영주의 꼴사나운 모습이 눈에 들어오지 않을 만큼 하객들은 다크니스에게서 눈을 떼지 못했다.

이윽고 교회 안에 있는 파이프 오르간이 장엄한 음악을 연주하기 시작한 가운데, 영주는 다크니스와 함께 버진 로드를 걸으면서도 옆에 있는 신부에게서 단 한시도 눈을 떼지 못했다.

그리고 다크니스는 고개를 숙인 채 버진 로드를 나아갔다.

나는 그런 두 사람을 보며 격렬한 분노를 느꼈다.

뭐가 「보아하니 한 며칠은 먹지도 마시지도 못한 채 그 녀석한테 이 몸을 유린당하겠지. 벌써부터 가슴이 뛰는구나……!」야.

평소의 그 변태스러움은 다 어디 갔어.

몬스터 상대로 새빨갛게 붉히던 그 얼굴은 어디 갔냐고.

마왕군 간부도 질리게 만들던 그 발언들은 다 어디 간 건데.

결혼식을 치르는데도 전혀 행복해 보이지 않는 표정으로 쓸쓸히 고개를 숙인 다크니스는…….

하객들의 주목을 받으며 결혼 서약을 하기 위해 제단 앞에 섰다.

바로 내 눈앞에 말이다.

그렇다. 제단 옆에 있는 내 앞에 선 것이다.

이 세계에서는 성직자이기만 하다면 신부가 아닐지라도 결혼 서약을 할 수 있다고 한다.

예를 들자면, 이 풋내기 마을에 딱 한 명밖에 없을 만큼 희소한 존재인 아크 프리스트라도 할 수 있는 것이다.

이번에 집사인 하겐에게서 결혼 서약과 축복을 부탁받고 제단 중앙에 서 있는 사람은 이 마을 최상위 성직자인 아크 프리스트, 아쿠아 님이다.

그리고 나는 그 아크 프리스트 님의 조수로서 이 자리에 당당히 참석했다.

제단 앞에 섰으면서도 여전히 신부에게서 눈을 떼지 못하는 영주와, 여전히 고개를 푹 숙이고 있는 다크니스에게⋯⋯.

엄숙한 음악이 멎은 순간, 아쿠아는 그다지 엄숙하지 않은 말을 건넸다.

"그대, 다크니스는 곰과 돼지를 합친 듯한 이 아저씨와 결혼해서, 여신인 제 뜻 이외의 다른 뜻에 따라, 자포자기한 심정으로 부부가 되려 하고 있습니다. 당신은 건강할 때나, 아플 때나, 기쁠 때나, 슬플 때나, 부유할 때나, 가난할 때나, 저 아저씨를 사랑하고, 저 아저씨를 공경하며, 저 아저씨를 격려하고, 저 아저씨를 도우며, 목숨이 다하는 그 날까지 정조를 지킬 것을 약속합니까? 못 하겠지? 나는 그냥 이대로 다크니스와 집에 돌아가서, 카즈마가 만든 요리를 먹으며 한잔 들이켜고 싶네⋯⋯."

그 엉뚱한 발언이 들린 순간⋯⋯.

교회 안에 있는 모든 이들의 시선이 아쿠아를 향했다.

영주도 방금 그 말에 듣고 아쿠아를 퍼뜩 쳐다보더

니⋯⋯.

"⋯⋯윽?! 아니? 너, 너는 내 저택에 와서 폐란 폐는 다 끼쳤던 그 여자! 무, 무슨 짓을 하려고 여기에 온 거냐?!"

영주의 고함 소리가 울려 퍼지는 가운데, 다크니스는 아쿠아와 나를 보더니 깜짝 놀란 표정으로 입만 뻐끔거렸다.

나는 그 틈에 다크니스의 팔을 움켜잡았다.

아버지, 어머니.

평범한 아이로 올바르게 자라달라고 빌었던 당신들의 귀여운 아들은⋯⋯.

지금 이 지역에서 가장 지위가 높으신 양반에게 싸움을 건 걸로 모자라, 귀족 아가씨를 납치하려 하고 있습니다.

정신을 차린 다크니스의 얼굴이 새파랗게 질리더니 그녀의 눈에서 눈물이 흘러내렸다.

"이, 이게 무슨 짓⋯⋯. 아쿠아⋯⋯. 카, 카즈마! 카, 카즈마! 놔라! 놓으란 말이다! 너희가 무슨 짓을 한 건지 알기는 하는 것이냐! 귀족 간의 결혼식에 난입한 이상, 처형을 피할 수 없단 말이다! 바보 같은 짓을 벌이다니! 정말, 바보 같은 짓을─."

감정이 격해진 다크니스가 울면서 쏟아내는 말을 끊듯 나는 고함을 질렀다.

"시끄러워, 이 바보 멍청아! 바보 같은 짓을 벌인 건 바로 너잖아! 멋대로 내 빚을 대신 갚지 말라고! 네가 무슨 내 마누라냐?! 나를 좋아하면 좋아한다고 확 말하라고 했잖아!"

"누, 누가 언제 그런 소리를 했다는 것이냐! 이 바보 멍청아! 너야말로 지금 무슨 소리를 하는 거냐 말이다!"

나와 다크니스가 격렬하게 말다툼을 벌이고 있을 때, 지금까지 어안이 벙벙한 표정으로 쳐다만 보고 있던 영주가 퍼뜩 정신을 차렸다.

"이, 이놈을! 이놈과, 저 가짜 프리스트를 잡아라! 이익……! 가난뱅이 주제에 귀족의 결혼을 방해해?! 감히 주제도 모르는 일반 서민 놈들이! 빨리, 빨리, 저놈들을 잡으란 말이다!"

영주는 고함을 지르면서 내가 잡고 있는 다크니스를 되찾으려 했다.

나는 달려드는 영주로부터 아직 눈물을 흘리고 있는 다크니스를 지키기 위해 그녀를 내 등 뒤에 숨겼다.

그 모습을 본 영주는 얼굴이 순식간에 시뻘겋게 변하더니 고함을 질렀다.

"이익! 관계없는 놈은 꺼져라! 네가 사랑하는 라라티나는 말이다! 나에게, 네놈 같은 가난뱅이는 평생 걸려도 갚지 못할 만큼 큰 빚을 졌단 말이다! 그렇게 이 여자를 가지고 싶으면, 우선 이 여자를 살 돈부터 준비해라, 이 가난뱅이야! 네가 그런 거금을 마련할 수 있다면 말이다!"

영주가 그렇게 외치자 나는 제단 옆에 둔 가방을 치켜들면서 외쳤다.

"말 한번 잘했어! 그 말 반드시 지키라고, 아저씨! 자, 다크니스가 빚진 돈, 총액 20억 에리스! 개당 100만짜리 에리스 마(魔)은화 2천 개다! 이제 다크니스는 내가 데려가도 되지?! 그리고 딱히 사랑하는 건 아냐! 도, 동료! 소중한 동료일 뿐이라고!"

나는 영주가 한 말을 정정하고 그 돈을 영주의 발치에 흩뿌렸다!

왜 그 돈을 흩뿌렸냐면…….

"아앗?! 뭐, 20억?! 아앗, 기다려! 라라티나를! 내 라라티나를……, 아앗, 돈이! 주워! 어이, 빨리 주우란 말이다!"

영주는 그 돈을 허둥지둥 줍기 시작했다.

그 모습을 본 다른 하객들도 허둥지둥 돈을 줍기 시작했다.

슬쩍 훔치는 사람이 있을지도 모르지만 그것까지는 내가 책임질 수 없다.

내가 그 틈에 꼼짝도 하지 않는 다크니스의 손을 움켜쥐자 영주의 부하로 보이는 녀석들이 우리를 향해 뛰어왔다.

바로 그때, 다크니스는 내 손을 뿌리치며 외쳤다.

"이, 이 녀석! 누가 이런 짓을 해달라고 했느냐! 네놈, 내 각오를 뭐로 보고 이딴 짓을 벌인 거냔 말이다! 게다가, 이

돈! 이런 거금이 대체 어디서 난 것이냐!!"

다크니스가 이런 상황에서도 고집을 부리자 나는 짜증을 느끼며 말했다.

"팔았어. 내가 아는 모든 지식과 권리를 전부 팔아치웠어. 그리고 지금까지 모았던 토벌 상금도 다 합쳤더니 딱 20억 에리스가 되더라고. 이제 나는 정당하게 일을 해서 먹고살 수밖에 없어. ……이미 팔아버린 걸 돈을 주고 다시 살 수도 없으니까 말이야. 그렇게 됐으니까, 빨리 도망치자!"

다크니스는 내 말을 듣더니 당혹스러움과 기쁨, 그리고 울음과 미소가 뒤섞인 기묘한 표정을 지으며 말을 늘어놓았다.

"너, 너는 그런 짓을 하면서까지……. 너란 녀석은……! 나는, 나는……!!"

우리를 향해 뛰어오는 영주의 부하를 보고 인내심이 바닥나고 만 나는 다크니스의 어깨를 힘껏 흔들어대면서 외쳤다!

"거 되게 좋알대네! 이제 작작 좀 하라고! 너한테는 거부권이 없어! 더는 말대꾸 하지 마! 나는 영주 아저씨한테서 너를 샀다고! 너는 이제 내 소유물이란 말이다! 잘 들어! 이제부터 너를 더욱 혹사시켜주겠어! 내가 날린 돈을 몸으로 갚게 할 테니까 각오해두라고, 이 중증 변태 크루세이더야!! 알았냐?! 알았으면 대답을 해!!"

"하앙, 예~!"

나는 다크니스의 어깨를 마구 흔들어대면서 고함을 질렀

다. 그러자 남들 앞에서 중증 변태라고 불린 다크니스가 황홀
하기 그지없는 표정을 지으며 신음 섞인 목소리로 대답했다.

나한테 어깨를 잡힌 다크니스는 다리가 풀렸는지 그 자리
에 주저앉았다.

뭐가 그녀의 마음을 뒤흔든 건지는 모르겠지만 방금 그
말이 이 진성 마조히스트에게 크리티컬 히트한 것은 틀림없
어 보였다.

이 녀석은 왜 항상 중요한 순간에 내 발목을 잡는 거냐고!

나는 다리가 풀린 다크니스를 공주님 안기로 안아 든 후,
교회 입구를 향해 뛰었다.

하객들은 하나같이 이 마을의 유력자 혹은 귀족들이다.

이런 거친 일에는 익숙하지 않은지, 아니면 귀찮은 일에
얽히고 싶지 않은지, 영주 주위에서 돈을 줍는 사람들 이외
에는 꼼짝도 하지 않고 상황을 주시하고만 있었다.

"하아…… 하아……. 파, 팔리고 말았어……. 귀족인 내
가, 이 남자에게! 게, 게다가, 몸으로 갚으라니……! 아앙,
그리고 이 상황……! 결혼식장에서 공주님 안기를 당한 채 납
치당하다니, 마치……, 마치……!"

나한테 안긴 다크니스는 지금까지 한 번도 본 적이 없을
만큼 볼을 붉힌 채, 왠지 위험한 느낌이 들 정도로 거친 숨
을 내쉬고 있었다.

"이, 인마! 침! 너 지금 침 흘리고 있다고! 너, 여러모로 괜

찮은 거냐?!"

내가 다크니스에게 주의를 주고 있을 때, 뒤쪽에서 따라오던 아쿠아가 얼굴을 반짝이며 입을 열었다.

"역시 귀축 카즈마 씨! 다크니스가 대신 짊어진 빚을 갚았을 뿐인데, 마치 그녀를 사기라도 한 것 같은 소리를 해대네! 저기, 카즈마. 몸으로 갚으라는 말을 메구밍이 들었으면 너한테 폭렬마법을 날렸을걸? 아무리 나라도 시체가 없으면 소생시킬 수 없으니까 조심해."

"무, 무슨 소리를 하는 거야?! 말도 안 되는 소리 하지 마! 그건 그런 뜻으로 한 말이 아니라고! 크루세이더로서, 모험가로서, 몸으로 갚으라는 의미란 말이야!"

내가 말을 늘어놓는 사이, 영주의 부하들이 버진 로드 위로 도망치는 우리를 막아섰다.

나는 내 품에 안긴 채 황홀한 표정을 짓고 있는 다크니스를 향해 말했다.

"젠장! 어이, 다크니스! 언제까지 얼이 나가 있을 건데! 이제 그만 직접 뛰어! 그리고 너는 근육이 많아서 꽤 무겁다고!"

"네, 네놈은 정말! 이런 상황에서, 무겁니 마니 같은 무드없는 소리를 잘도 하는구나!!"

눈가에 눈물이 맺힌 다크니스는 움직이기 쉽도록 드레스 자락을 찢더니 내 품에서 뛰쳐나왔다.

"이렇게 됐으니 어쩔 수 없지! 어쨌든, 마음은 개운해졌다! 자, 영주의 개들아! 비켜서라! 비키지 않는다면 죽여버리겠다!!"

그리고 쓰고 있던 베일을 벗더니 긴 금발을 휘날리며 영주의 부하들을 향해 돌격했다.

무시무시한 소리를 하는 다크니스를 제압하기 위해 영주의 부하들이 달려들었지만 다크니스는 그들을 피하지 않으며 마주 손을 뻗었다.

다크니스는 자신의 팔이나 어깨를 잡은 영주의 부하들을 질질 끌면서 그들 중 두 명의 안면을 양손으로 움켜잡았다.

그대로 아이언 클로를 당한 영주 부하들의 머리에서 우지직하는 소리가 나더니, 그들의 입에서 비명이 새어 나왔다.

"어이, 우리는 너를 구하러 왔거든?! 그런데 네가 앞장서서 돌격하면 어떻게 하냐고! 아쿠아, 지원마법 걸어주세요! 부탁드립니다!"

"알았어! 장기자랑 전문가가 되는 마법을 걸어줄까?"

"걸어주세요! 그건 정말 끝내준다고!"

내 등 뒤에는 여전히 필사적으로 돈을 줍고 있는 영주와 일부 하객들이 있었다.

아쿠아가 장기자랑 전문가가 되는 마법을 걸어주자 나는 다크니스의 뒤편에서 입을 가린 채 큰 목소리로 말했다.

"어이, 그 녀석들은 그냥 내버려 둬라! 그것보다 너희도 이쪽으로 와서 내 돈을 주워!!"

나는 영주의 목소리를 흉내 내며 다크니스와 드잡이를 하고 있는 녀석들에게 명령을 내렸다.

"예? 아, 예! 알았습니다!!"

내 목소리를 영주의 목소리로 착각한 그들은 내 옆을 지나 영주를 향해 뛰어갔다.

"이 멍청이들아! 왜 너희까지 이쪽으로 오는 거냐!! 빨리 라라티나를 잡으란 말이다!"

"윽?!"

일단 우리를 포기한 영주의 부하들이 당황하여 다시 우리에게 뛰어왔다.

이윽고 우리의 앞에도 열 명이 넘는 영주의 부하들이 나타났다.

다들 무기는 들지 않았지만 아쿠아에게 지원을 받더라도 돌파할 수 있을지 없을지 의문이 들었다.

아무래도 왕도에서 보여줬던 내 진짜 실력을 다시 발휘할 때가 온 것 같았다……!

다크니스를 되찾은 내가 히어로라도 된 기분에 젖어 있던 바로 그때였다.

"『라이트 오브 세이버』!!!!"

귀에 익은 목소리가 교회 정면 입구 쪽에서 들리더니, 문

주위의 벽을 동그랗게 도려내듯 빛이 뿜어졌다.

그것은 홍마족이 즐겨 사용하는, 자신의 손날에 마력을 둘러 모든 것을 베어버리는 빛의 마법이다.

다음 순간, 마법에 의해 도려내진 교회 벽이 문과 함께 그대로 쓰러졌다.

그리고 밖에서 쏟아져 들어오는 빛을 등지고 선 두 사람의 모습이 내 눈에 들어왔다.

교회 밖에 있던 모험가들은 멀찍이서 즐거운 듯 이 광경을 지켜보고 있었다.

영주의 부하들은 그 두 사람을 경계하듯, 그리고 두려워하듯 물러섰다.

"메구밍, 저질렀어! 나, 저질렀다구! 절친이니까! 저, 절친의 부탁이니까 이런 범죄나 다름없는 짓을 한 거야! 메구밍이 「제 절친인 융융, 부디 협력해주세요」라고 말하는데, 어떻게 거절하겠냐구!!"

"예. 수고했어요, 융융. 역시 제 절친이군요. 이제 여관으로 돌아가도 돼요."

"뭐어?!"

그들은 붉은 눈동자를 지닌 두 소녀였다.

메구밍이 한 걸음 앞으로 나서자 영주의 부하들이 표정을 딱딱하게 굳히며 뒷걸음질 쳤다.

뒷걸음질 치는 그들의 시선은 메구밍의 지팡이 끝에서 뿜어져 나오고 있는 찬란한 빛을 향하고 있었다.

……맙소사.

저 녀석은 마을 한가운데에서 주저 없이 폭렬마법을 완성시킨 것 같았다.

엄청난 마력이 담긴 지팡이를 치켜든 메구밍은 진지하기 그지없는 표정을 짓더니 진홍색으로 눈을 반짝이며 망토를 펼쳤다.

그리고 차분한 목소리로 이 자리에 있는 모든 이들에게 말했다.

"저는 나쁜 마법사예요. 나쁜 마법사의 본능에 따라, 신부를 납치하러 왔죠."

어둑어둑한 교회 입구에서 태양을 등지고 선 메구밍은 다크니스를 되찾으러 온 내 존재감이 묻혀버릴 정도로 멋진 히어로 같았다.

……나도 저렇게 멋들어지게 등장하고 싶었다고!

7

결혼식 하객과 영주의 부하.

그들은 반쯤 패닉 상태에 빠진 채 저 나쁜 마법사의 일거수일투족을 주시하고 있었다.

"제 별명이 뭔지 알죠? 그럼 이 지팡이에 맺힌 마법이 뭔지도 알겠네요? 미리 말해두겠는데. 이 마법을 제어하기 위해서는 상당한 집중력이 필요해요. ……기습이라도 당해서 제어에 실패하면, 콰앙! 하고 터지겠죠. 저한테 덤빌 생각인 사람은 그 점을 유념하세요."

저 말을 요약하자면 자신을 건드리려고 하면 제어에 실패해서 이 마법이 폭발한다. 그래도 괜찮다면 얼마든지 덤벼보라는 소리다.

나쁜 마법사라는 호칭에 걸맞은 끝내주는 협박이다.

영주의 부하들은 딱딱하게 굳은 표정으로 메구밍을 멀찍이서 포위했다.

앞장서서 자신을 향해 돌진한 다크니스를 잡으려고 하다 오히려 그녀에게 두들겨 맞고 있던 녀석들도, 우리를 잡고 자시고 할 때가 아니라는 사실을 눈치챈 것 같았다.

바로 그때, 메구밍의 옆에 서 있던 융융이 교회 안을 둘러보았다.

"……어, 어머? 메구밍, 저기 좀 봐. 카즈마 씨가 이미 와 있어……."

융융의 말을 듣고 나와 아쿠아, 그리고 드레스 자락을 찢은 다크니스를 본 메구밍은 뭔가를 눈치챘는지 입가에 미소를 머금었다.

　그 후 우리가 도망갈 길을 만들려는 듯이 우리를 향해 지팡이를 내밀었다.

　우리 앞을 가로막고 있던 영주의 부하는 그 모습을 보자마자 허둥지둥 하객용 좌석 뒤편에 숨었다.

　그 틈에 우리 셋이 메구밍을 향해 뛰어가자……!

　"뭐, 뭐하고 있는 거냐! 겁먹지 말란 말이다, 이 멍청이들아! 저딴 건 허세가 틀림없다! 이런 데서 폭렬마법 같은 걸 쏘면 어떻게 되는지 모르는 바보가 이 세상천지에 존재할 것 같으냐! 어차피 저 녀석은 마법을 쓸 생각이 없다! 그러니까 빨리 잡아!"

　영주는 허둥지둥 돈을 주우면서 고함을 질렀다.

　하지만―.

　"호오! 제가 겁먹었다는 건가요?! 제가 폭렬마법을 쓰는 걸 주저할 거라고 진심으로 생각하는 거군요! 좋아요, 좋아! 그 도전을 받아주죠!"

　"하지 마! 다가가지 않을게! 다가가지 않을 테니까 진짜로 하지 마!"

　"공격 같은 건 안 해! 그러니까 멈춰! 멈추라고!"

　"알다프 님! 제발 부탁이니 도발을 하지 마십시오!"

메구밍이 그렇게 말한 순간, 영주의 부하들은 얼굴이 새파랗게 질리더니 허둥지둥 물러섰다.

메구밍의 악평이 얼마나 심각한 수준이기에 다들 저런 반응을 보이는 걸까.

아무리 메구밍이라도 마을 한복판에서 폭렬마법을 쓰지는…….

…………아, 않겠……지?

메구밍이 영주의 부하들을 위협하는 사이 합류한 우리는—.

"이제부터 내가 멋들어지게 활약할 생각이었는데, 불쑥 끼어들면 어떻게 하냐고! 그래도 덕분에 살았어! 고마워!!"

나는 그렇게 말하면서 메구밍을 향해 미소 지었다.

"남이 활약할 무대를 멋들어지게 가로채는 건 홍마족의 본능이니까요. 그것보다, 카즈마는 정말 못 말린다니까요. 말은 그렇게 해도 뭔가 한 건 해줄 거라고 생각했지만……. 설마 새치기를 당할 줄은 꿈에도 몰랐어요."

메구밍은 그렇게 말하면서도 만족스러운 표정을 지었다.

"메구밍! 그리고 융융까지……! 돌아가서……, 이야기는, 돌아가서……! 돌아가서, 고맙다고……!"

감격한 것인지, 아니면 아까 느꼈던 흥분이 가라앉지 않은 것인지는 모르겠지만 다크니스는 말을 제대로 잇지 못했다. 메구밍은 그런 그녀에게 약간 멋쩍은 미소를 지으며 말했다.

"서운한 소리 하지 마세요. 저희는…… 그러니까, 동료잖아요. ……그, 그리고 우수한 크루세이더를 간단히 포기할 수야 없죠!"

메구밍은 동료니 뭐니 같은 말을 입에 담은 게 부끄러운지 갑자기 언성을 높였다.

그리고 그런 메구밍에게—.

"동료라……. 동료는 참 좋은 거구나, 메구밍! 저기, 만약 절친인 내가 똑같은 상황에 처했어도 구하러 왔을 거야?"

"아, 윤윤은 어디까지나 절친 겸 자칭 라이벌이지…… 동료는 아니니까, 그렇게까지 하지는……."

"윽?!"

오늘 따라 절친이라는 말을 매우 강조하는 윤윤에게 메구밍은 인정사정없이 거절의 의사를 표현했다.

"저기, 느긋하게 이야기나 할 때가 아니거든?! 이 상황 좀 어떻게 하라구!"

영주의 부하들이 교회 입구에 있는 우리를 서서히 포위했다.

현재 우리의 위험인물, 메구밍의 도화선에는 불이 붙은 상태다.

이 상황에서 함부로 덤벼들지는 않을 것 같지만…….

머뭇거리기만 하는 자신의 부하들을 보고 초조해진 듯한 영주가 갑자기 고함을 질렀다.

"어이, 거기 있는 구경꾼들! 척 봐도 모험가 같은 너희들 말이다! 저기 있는 저 녀석들은 범죄자다! 저 녀석들한테서 내 신부를 되찾아다오! 그렇게만 해준다면 거액의 보수를 주마! 원한다면 내 저택의 경비병으로 고용해주마! 하루 벌어 하루 사는 모험가 생활을 청산할 수 있을 거다! 부탁이다! 라라티나를! 나의 라라티나를……!"

영주가 그렇게 외치자 즐겁게 이 상황을 구경하던 모험가들이 서로의 얼굴을 쳐다보았다.

그리고—.

"……어? 어이, 내 말이 안 들리는 것이냐?! 보수를 주마! 얼마를 원하느냐!"

모험가들은 나서지 않을 뿐만 아니라, 고개를 다른 쪽으로 돌리거나 갑자기 하품을 하며 영주의 말이 들리지 않는 척을 했다.

아무래도 우리를 이대로 놓아줄 생각인 것 같았다.

고마워! 우리를 잡으려고 달려들지 않는 것만으로도 충분해!

"어이, 다크니스. 바보 같은 네가 바보 같은 생각으로 바보 같이 시집을 가려고 했는데도, 이렇게 많은 녀석들이 너를 도와주려고 한다고. 일전에 네가 혼자서 히드라를 쓰러뜨리려고 했을 때처럼 말이야. 그러니 그 딱딱하게 굳은 머리를 부드럽게 만든 후 제대로 좀 반성해."

다크니스는 내 말을 듣고 기쁨으로 얼굴을 물들이더니 눈물을 참으며 고개를 끄덕였다.

좋은 이야기야…….

나는 모험가들이 무슨 생각을 하고 있을지 알기에, 다크니스에게 아무 말도 할 수 없었다.

다들 즐거운 표정으로 히죽거리고 있네…….

분명 다크니스가 모험가 길드에 가면 당분간…….

『라라티나 아가씨. 오늘은 아름다운 드레스를 입지 않으셨군요.』

……라고 말하며 놀려댈 게 틀림없다.

다크니스가 상류층 아가씨라는 사실을, 이 마을의 모험가라면 누구나 다 알고 있다.

이 마을의 뻔뻔한 모험가들이 오랫동안 알고 지낸 다크니스를 상대로 이제 와서 태도를 바꾸거나 그녀를 두려워할 것 같지는 않았다.

불똥이 튈 것 같으니 이 일이 해결된 후에도 한동안은 놀림을 당하는 다크니스에게 다가가지 말아야겠다.

……우리가 교회 앞을 경비하던 영주의 부하들에게 포위당한 사이, 교회 안에 있던 녀석들이 몰려들며 교착 상태에 빠져들었다.

상대도 바보가 아니라서 간단히 손봐줄 수 있는 졸개나 풋내기도 아니었다.

숫자 또한 우리보다 훨씬 많고 쉽게 보내줄 것 같지도 않았다.

게다가 마을 안에서 무기를 사용한다면 그 순간 변명의 여지조차 없는 범죄자가 되고 말 것이다.

아니, 이미 변명의 여지조차 없는 범죄자가 된 느낌이 들지만 말이다.

"큭……! 카즈마, 슬슬 한계예요! 쏴버려도 될까요? 어차피 저희는 범죄자예요! 짜증도 치솟기 시작했으니까, 저놈들을 향해 확 쏴버려도 될까요?!"

메구밍이 느닷없이 그런 소리를 늘어놓자 주위에 있는 사람들은 당황했다.

물론 나도 포함해서 말이다.

"아아, 더는 무리예요. 더는 마법을 유지할 수 없어요! 다들 저한테서 떨어지세요!"

설마 이 상황에서 제어 불능 상태가 된 건가?!

메구밍 이외의 다른 마법사가 저런 말을 했다면 허풍일 거라고 생각했으리라.

하지만 메구밍에 대해 잘 아는 우리는 새파랗게 질린 얼굴로 허둥지둥 도망쳤다.

나도 급히 몸을 숨긴 직후……!

"『익스플로전』!!!!"

메구밍은 하늘을 향해 폭렬마법을 발사했다.

엄청난 굉음과 함께, 공중에서 섬광이 뿜어져 나오며 대폭발이 일어났다.

그 충격파 때문에 이 마을 안에 있는 모든 유리에 금이 갔고 이 근처에 있던 사람들은 머리를 감싸 쥐며 바닥에 엎드렸다.

"자, 이 틈……에……."

마력을 전부 소모한 메구밍은 아쿠아에게 부축을 받으며 이쪽을 쳐다보더니 갑자기 목소리의 톤을 낮췄고…… 이윽고 아무 말 없이 나를 뚫어져라 쳐다보았다.

그 차가운 시선을 통해 나의 현재 상황을 눈치챘다.

나는 다크니스의 등 뒤에 숨은 채 몸을 웅크리고 있었던 것이다…….

"저기, 카즈마. 다크니스를 구하러 와서, 다크니스의 등 뒤에 숨는 건 너무 쓰레기 같은 짓 아닐까?"

"……음, 카즈마가 오늘 너무 멋져 보여서 내 눈이 잘못된 건 아닌지 걱정했는데, 아무래도 기분 탓이었던 것 같구나. 정말 다행이다."

"카, 카즈마 씨…… 저질……."

융융이 마지막으로 입에 담은 한마디가 가장 강렬했다.

어이쿠, 주위에 있는 구경꾼들도 나를 벌레 보듯 보고 있군.

그것보다 메구밍의 폭렬마법 때문에 영주의 부하들이 당황한 지금이 기회다.

나는 영주의 부하들을 돌파하고 그대로 도망치려 했지만……!

"폭렬마법은 하루에 한 번밖에 못 써! 지금이 기회다! 잡아!"

영주의 부하들이 마법의 충격 때문에 당황한 것은 한순간에 불과했다. 그들은 주저 없이 우리를 향해 뛰어왔다.

아쿠아에게 업힌 메구밍이 고함을 질렀다!

"융융! 이곳은 당신에게 맡길게요! 이제 제가 어떻게 되든 뒤도 돌아보지 말고 싸우세요!"

융융은 그 말은 듣더니……!

"바보! 우리는 이제 절친이잖아?! 말도 안 되는 소리를 하지 마! 메구밍을 두고 갈 수는…… 방금 뭐라고 했어?! 저기, 메구밍! 우리, 홍마의 마을에서도 비슷한 일이 있지 않았어?!"

융융은 무심코 메구밍에게 되묻고 말았다.

"제 절친, 융융! 시간을 벌어주세요! 그래주면 다음에 제 친구를 소개해줄게요!"

"좋아! 나한테 맡겨! 절친을 위해 그 정도도 못 해주겠냐구!"

융융이 환한 미소를 지으며 영주의 부하들을 막아서자 그들은 경계에 찬 표정을 지었다.

나, 나라도 괜찮다면, 네 친구가 되어줄게……!

융융을 남겨둔 채 도망치는 우리의 등 뒤에서ㅡ.

"홍마족이라고 해도 어차피 여자 마법사 한 명이다! 마법을 완성하기 전에 제압해!"

영주 부하의 목소리가 들려오자 나는 걸음을 멈출 수밖에 없었다.

어쩔 수 없지. 나도 남아서 다크니스가 도망칠 시간을 벌어야겠어……!

내가 그렇게 생각하며 돌아서려고 한 바로 그때였다.

"아야야야야얏! 왜 갑자기 밀치냐고! 크아아앗! 뼈가! 뼈가 아아아아아앗! 더스트, 도와줘엇!"

한 남성이 비명을 지르면서 지면을 굴러다니는 소리가 들렸다.

"어이, 키스! 괜찮냐?! 이거, 심각하네……. 쓰러지면서 뼈가 완전히 분쇄 골절됐어!"

그리고 귀에 익은 목소리와 이름이 들렸다.

"뭐?! 살짝 닿았을 뿐인데 무슨 소리를 하는 거야! 저 남자가 갑자기 튀어나오더니, 그대로 풀썩 쓰러졌다고! 앗, 다리가 부러졌다는 사람이 왜 내 발을 잡는 거야! 놔!"

그것은 영주 부하의 목소리였다.

"어이 어이 어이! 너, 설마 이 녀석을 하반신 불구로 만들어놓고 사과 한마디 없이 도망치려는 거냐? 영주님의 부하인지 뭔지는 모르겠지만, 이런 걸 두고 횡포라고 할 것 같은데요?!"

우리는 계속 뛰면서 등 뒤에서 들려오는 양아치의 목소리에 귀를 기울였다.

질 나쁜 양아치와 얽힌 영주의 부하들은 귀찮다는 듯이一.

"아까는 뼈가 부러졌다고 해놓고, 방금은 하반신 불구?! 이익, 정말! 방해되니까 비켜! 우리를 방해하면 나중에 혼쭐이……!"

아마 영주의 부하가 양아치를 밀치기라도 한 것이리라.

"아야얏! 내가 얌전히 말로 풀려고 하니까 폭력을 휘둘러?! 이 자식이 정말! 좋았어, 작살을 내주마! 이거나 먹어! 얼마 전에 어떤 귀족 때문에 봉변을 당했다고! 게다가 나는 원래 귀족을 싫어한단 말이다! 네놈들 상대로 이 울분을 풀어주겠어!!"

"뭐?! 잠깐, 그만?!"

"해치워버려!"

"해치워! 해치워!"

"어이, 나도 끼워달라고!"

"전부터 저 영주가 마음에 들지 않았다고!"

"잠깐! 너, 너, 다, 다리가 부러졌다고……! 우와아앗!"

쉴 새 없이 뛰면서 뒤쪽을 힐끔 쳐다보니……

영주의 부하들이 모험가들에게 뭇매를 맞고 있었다.

이 일이 해결되고 나면 저 녀석들에게 또 술을 사줘야겠다.

"라라티나! 가지 마라, 라라티나! 라라티나!!"

멀찍이서 다크니스를 부르는 비통한 목소리가 들려왔다.

                              8

"―아, 아가씨?! 그 모습은……! 아, 아무튼 안으로 들어오시죠!"

영주의 부하에게서 도망친 우리는 다크니스의 저택으로 도망쳤다.

경비병 중 한 명이 허둥지둥 문을 열어줬다.

찢어진 드레스 차림으로 결혼식장에서 도망쳐 온 다크니스를 본 이 저택 사람들이 놀랐지만 그녀는 그들을 무시하며 당당히 걸음을 옮겼다.

우리 셋은 다크니스가 어디로 향하는 것인지 모르면서도 그저 묵묵히 뒤를 따랐다.

"아버님, 실례하겠습니다."

다크니스가 향한 곳은 이 저택에 있는 어느 방이었다.

아버님이라는 말은…….

그리고 보니 일전에 이 저택에 침입했던 나는, 다크니스의 아버지가 누워 있던 방의 유리를 깨고 탈출했었다.

그래서 다크니스의 아버지는 방을 바꾼 것 같았다.

그녀는 아버지의 대답을 기다리지 않고 방 안으로 들어갔다.

귀족 가문의 아가씨가 그러면 안 될 텐데 라는 생각이 들었지만…….

그럴 수밖에 없는 이유가 있었다.

그녀의 아버지는 말도 제대로 할 수 없는 상태였던 것이다.

다크니스의 아버지는 내가 일전에 만났을 때보다 훨씬 헬쑥해졌으며 눈 밑에는 진한 다크서클이 있었다. 그런 상태에서 가늘게 숨을 쉬며 잠을 자고 있었다.

하지만 아저씨는 문이 열리는 소리를 듣고 잠에서 깼는지 눈을 떴다.

다크니스는, 그리고 우리는…….

아저씨의 침대로 다가갔다.

아저씨는 다크니스의 모습을 보더니…….

"……오오, 라라티나……. 아름답구나……. 마치 생전의 네 어머니 같은걸……."

……그렇게 말하며 상냥한 미소를 지었다.

아버지를 본 다크니스는 송구하다는 듯이 고개를 숙였다.

"……저기, 죄송합니다, 아버님……. 제가 멋대로 결혼을 진행했으면서…… 최악의 형태로 파탄을 내고 말았습니다……."

아저씨는 그 말을 듣고 진심으로 기뻐하며 눈웃음을 흘렸다.

"그랬구나……! 정말 잘했다. 신경 쓸 필요도, 사과할 필요도 없어."

아저씨는 그렇게 말한 후 나를 쳐다보았다.

"카즈마 군. 이쪽으로 와주겠나."

아저씨가 그렇게 말하자 나는 침대로 다가갔다.

"……저는 바깥바람 좀 쐬고 올게요."

메구밍은 이 방 안에 흐르는 분위기를 파악했는지 그렇게 말하면서 복도로 나갔다.

……그리고 분위기 파악 못 하는 녀석은 아저씨의 침대 쪽으로 쪼르르 뛰어갔다.

환자 앞에서 한 소리 하는 것도 좀 그렇기에 그냥 무시하기로 했다.

아저씨는 내 얼굴을 보더니 환하게 웃으며 말했다.

"……잘했네. 진심으로 고맙네."

그런 소리를 들을 일은 하지 않았는데 말이다.

"저는 이 집 아가씨에게 진 빚을 갚았을 뿐이에요."

내가 그렇게 말하자 아저씨는 빙긋 웃었다.

그리고 다크니스의 앞에서 당치도 않은 소리를 했다.

"카즈마 군. 내 딸을 받아주게. 부탁하네."

"예?!"

다크니스는 그 말을 듣더니 화들짝 놀랐다.

"됐어요. 그건 완전 벌칙 게임이잖아요."

"뭐어?!"

내 말을 듣더니 다크니스는 더욱 놀랐다.

다크니스는 할 말이 있는 표정을 지으며 나를 쳐다보았다.

아저씨는 그런 우리를 보더니 미소를 머금었다.

……큰일 났네.

왕국의 기둥께서는 내 마음을 꿰뚫어 보고 있는 것 같았다.

알았어요. 이상한 남자에게 넘겨줄 바에야 제가 책임지고 끝까지 돌볼게요.

아저씨는 그런 내 속내를 꿰뚫어 봤는지 안도 섞인 한숨을 내쉬었다.

……아저씨에게 남겨진 시간은 얼마 되지 않아 보였다.

"라라티나. 지금 생활은 즐거우냐? 모든 것을 다 내던질 만큼 말이다."

아저씨는 눈을 감으며 그렇게 중얼거렸다.

다크니스는 그 말을 듣더니 주저 없이 대답했다.

"즐겁습니다. 모든 것을 다 내던지고서라도 동료들을 지키고 싶을 만큼 말이에요."

아저씨는 그 말을 듣더니 고개를 끄덕이면서 만족스러운 목소리로 「그래……」라고 작게 중얼거렸다.

"라라티나. 너는 네가 원하는 길을 나아가거라. 뒷일은 나에게 맡겨다오. 비록 내 몸은 이렇지만 마지막으로 편지 한 통 정도는 쓸 수 있을 거다."

다크니스는 자신의 아버지에게 다가가더니 살며시 손을 잡았다.

"사랑해요, 아버님. 지금까지 키워주셔서, 감사합니다……! 아버님이 건강을 되찾으신다면 언젠가 다시 또 만나요. 그때는 저한테 자장가 대신 들려줬던, 돌아가신 어머님에 대한 이야기를 들려주세요……."

"사랑한다. 귀여운 내 딸아. 언젠가 네 어머니에 대한 이야기를 또 해주마……."

다크니스의 눈동자가 촉촉이 젖어들어 갔다.

아저씨는 「언젠가 꼭……」이라고 중얼거리며 행복한 미소를 짓더니 다크니스의 손을 꼭 쥐었다. 그리고……

아저씨의 몸은 느닷없이 침대를 둘러싸듯 나타난 마법진의 빛에 휩싸였다.

"『세이크리드 브레이크 스펠』!"

그것은 분위기 파악 못 하는 녀석이 펼친 마법이었다.

"아아앗?!"

"아, 아버님?!"

아저씨와 다크니스는 그 섬광을 보고 놀랐는지 비명을 질렀다.

그 빛이 잦아든 후, 아저씨의 얼굴에서 다크서클이 사라졌고 몸에 생기가 돌듯 혈색이 좋아졌다.

…………으음.

다른 이들에게서 망연자실한 시선을 받고 있는 아쿠아가 마치 칭찬을 해달라는 말투로 말했다.

"저주야! 꽤 고위의 악마가 이 아저씨에게 엄청난 저주를 걸어놔서, 내 힘으로 풀어버렸어!"

분위기 파악 못 하는 여신 덕분에 건강을 되찾은 아저씨가 다크니스와 손을 맞잡은 채 서로를 응시했다.

""…………""

다크니스는 천천히 손을 놓더니 귀까지 벌게진 얼굴로 창밖을 향해 고개를 돌렸고 아저씨는 이불로 자신의 얼굴을 가렸다.

이불 밖으로 희미하게 드러난 아저씨의 얼굴은 다크니스와 마찬가지로 시뻘겠다.

……부녀지간이 틀림없구먼요.

"이제 아무 걱정할 필요 없어! 다크니스, 잘됐지? 아저씨도 다크니스에게 엄마 이야기를 몇 번이든 해주라구!"

아쿠아는 악의가 눈곱만큼도 느껴지지 않는 환한 목소리로 그렇게 말했다.

그리고 다크니스는 그 말을 듣더니 얼굴을 감싸며 몸을 웅크렸다.

정말 잘됐네…….

"아아……! 젠장! 젠장! 젠자앙!"

침실 지하에 존재하는 밀실.

나는 그곳에 있는 꾀죄죄한 악마에게 화풀이를 해댔다.

소원 하나 제대로 이뤄주지 못하는 이 쓸모없는 악마, 맥스를 몇 번이나 걷어찼다.

"쉬익~, 쉬익~, 쉬익~."

머리를 감싸 쥔 맥스는 이상한 소리를 내며 몸을 웅크렸다.

이 하급 악마를 신기로 소환하고 상당한 시간이 흘렀다.

이렇게 오랫동안 알고 지내다 보면 정이 들기 마련이지만 이 녀석한테는 눈곱만큼의 정도 들지 않았다.

"네가! 네가 좀 더 쓸모 있는 악마였다면! 내, 내 라라티나를 빼앗기지 않았을 거다! 너의 그 아귀를 맞추는 힘은 겨우 이것밖에 안 되는 거냐! 쓰레기!~ 쓰레기! 이 쓰레기 자식아!"

"쉬, 쉬익~, 쉬익~. 교회에서는 악마의 힘이 약해져. 그것보다 알다프. 누군가가 저주를 풀어버린 것 같아."

맥스는 머리를 움켜쥔 채 당치도 않은 소리를 했다.

"저주가 풀렸다고?! 너는! 저주 하나도 제대로 걸지 못하는 거냐!"

나는 분노를 터뜨리며 맥스를 힘껏 걷어찼다.

기억력이 나쁜 이 녀석은 대가를 받지 않았다는 것도 잊어버린다. 그래서 대가를 주지 않고 부려먹을 수 있기에 계속 이용해왔지만…… 이제 그만 내버리는 편이 좋을까?

하지만 이번 사태를 해결하기 위해서는 이 녀석의 힘이 필요하다.

이 마을의 유력자와 귀족들 앞에서 라라티나에게 그런 말들을 한 것은 여러모로 문제였다.

머리끝까지 피가 치솟은 나머지 남들이 보는 앞에서 귀족으로서의 격이 훨씬 높은 라라티나에게 폭언을 퍼붓고 만 것이다.

하지만 결혼식에 난입한 그 빌어먹을 꼬맹이를 처형할 수 있게 된 것은 다행이다.

어쩌면 라라티나가 그 꼬맹이의 목숨을 구해달라면서 자신의 몸을 바칠지도 모른다.

"맥스! 오늘 교회에 왔던 하객과 내 말을 들은 모든 사람들의 기억을 내일 아침까지 전부 나한테 유리하게 조작해라! 알았지?!"

맥스에게 그렇게 말하고 어둑어둑한 지하실에서 나가려다……

"쉬익~, 쉬익~……. 그건 무리야, 알다프. 나에게는 그 정도의 힘이 없어."

그 말을 듣고 걸음을 멈췄다.

……무리?

이 망가진 악마는 지금까지 말대꾸를 한 적이 없다.

내가 무엇을 원할 때도, 그 어떤 진실을 조작해야 할 때도, 무리라는 말을 입에 담은 적이 없었다.

하지만 이 녀석은 방금 무리라고 말했다.

"……무리라고? 네가 하급 악마라는 건 불러낸 내가 가장 잘 안다. 이 신기가 무작위로 불러냈을 정도니까 말이다. ……하지만 네놈에게는 거부권이 없어. 무조건 해! 무리라도 어떻게든 해내라고! 사람이 많아서 그런 거냐? 기억을 조작하는 건 네 특기잖아! 빨리 하란 말이다!"

하지만…….

"무리. 빛이……. 쉬익~, 저주를 푼 강렬한 빛이 방해하고 있기 때문에, 무리야."

맥스가 무리라며 거부하자 피가 치솟았다.

"이제 됐다, 이 무능한 악마야! 네놈과의 계약을 이제 해제하마! 그리고 다른 악마를 불러내 주지! 마지막 명령이다! 내 눈앞에 라라티나를……! 네 강제력으로 지금 바로 라라티나를 데리고 와라! 그러면 지금까지 밀렸던 대가를 전부 치르마!"

맥스는 그 말에 반응했다.

"대가? 대가를 치르겠다는 거야?"

"그래. 너는 바보라서 내가 대가를 몇 번이나 치렀다는 것도 깜빡했지. 이번에도 제대로 치르겠다. 그러니 라라티나를 데려와라."

나는 기억력이 변변찮아서 몇 번이나 속은 이 악마를 어르듯 그렇게 말했다.

……바로 그때였다.

"영주님은 계시느냐? 나다. 오늘 일을 사죄하러 왔다. 얼굴을 보여주지 않겠느냐……?"

아무도 존재를 알지 못하는 이 지하실의 입구를 누군가가 두드렸다.

왜 이런 시간에 찾아온 것인지, 그리고 어떻게 이 지하실을 알고 있는지, 같은 것은 아무래도 상관없다!

내가 이 목소리를 알아듣지 못할 리가 없다……!

"라라티나! 라라티나구나! 조, 좋아! 잘했다, 맥스! 칭찬해주마! 칭찬해주지! 대체 뭘 어떻게 한 건지는 모르겠지만, 약속대로 대가를 치르겠다! 계약도 해제하마! 네놈에게 자유를 주지! 아아, 라라티나! 지금 열겠다!"

"아무것도 안 했는데, 쉬익, 쉬익~! 대가를 치르겠다고? 계약을, 해제?"

맥스가 뭐라고 중얼거렸지만 나는 그 말을 한 귀로 흘리며 서둘러 지하실 문을 열었다.

그러자 지하실 입구를 내려다보고 있는 라라티나의 모습이 눈에 들어왔다.

꽤나 선정적인 네글리제를 걸친 라라티나는 평소와 달리 상냥한 미소를 머금은 채 지하로 이어지는 계단을 내려왔다.

그 모습이, 그 미소가, 내 마음을 거무튀튀한 욕망으로 가득 채웠다.

라라티나는 미안해하는 표정을 지으며 달콤한 목소리로 속삭였다.

"영주님, 잘못했습니다……. 낮에 있었던 일을 사과드리겠습니다. ……그러니, 제 동료들의 목숨만은 살려주십시오……!"

나는 그 말을 듣고 전부 이해했다.

이 여자는 내 예상대로 동료들을 살려달라고 부탁하러 온 것이다!

더, 더는 참을 수 없다!

오랫동안 노려왔던 이 계집이, 이런 꼴로 내 눈앞에 나타난 것이다.

라라티나가 계단을 다 내려올 때까지 기다리지 못한 내가 그녀를 덮치려고 한 바로 그 순간이었다.

라라티나가 씨익 웃더니 모습이 일그러지기 시작했다.

그리고 그 자리에는—.

"후하하하하하하! 라라티나라고 생각했나? 유감이지만 이 몸이올시다! 어이쿠, 강렬하기 그지없는 악감정이구나! 정말 맛있는걸! 후하하하하하하!"

맥스가 입은 것과 똑같은 턱시도를 입었으며, 얼굴에 가면을 쓴 남자가 서 있었다.

"윽?! 네, 네놈은 누구냐?! 누구냔 말이다! 이 오싹한 느낌…… 맥스한테서 느껴지는 것과 같아! 네놈은 악마구나! 악마 맞지?!"

내가 눈앞에 있는 자를 손가락으로 가리키며 그렇게 외치자 가면을 쓴 그 악마는 씨익 웃었다.

"맥스! 이 더러운 악마를 죽여라!"

나는 가면을 쓴 악마를 손가락으로 가리키며 그렇게 외쳤다.

내가 라라티나를 놓쳐서 분통을 터뜨리고 있을 때, 그녀로 변해서 나타나다니! 정말 악랄하기 그지없는 놈이다!

실망감이 이만저만이 아니었다!

절대, 절대 용서 못 해!

"……응? 내가 왜 동포를 죽여야 하는데? 쉬익……? 어? 너와는 어디서 만난 적이 있는 것 같은데?"

맥스는 내 명령을 따르지 않더니 그렇게 말했다.

이게 몇 번째 말대꾸지?

이 악마는 대체 어떻게 되어버린 것일까. 설마 진짜로 망가지고 만 걸까?

그런 생각을 하고 있을 때, 가면을 쓴 악마가 귀족도 부러워할 정도로 완벽하게 예법을 지키며 맥스에게 인사를 건넸다.

　"귀공에게 자기소개를 하는 게 몇백 번째인지 몇천 번째인지 모르겠군. 아무튼, 만나서 반갑다, 맥스웰. 아귀 맞추기의 맥스웰. 진실을 비트는 자 맥스웰. 이 몸은 내다보는 악마 바닐이다. 진리를 비트는 악마, 맥스웰이여. 그대를 데리러 왔다!"

　이 망가진 악마의 이름은 맥스가 아니라 맥스웰인 건가?

　그리고 데리러 왔다고……?

　"바닐! 바닐! 왠지 엄청 반가워! 우리, 예전에 어딘가에서 만난 적이 있는 거야?"

　"후하하하하. 귀공은 나를 만날 때마다 같은 소리를 하는구나! 귀공의 이름은 맥스웰! 기억을 잃은 채 다른 세계에서 이곳으로 온 내 동포다! 자, 귀공이 있어야만 하는 장소인 지옥으로 돌아가자!"

　"기, 기다려! 멋대로 데려가지 마라! 그 녀석은 내 하인이란 말이다!"

　내가 무심코 그렇게 말하자 자신의 이름이 바닐이라고 밝힌 악마가 웃음을 터뜨렸다.

　"하인? 이 몸과 마찬가지로 지옥의 공작 중 한 명인 맥스웰이 네놈의 하인이라고? 악운 말고는 변변찮기 그지없는, 거만하고 왜소한 남자여. 네놈은 운이 좋았을 뿐이다. 처음으로 불러낸 악마가 맥스웰이라서 목숨을 건진 거지. 다른 악마였다면 대가를 지니지 못한 네놈을 그 자리에서 바로 찢어 죽였을 거다! 하지만 네놈은 운이 좋았다! 아무것도 모르는 맥스웰! 힘은 있지만 머릿속이 갓난아기인 맥스웰! 맥스웰을 불러냈기에 네놈은 지금의 지위까지 올라갈 수 있었던 거다! 깊이, 깊이 감사하도록!"

나는 저 악마의 말을 이해할 수가 없었다.

내가 기르던 맥스가 지옥의 공작이라고?

그리고 나는 자력으로 이 지위까지 올라왔다.

이 망가진 악마에게는 미미한 도움만 받았단 말이다.

내가 방금 그 말을 듣고 당황하자 바닐은 입가를 더욱 일그러뜨리며 말했다.

"그리고 이 몸이 아까 나타났을 때, 네놈은 맥스웰에게 이렇게 말했다. 약속대로 대가를 치르겠다! 계약도 해제하마! 네놈에게 자유를 주지! 하고 말이다."

나는 그 지적을 듣고 후회했다.

그때는 맥스가 자신의 힘으로 라라티나를 이 자리에 불러왔다고 착각했다.

기분이 좋아진 나머지 무심코 그런 소리를 하고 만 것이다.

……그러고 보니 이 악마는 자기가 내다보는 악마라고 말했다.

즉, 이렇게 될 것을 알고 있었기에 이 타이밍에 나타난 것이다.

내가 이런 생각을 할 것이라는 사실마저 내다본 것처럼…….

"그렇다. 네놈과 맥스웰이 계약을 맺었다는 게 문제였지. 덕분에 꽤나 번거로운 짓을 하고 말았어."

……번거로운 짓?

"네, 네놈, 네놈……! 네놈이, 설마?!"

"그렇다. 네가 생각한 대로다! 이 몸이 그 꼬맹이에게 빚을 갚을 거금을 줬고, 네놈에 대해서도 가르쳐줬지! 후하하하하하하! 좋아, 좋아! 끝내주는 악감정이구나! 맛있군! 맛있어!"

나는 부들부들 떨리는 손을 말아 쥐면서 외쳤다.

"이, 이딴 짓을 벌이다니……! 이렇게 망가진 악마가 필요하다면, 그냥 말했으면 되지 않느냐! 자기 정체를 밝히며 말했다면, 애초에 돌려줬을 거다! 이런 소동까지 일으켜서 내 얼굴에 먹칠을 할 필요는 없었을 텐데……!"

그렇다. 이 정도로 정확하게 미래를 내다보는 악마가 존재한다는 사실을 일찌감치 알았다면, 나도 이렇게 대담한 짓을 벌이지는 않았을 것이다!

내 말을 듣더니 악마는 말했다.

바보 같기 그지없는 소리를 아무렇지도 않게 말이다.

"이러는 편이 훨씬 재미있거든! 후하하하하하! 정말 볼 만했지! 볼 만했어! 이번에는 그 여신조차 내 손바닥 위에서

춤췄거든! 그 양아치 여신이 결혼식장에 간 사이, 알 부화 작업을 해야 한다는 굴욕을 당하기는 했지만 덕분에 끝내 주는 악감정을 맛봤다! 오랫동안 품어왔던 짝사랑이 결실을 맺기 직전! 신부를 빼앗긴 네놈이 자아낸 그 악감정! 이 몸이 무심코 이대로 소멸당해도 괜찮을 것 같다고 생각할 만큼 맛있었다!"

무슨 소리를 하는 거야. 이 악마가 무슨 소리를 하는 거냐고!

"자, 영주님. 이 몸은 이제 네놈에게 볼일이 없다. 맥스웰을 지옥으로 돌려보낸 후, 이 몸은 그 얼간이 점주 밑에서 열심히 일이나 해야겠군."

아무래도 이 악마는 맥스를 데리고 돌아갈 생각인 것 같았다.

어쩔 수 없다. 맥스가 강력한 악마라는 건 몰랐지만 이 녀석이 사라지더라도 나는 앞으로 잘 해나갈 수 있을 것이다.

하지만 내일부터 어떻게 하지?

이제부터는 악행의 증거를 없앨 수 없는 것이다.

내가 그런 생각을 하며 골머리를 썩이고 있을 때였다.

"쉬익! 쉬익! 바닐! 바닐! 돌아가기 전에, 나는 알다프한테서 대가를 받아야 해! 아까 알다프가 대가를 치르겠다고 했단 말이야!"

흥분한 맥스는 피리 소리 같은 것을 내며 밝은 목소리로 그렇게 말했다.

아차, 그러고 보니 그런 소리도 했다.

"알았다, 알았어. 대가를 치를 테니 빨리—."

돌아가라, 하고 말하려던 순간이었다.

어두운 지하실에서 둔탁한 소리가 울려 퍼졌다.

그것이 내 팔이 부러지는 소리라는 사실을 눈치챈 것은—.

"……어, 아, 아아, 크아아아아아아아아악?!"

맥스가 내 두 팔을 악력만으로 부러뜨리는 광경을 본 후였다!

"히이익?! 히이이이익! 아파, 아, 아야야야야얏?!"

맥스가 부러진 두 팔을 더욱 세게 움켜쥔 탓에, 나는 비명을 질렀지만—.

"알다프! 알다프!! 끝내주는 비명 소리야, 알다프! 쉬익, 쉬익!"

망가진 악마는 그런 바보 같은 소리를 늘어놓았다.

"뭐, 뭐하는 거냐?! 놔라, 맥스! 그만해! 아얏, 그만하란 말이다!"

나와 오랫동안 함께했던 이 악마는 내 울부짖음을 듣더니 처음으로 표정다운 표정을 지었다.

무기질적인 가면 같은 얼굴을 일그러뜨리더니 즐거워 죽겠다는 듯 웃은 것이다.

바닐은 그 모습을 보더니 이렇게 말했다.

"후하하하! 맥스웰, 지옥에 돌아가서 계속하는 게 어떻겠느냐. 이 남자가 귀공에게 치러야 할 대가의 양은 어마어마하지. 이 남자를 지옥에 데려가서, 천천히 그 대가를 치르게 하는 거다."

나는 극심한 고통 때문에 머릿속이 멍해진 상태에서도 그 말에 엄청난 내용이 담겨 있다는 사실을 눈치챘다.

"네놈이 맥스웰을 사역한 대가는 말이다. 맥스웰이 좋아하는 악감정을 정해진 세월 동안 계속 자아내는 것이다. ······흠흠. 네놈 꽤나 제멋대로 살아오며 이 녀석을 혹사시켰구나······. 네놈의 남은 수명으로는 도저히 다 치르지 못하겠는걸?"

가면 악마의 그 말을 들은 순간, 나는 등골이 오싹해질 정도의 오한을 느꼈다.

나는 팔에서 느껴지는 고통마저 잊은 채 필사적으로 악마에게 호소했다.

"지, 지금까지 혹사시켜서 미안하다! 이, 이렇게 하는 건 어떠냐?! 우선 내 막대한—"

"맥스웰이 지옥에 돌아가면 네가 저지른 악행이 전부 밝혀질 테니, 네 전 재산은 몰수되겠지. 그것은 더스티네스 가문이 관리할 테고······. 전 재산을 다 쏟아붓지는 말 걸 그랬어, 그 여자에게 진짜 몸으로 갚게 할까, 같은 생각을 하며 집에서 끙끙대고 있는 남자와 이 마을, 그리고 이 나라에

반환될 거다. 내다보는 악마, 바닐이 선언하마. 네놈은 이제 무일푼이다."

나는 그 말을 듣고 이를 덜덜 떨면서 입에 거품을 물었다.

내가 모은 전 재산이……!

"그……"

"그럼 내 하인 중 몇 명을 나 대신 끌고 가도 된다고 말하려는 것이냐? 유감스럽게도 지불 의무는 계약자 본인에게만 청구된다! ……어이쿠, 나쁘지 않은 악감정이지만, 절망에 찬 이 악감정은 내 취향이 아니군. 이 감정은 맥스웰의 취향이다."

그 말을 듣자 몸이 미친 듯이 떨리기 시작했다.

"매, 매매, 맥스……, 맥스……! 내, 내가 너한테 심한 짓을……. 심한 짓을 수도 없이 한 건 안다. 그래도, 부탁하마. 살려다오. 눈감아다오! 이래 봬도 나는 네놈을 싫어하지는 않았다……! 진짜란 말이다! 부탁이다, 맥스!"

바닐은 내 말을 듣더니 싱글벙글 웃기만 할 뿐, 거짓말이라는 사실을 밝히지 않았다.

맥스는 움켜쥐고 있던 내 팔을 놨다.

그러자 나는 그대로 지면에 주저앉았다.

그리고 실낱같은 희망을 느끼며 맥스를 올려다보았다.

맥스는 즐거운 듯 웃고 있었다.

그것은 순진무구하기 그지없는 미소였다. 언제나 무표정

하던 이 악마는 순수한 어린애 같은 미소를 짓고 있었다.

"알다프! 알다프! 나도! 나도 너를 좋아해, 알다프!"

바닐은 뭐가 그렇게 웃긴지 나를 쳐다보며 계속 히죽거리고 있었다.

이 망가진 악마는 홍조를 띤 얼굴로 나를 쳐다보고 말을 이었다.

"알다프! 알다프! 좋아해, 알다프! 지옥에 데리고 가서, 내가 항상 곁에 있어줄게, 알다프! 내가 항상 네 절망을 맛봐줄게, 알다프!"

아아, 그래.

내가 이 악마에게 정이 들지 않은 이유를 드디어 깨달았다.

나는 이 악마의 숨겨진 본성을 마음 한편으로 계속 두려워하고 있었던 것이다.

지금도 내 눈앞에서 미소를 짓고 있는 이 녀석이 무서워서 견딜 수가 없다.

ㅡ아아, 부디…….

"어이쿠, 맥스웰도 너를 좋아하는 것 같구나. 걱정하지 마라, 알다프. 맥스웰은 좋아하는 사람에게 헌신하는 타입이다. 한시도 네 곁을 떠나지 않으며 너를 가지고 놀겠지! 후하하하하하하! 후하하하하하하!"

부디, 이 망가진 악마가 금방 나한테 질려서 내 목숨을 앗아가기를……

나는 가면 악마의 웃음소리를 들으며 태어나서 처음으로 신에게 기도했다.

"소중히 여길게, 알다프! 납치한 소녀를 마음껏 가지고 논 후, 아무렇지도 않게 버리던 너와 달리, 나는 네가 망가지지 않도록, 항상 소중히 여길 거야! 쉬익, 쉬익! 쉬익, 쉬익!!"

에필로그1 —어서 와!—

그것은 내가 다크니스를 납치한 다음 날에 일어난 일이다.

"영주가 실종됐다고?"

아침 일찍 저택으로 찾아온 다크니스가 한 말을 듣고 나는 귀를 의심했다.

라라티나, 라라티나 하고 노래를 불러대던 아저씨가 왜 갑자기 사라진 건데?

"그래. 고용인들이 찾아봤지만, 발견하지 못했다고 한다."

나는 다크니스의 말을 듣고 고개를 갸웃거렸다.

아침이 되면 영주의 사병들이 집으로 쳐들어올 것 같아서 준비하고 있었는데 말이다.

"그리고 영주가 저지른 비리와 악행의 증거가 잔뜩 튀어나왔다고 한다. 왕도에서 아이리스 님에게 몸이 뒤바뀌는 신기를 바친 자도 그 영주였던 것 같다. 그래서 자신의 저지른 악행을 인멸하지 못한 영주가 야반도주를 한 게 아닐까 하는 소문이 돌고 있지."

—그렇구나.

"······이제 도망갈 필요가 없어졌으니, 그 짐을 내려놔라."

다크니스가 어이없다는 말투로 그렇게 말하자 나는 짊어지고 있던 짐을 내려놨다.

내 뒤편에 있던 메구밍과 아쿠아도 들고 있던 짐들을 내려놨다.

우리는 상황이 어느 정도 진정될 때까지 시골 촌구석에라도 가서 밭이나 일굴 생각이었다.

"뭐, 아무튼 잘됐네. ······그런데 다크니스, 왜 그러고 있는 거야? 빨리 들어와."

나는 현관 앞에 선 채 저택 안으로 들어오려 하지 않는 다크니스를 향해 그렇게 말했지만—.

그녀는 심각한 표정으로 가만히 서 있었다.

"다크니스, 왜 그러죠? 무슨 일 있나요?"

메구밍이 그렇게 말한 순간, 아쿠아가 「아!」 하고 탄성을 터뜨렸다.

"맞다. 메구밍은 교회에 나중에 왔으니 모르겠네! 내가 이야기해줄게! 다크니스는 말이지, 카즈마에게 팔렸답니다! 어제, 카즈마가 다크니스의 빚을 대신 갚아줬거든? 그리고 너는 이제 내 것이니까 몸으로 빚을 갚으라고 했어······! 다크니스는 카즈마에게 무시무시한 짓을 당할까 봐 무서워서 안으로 들어오지 못하는 거지?"

"……뭐?"

"어이. 너, 나랑 이야기 좀 하자. 이상하네. 여러모로 이상해. 아니, 네가 한 말이 전부 맞기는 한데 아무튼 이상해! 그러니까 네 말투가 이상하다고!"

눈동자가 빛나고 있는 메구밍이 쓰레기라도 보는 눈길로 나를 쳐다보는 가운데, 다크니스는 고개를 저었다.

"……그런 게 아니다. 카즈마가 사람들 앞에서 나한테 몸으로 갚으라는 둥, 중증 변태 크루세이더 같은 소리를 하기는 했다만……."

어이쿠, 메구밍이 마법을 영창하려고 하는데요.

다크니스는 갑자기 고개를 숙였다.

"미안하다. 이번에 내가 제멋대로 행동해서, 너희에게 폐를 끼쳤다. ……나 스스로도 바보 같은 짓을 했다고 진심으로 생각하고 있다. 용서해다오……."

아쿠아와 메구밍은 그 말을 듣더니 허둥지둥 다크니스를 향해 뛰어갔다.

"저는 괜찮아요. 이미 지나간 일인 데다, 다크니스가 이렇게 무사히 돌아왔으니까요. 카즈마가 좀 많은 걸 잃기는 했지만, 이 남자는 주머니 사정이 좋을 때 일하지 않잖아요. 차라리 잘됐어요."

"맞아. 게다가 이런 일이 터지지 않았다면 나는 다크니스의 집에 가지 않았을 거야. 그랬다면 다크니스의 아버지에게 저주가 걸렸다는 것도 눈치채지 못했을 거라구! ……참, 그 저주를 건 범인을 찾아봐야겠네! 나는 그 가면 악마가 의심스러워. 내 한 점 흐림 없는 눈으로 봤을 때 틀림없어! 자, 답례를 하러 가자!"

다크니스는 두 사람의 말을 들으며 나를 지그시 쳐다보았다.

"카즈마에게는 정말 큰 빚을 졌구나. 네 모든 것을 다 팔아치워서 그 돈을 마련했다고 들었다만……. 카즈마가 나를 대신해 낸 돈은, 지금 바로는 아니지만 나라에서 돌려줄 거다. 아버지가 건강을 회복한 후, 영주에게서 몰수한 재산으로 그 돈을 돌려주겠지. 하지만……."

다크니스의 표정이 흐려졌다.

"……하지만, 네가 판 지적 재산을 되찾을 수는 없다. 앞으로 장사를 하면서 안전하게 살 거라고 했는데, 이래선……."

그것 때문에 이러는 거구나.

"괜찮아. 요리 스킬을 익혔으니까, 노점이라도 차려서 내 고향의 요리를 만들어 팔면……. ……어? 잠깐만 있어봐. 돈을 돌려받을 수 있는 거야?"

나는 그 말을 듣고 진지한 표정을 지으며 되물었다.

"그래. 돌려받을 수 있다. 이번에 네가 대신 갚아준 20억, 그리고 영주 저택의 변상금과 파손된 건물의 변상금 명목으로 낸 돈도 돌려받을 수 있을 거다. 그건 어디까지나 이 마을을 지키는 과정에서 발생한 배상금이니까 말이다. 그건 원래 이 땅을 다스리는 영주가 내야 할 돈이다. ……하지만 이제 와서 생각해보니, 나는 왜 영주의 말에 순순히 따르며 돈을 내놓은 거지……? 마치 최면에라도 걸렸던 것 같구나. 그리고 영주가 저지른 악행의 증거가 왜 이렇게 느닷없이 튀어나오는 걸까……?"

다크니스는 납득이 되지 않는다는 듯 고개를 갸웃거렸지만 지금 중요한 것은 그게 아니다.

그게 아니란 말이다!

"20…… 20억……?!"

맙소사, 즉 평생 동안 일을 하지 않아도 되는 거잖아……!

……어라, 잠깐만 있어봐. 하루는 24시간이고, 그 서비스는 세 시간에 5천 에리스다.

20억이나 있다면 나는 이제 평생 동안 내가 원하는 꿈속 세계에서 살 수도 있는 거 아냐……?

내가 그런 생각에 잠겨 있을 때 메구밍과 아쿠아가 나한테 찰싹 달라붙었다.

"카즈마는 오늘 좀 뭐랄까, 엄청 그거네. 그래, 미남이야. 저기, 카즈마 씨? 저는 젤 킹을 위한 멋진 외양간이 필요해요!"

"맞아요. 엄청 그거한 미남이에요. 저는 예전부터 카즈마가 미남이라고 생각했어요. 참고로 저는 마법 위력을 향상시켜주는 마도구가 필요해요."

"흥, 돈 냄새를 맡은 거냐, 이 걸레들아! ……다크니스, 왜 그래?"

다크니스는 여전히 현관 앞에 선 채 우리 셋을 쳐다보고 있었다.

"하아, 지나간 일에 너무 연연하지 말라고. 너는 지금까지 우리가 저지른 일의 뒤처리를 몰래 해왔잖아? 어제는 왜 멋대로 그딴 짓을 했냐며 너한테 화를 냈지만, 그래도 마음 한편으로는 기뻤어. 그래서 이번에는 그 빚을 갚은 거야. 그리고 내 돈도 돌아오게 됐어. 이걸로 어제 일은 전부 없었던 일로 해도 되지 않겠어?"

솔직히 돌아올 예정인 돈의 금액이 금액인 만큼 사소한 일은 전혀 신경 쓰이지 않았다.

그리고 한동안 계속 집에 틀어박혀 있었으니 예의 그 서비스를 예약하고 여관의 고급 객실을 빌린 후, 한 일주일 정도는 외박하고 싶었다.

하지만 내가 『전부 없었던 일』이라고 말한 순간, 다크니스의 표정이 흐려졌다.

"그건……. 나를 산 일도 없었던 걸로 하겠다는 것이냐?"

다크니스가 그렇게 말한 순간, 양옆에서 나한테 찰싹 달라붙어 있던 메구밍과 아쿠아가 나를 지그시 쳐다보았다.

……그, 그만하세요.

"정말 아쉽지만! 어제 있었던 일은 전부 잊어버리자고!"

다크니스는 그 말을 듣더니 더욱 가라앉은 표정을 지었다.

……어라?

혹시 내 것이 되고 싶었다, 같은 건가? 설마 이건 다크니스 나름의 독특한 사랑 고백인 걸까?

내가 그런 기대에 빠져 있을 때, 고개를 숙인 다크니스는 금방이라도 울 것 같은 표정을 지으며 말했다.

"……저기, 편지 말이다만……. 나를 파티에서 빼달라는 내용의, 그 편지 말인데……."

……아, 그래. 다크니스는 자신이 파티에서 빠졌다고 생각하고 있는 거구나.

하지만 어제 일을 없었던 일로 한다면 크루세이더로서 빚을 갚기로 한 것조차 없었던 일이 될 테니…….

뭐야. 괜히 기대했잖아. 하아, 그건 당연히…….

"무슨 소리를 하는 거예요. 다크니스는 우리 파티의 소중한 크루세이더잖아요. 절대로 놔주지 않을 거예요."

"맞아. 이제 와서 무슨 소리 하는 거야? 다크니스는 때때로 바보가 된다니깐. 다크니스가 있을 곳은 여기뿐이잖아?"

……젠장, 새치기당했다.

하지만 다크니스는 가슴 앞으로 모은 두 손의 손가락을 꼼지락거리더니 불안 섞인 표정으로 나를 올려다보았다.

내 말을 듣기 전까지는 안심이 되지 않는 것이리라.

하지만 내가 입을 열려고 한 순간, 다크니스가 먼저 말했다.

"저, 저기! 나는, 튼튼한 것 외에는 장점이 없고, 공격도 툭 하면 빗나가는 크루세이더다……, 예요. 하지만 다시……. 다시, 저를 동료로 받아주지 않겠어요……?"

다크니스가 익숙하지도 않은 존댓말을 쓰면서 그렇게 말하자 나는 쓴웃음을 지으며 입을 열었다.

"당연하지. ……어서 와."

다크니스는 내 말을 듣더니—.

"……다, 다녀왔습니다!!"

눈가에 눈물이 맺힌 채 안도에 찬 미소를 지었다—.

"—저기, 카즈마. 실은 좀 아쉽지? 다크니스에게 몸으로 갚으라고 했을 때, 실은 그 안에 음란한 의미도 포함되어 있었던 거 아냐?"

분위기 파악 못 하는 걸로는 그 누구에게도 지지 않는 아쿠아가 손으로 입가를 가리더니 히죽거리면서 그런 소리를 늘어놓았다.

이 녀석, 무슨 소리를 하는 거야?

"그러고 보니, 다크니스는 내 소유물이라고 사람들 앞에서 선언했었다면서요? 혹시 그걸 사랑 고백이랍시고 한 건가요? 융융에게 애 만들기 선언을 들은 것도 그렇고, 왕도에서 아이리스를 간단히 길들인 것도 그렇고, 이번 일도 그렇고, 이 남자는 정말 엉덩이가 가볍다니까요. 그러고 보니 홍마의 마을에서는 한방에서 같이 자던 저를 건드리려고도 했었죠. 완전 바람둥이네요. 정신 좀 차리고 살라고요."

메구밍도 약간 언짢은 표정을 지으며 그렇게 말했다.

……이 녀석, 대체 무슨 소리를 하는 거야?

너야말로 질투하는 건지 아닌지, 태도를 확실히 하라고 말하고 싶었다.

하렘 애니메이션에 나오는 여자애처럼 좀 더 알기 쉽게 행동해줬으면 좋겠다.

……바로 그때, 다크니스의 태도가 이상해졌다.

마치 사랑싸움이라도 하는 것 같은 나와 메구밍을 힐끔힐끔 쳐다보며 허둥대더니―

"……그, 그리고 보니 카즈마가 저택에 침입했을 때, 하마터면 그와 선을 넘을 뻔했지……."

""뭐어?!""

다크니스가 부끄러움을 타면서 괜한 소리를 입에 담자 아쿠아와 메구밍은 화들짝 놀랐다.

"어, 어이, 그만해……. 진짜로 그만하라고……. 그건 미수였잖아……."

내가 기어들어 가는 목소리로 그렇게 말하자 메구밍과 아쿠아가 한목소리로 고함을 질렀다.

""미수?!""

내 무덤을 파고 말았다.

"저기, 카즈마. 너, 진짜로 바보지? 나와 메구밍이 다크니스를 되찾으려고 힘쓰고 있는 동안, 너는 대체 무슨 짓을 한 거야?"

"카즈마, 당신은 다크니스를 데리러 간 게 아니라, 덮치러 갔던 건가요?! 정말 쓰레기 같은 남자네요! 대체 무슨 짓거리를 하고 다니는 거냐고요!"

홍마의 마을에서 메구밍에게 장난을 친 것과 달리, 이번만큼은 나한테 잘못이 없다고.

다크니스는 부끄러움을 타듯 몸을 배배 꼬며 말을 이었다.

"뭐, 나를 덮쳤다기보다……. 한밤중에 내 방에 억지로 들어와, 고함을 지르려 하는 내 입을 막으며 침대에 쓰러뜨리더니, 저항하는 내 손을 움켜잡고 몸으로 덮쳐누른 후……. 저항하느라 훤히 드러난 내 배를 매만졌을 뿐이다."

""어.""

"오, 오해하지 마! 아, 전부 사실이기는 하지만……!!"

""윽?!""

내가 그렇게 고함을 지른 순간, 메구밍은 나한테서 떨어졌다.

"카즈마가 다크니스를 성적인 눈으로 보고 있다는 건 예전부터 알고 있었지만, 함부로 여자한테 집적대는 남자인 줄은 몰랐어요. 카즈마는 얼간이지만 의외로 성실한 면도 있는 사람이라고 생각했는데……. 저한테 집적댔을 때도 다소 마음이 있었던 게 아니라, 그저 그렇고 그런 짓이 하고 싶었던 것뿐이군요. 이 남자는 옆에서 자는 여자라면 아무나 다 덮치고 보는 게 분명해요!!"

잠깐만, 이대로 가다간 나는 최악의 인간쓰레기라는 낙인이 찍히고 말 것이다.

내가 메구밍에게 변명을 하려고 한 순간, 아쿠아가 추격타를 날렸다……!

"맙소사. 나와 카즈마가 마구간에서 지내던 시절, 이 짐승은 내 탐스러운 육체를 호시탐탐 노리고 있었던 거네!"

"그건 절대 아냐."

"어째서야~!"

울먹거리며 내 목을 조르려 하는 아쿠아의 머리를 한 손으로 밀쳐내고 있을 때, 다크니스는 부끄러워하면서도 의기양양한 미소를 짓고 있었다.

이 여자는 저번 사건 때, 내가 자기 목소리로 본가 사람들에게 헛소리를 해댄 복수를 할 참인 것 같았다.

다크니스가 팔짱을 낀 채 히죽거리면서 내가 난처해하는 모습을 쳐다보고 있을 때—.

"…………네가 나한테 같이 어른이 되자고 했었잖아……."

나는 낮은 목소리로 그렇게 중얼거렸다.

""어?!""

"오오오, 오해하지 마라! 그딴 영주에게 시집갈 바에야,

차라리 카즈마한테……!"

"인정했어! 다크니스가 자기 입으로 그런 말을 했다는 걸 인정했다구! 말도 안 돼! ……그럼 나는 눈치가 빠르니까, 젤 킹의 알을 가지고 공원에 가서 햇볕이나 좀 쬐고 올게!"

"다크니스는 완전 걸레 중의 걸레네요! 비극의 히로인인 척 하면서 색기를 풀풀 풍겨댄 건가요?! 정말 괜히 걱정했군요!"

"잠깐……?! 자, 자자, 잠깐만 기다려다오!!!"

메구밍이 지팡이 끝으로 볼을 눌러대자 다크니스는 원망 섞인 눈길로 나를 쳐다보았다.

아무래도 이 녀석은 이대로 끝낼 생각이 없는 것 같았다.

나는 알을 쓰다듬으면서 저택을 나서려 하는 아쿠아를 잡 은 후, 다크니스가 진정할 때까지 물어보지 않으려던 질문 을 일부러 이 자리에서 했다.

"……어이, 아쿠아. 좀 궁금한 게 있는데 말이야. 이 나라 에서는 혼인 신고를 어떤 식으로 해?"

내가 느닷없이 그런 질문을 던지자—

"왜 뜬금없이 그런 걸 묻는 거야? 우선 결혼식 날 아침에 혼인 신고 서류를 관공서에 제출해. 그리고 점심 즈음에 결 혼……식……을…… 올린……."

아쿠아는 내가 하고 싶은 말이 무엇인지 눈치챈 것 같았다.

메구밍도 갑자기 표정이 굳은 걸 보면 아마 눈치챈 것이리라.

"……음? 갑자기 왜 그러지?"

세상 물정에 어두운 상류층 아가씨만이 이해를 못 하고 있었다.

결국 메구밍은 위로라도 하는 어조로 이렇게 말했다.

"요, 요즘 같은 세상에는 돌아온 싱글이 흔하다고요!"

다크니스는 그 말을 듣고서야 눈치를 챘는지 화들짝 놀라면서 고개를 치켜들었다.

상류층 아가씨이면서 마조히스트, 처녀면서 돌아온 싱글이라니, 이 녀석은 자기 속성을 얼마나 늘릴 속셈인 걸까.

"저기…… 말이야. 결혼식 도중에 다크니스가 납치당하기는 했지? 하지만 다음 날에 상대방이 야반도주를 했잖아. 그럼 세간에서는 다크니스가 그 아저씨에게 버림받았다고 생각하지 않을까?"

아쿠아가 나쁜 뜻이라고는 전혀 없는 목소리로 그렇게 말하자 다크니스는 온몸을 부르르 떨었다.

그리고 불안 섞인 표정으로 정면에 있는 나를 머뭇머뭇 쳐다보더니―.

"뭐…… 그 정도는 별일 아니니까 너무 신경 쓰지 마…….
…………돌싱니스."

다크니스는 왈칵 울음을 터뜨리며 그대로 도망쳤다.

에필로그2 —에리스와 크리스—

"—뭐, 그런 일이 있었어. 그 후로 다크니스 녀석이 본가에 틀어박혔거든? 그래서 또 단독 침입을 계획 중이야."

액셀 마을 외곽에 있는 아담한 카페.

은신처 같은 느낌의 가게라서 그런지 우리 이외에는 손님이 없었다.

"너는 여전히 악독하네. 다크니스를 너무 괴롭히지 마. 그애는 겉보기에 꽤 강해 보이지만, 실은 섬세한 구석이 있단 말이야."

"알았어. 그런데 크리스야말로 지금까지 뭘 하고 있었던 거야? 왕도에서 여기까지 오는 데 왜 이렇게 시간이 걸린 건데?"

나는 왕도에서 돌아온 크리스에게 이번 소동을 설명했다.

크리스는 난처한 표정을 짓더니 볼에 난 흉터를 긁적이며 말했다.

"아, 좀 바빴어. 한때는 액셀 마을 근처까지 왔었는데, 급한 연락을 받았거든. 이런저런 뒤처리를 끝낸 후에, 겨우 이곳에 온 거야.”

크리스는 그렇게 말하고 테이블에 넙죽 엎드렸다.

“대체 누구한테서 연락을 받은 건데? 도적 길드 같은 곳이야?”

“으음, 그게 말이야. 사람이 죽으면 나도 바빠진다고나 할까?”

“……장의사 아르바이트라도 하는 거야?”

크리스는 대답 대신 땅이 꺼져라 한숨을 내쉰 후 입을 열었다.

“그건 그렇고, 내가 찾던 신기가 영주의 집에 있었다니……. 일전에 영주의 저택에 침입했을 때는 아쿠아 씨가 가진 신기와 헷갈렸던 것 같아~.”

나는 크리스와 함께 왕도에서 신기 두 개를 찾으러 다녔다.

그리고 그중 하나가 영주의 저택 지하실에서 발견된 것 같았다.

크리스는 이 마을에 돌아오자마자 그 신기를 회수했다.

그 신기는 무작위로 소환한 몬스터를 사역하게 해주는 효과를 지녔다고 한다.

영주 아저씨는 그 신기로 대체 뭘 한 걸까?

얼추 설명이 끝났을 즈음, 크리스는 식은 커피를 깔끔하게 비운 후 입을 열었다.

“아무튼 정말 잘됐어. 조수 군, 다크니스를 구해줘서 고마워."

"해야 할 일을 했을 뿐이죠, 두목."

우리는 그렇게 말한 후 웃음을 터뜨렸다.

"하아……. 그건 그렇고, 회수할 신기가 아직 남아 있는데 말이야. ……저기, 조수 군. 너……."

"미리 말해두겠는데, 엄청 바쁘거든요?"

내가 딱 잘라서 그렇게 말하자 크리스는 볼을 부풀리며 나를 힐끔 노려보았다.

"아르바이트비를……."

"지금은 주머니 사정도 괜찮은데요?"

크리스는 난처한지 볼에 난 상처를 긁적였다.

"하아, 어쩔 수 없네. 다음에 또 도와달라고 할게."

그리고 그렇게 말하면서 부드러운 미소를 머금…….

……어라?

크리스가 미소를 지으면서 볼을 긁적이는 모습을 본 순간, 나는 약간의 위화감을 느꼈다.

그러고 보니 최근에 저런 모습을 본 것 같은데…….

실은 예전부터 조금 신경이 쓰이기는 했다.

크리스는 다크니스나 메구밍의 이름은 그냥 막 불렀지만 아쿠아만은 아쿠아 씨라고 불렀다.

게다가 그 사람과 이름이 비슷한 것이다.

머리카락 색깔도 그 사람과 같고 눈동자 색깔 또한 같다.

그리고 그 사람은 아쿠아를 선배라고 부르며 메구밍은 메구밍 양이라고 부른다.

하지만 다크니스만큼은 그저 이름을 막 불렀다.

그건 그 사람에게 있어 다크니스는 절친이기 때문이 아닐까?

─장난기가 발동한 나는…….

의자에서 일어선 후, 나를 향해 손을 흔들며 「다음에 봐」라고 말하는 크리스를 향해…….

"그런데 에리스 님. 영주에게서 회수한 신기는 어떻게 했나요?"

"아, 그것 말인가요? 그거라면 히드라가 잠들어 있던 호수 밑바닥에 봉인해뒀……."

크리스…….

─아니, 여신 에리스는…….

평소와 마찬가지로 온화한 미소를 머금은 채 내 눈앞에서 딱딱하게 얼어붙고 말았다.

■작가 후기

병아리 성별을 감별할 줄 아는 소설가, 아카츠키 나츠메입니다.

애니메이션화입니다.

애니메이션화가 된다고 합니다!

애니메이션화 관련으로 여러분에게 보고 드려야 할 게 잔뜩 있습니다만, 관련 정보를 알고 싶으신 분은 더 스니커 WEB을 살펴봐 주십시오.

딱히 귀찮은 일을 떠넘기는 건 아닙니다. 후기 분량은 한정되어 있기 때문에 어쩔 수 없이 그러는 겁니다. 우선순위라는 것이 있으니, 양해 부탁드립니다!

그럼 매우 중요한 근황 보고부터 하겠습니다.

독자 여러분에게서 네 통째 러브 레터를 받았습니다! 끼얏호!

「뭘 그딴 걸 다 세는 거야? 기분 나빠!」 같은 소리를 들을 것 같습니다만, 소중히 보관하고 있기에 숫자도 파악하고 있는 것뿐입니다.

　독자 여러분에게 받은 팬레터를 소중히 보관하는 것은 아마 대부분의 작가가 지닌 습성일 거라고 믿고 있습니다.

　죄송하게도 아직 답장을 쓰지는 못했습니다.

　글을 쓰는 직업을 지닌 인간이 팬레터를 보내주신 독자분보다 악필이라고 하는 웃지 못할 상황이니, 글씨체가 좀 나아질 때까지 잠시만 기다려주십시오.

　현재 서예가가 주인공인 유명 만화를 읽고 있는데 곧 글씨체가 좋아질 거라고 믿어 의심치 않습니다.

　이딴 게 우선순위에서 앞서는 거냐는 소리를 들을 것 같으므로. 중요한 소식을 하나 더 알려드리겠습니다.

　얼마 전에 사이타마 나츠메가 됐습니다!

　즉, 이사했습니다.

　일자리를 구했으니 이 집에서 나가라며 부모님이 저를 쫓아낸 것은 아닙니다. 이곳에서는 짧은 기간 동안만 지낼 예정이며, 얼마 후에는 다시 본가로 돌아가서 은둔형 외톨이로 되돌아갈 예정입니다.

　독자 여러분이 궁금해하실 애니메이션 정보를 생략하면서까지 이딴 거나 적는 거냐며 혼날 것 같으니 선전도 좀 할까 합니다.

『이 멋진 세계에 폭염을!』과는 별개의 스핀오프 작품이 더 스니커WEB에서 단기적으로 연재될 예정입니다.

이번 작품의 주인공은 파리만 날리는 마도구점에서 아르바이트를 하고 있는 그 녀석입니다.

그 녀석이 보통내기가 아닌 마을 사람들의 이런저런 고민을 상담해주며 이런저런 일을 하는 이야기가 될 것 같습니다.

외톨이인 그 애에게 악우가 생기고, 어디 사는 니트가 해준 암행어사 이야기에 영향을 받은 공주님이 눈을 반짝이며 암행어사 흉내를 내는 등, 평소에 스포트라이트를 받지 못하는 캐릭터들이 활약할 예정이니 꼭 읽어주셨으면 합니다.

—미시마 쿠로네 선생님과 담당 편집자님, 또한 이 책이 무사히 간행될 수 있도록 도와주신 수많은 분들.

그리고 이 책을 구매해주신 독자 여러분.

진심으로 감사드립니다!

아카츠키 나츠메

NEXT

저기 내 말 좀 들어봐!
선배 여신인 내가 버젓이 있는데도, 에리스 교단 주최로 여신 에리스 감사제가 개최된대! 나, 결심했어! 주제도 모르는 에리스 교단에게, 이번에야말로 아쿠시즈 교단의 힘을 보여주기로 말이야!

물론 다들 도와줄 거지?

 무슨 짓을 하려는 건지는 모르겠지만, 저는 아쿠시즈 교단 사람한테 신세를 졌으니까 도와드릴게요.

 나, 나는 경건한 에리스 교도 이니, 그건 좀…….

휴우…….

 다크니스, 너무해! 흥, 좋아! 그럼 크리스에게 도와달라고 해야지!!

!!!??!?

다음 권, 아쿠시즈 교단 VS 에리스 교단!

조수 군?!

이멋진 세계에 축복을! 8
아쿠시즈 교단 VS 에리스 교단

COMING SOON!!

■ **역자 후기**

안녕하십니까. 근로청년 번역가 이승원입니다.

『이 멋진 세계에 축복을!』 7권을 구매해주셔서 진심으로 감사드립니다.

2016년 6월은 저에게 있어 정말 힘들었던 시기로 기억되지 않을까 싶습니다.

6월 초에는 화재 사고가 있었습니다. 저희 집에 전세로 살던 분이 가스버너로 요리를 하다 실수로 경미한 화재를 일으켰죠. 그런데 하필이면 복구공사 기간과 라이트노벨 페스티벌 행사 기간이 겹치는 바람에 왕복 기차표를 예약해두고도 가지 못하는 사태가 발생했습니다.ㅜㅜ

그리고 6월 중순에는 하수도가 막혔습니다. 저희 집 하수도관이 꽤 얇은 편인데, 자주 막혀버리죠. 막힐 때마다 콘크리트를 박살 내는 대공사를 해야 합니다만, 작년에 하수도 청소용으로 스프링 청소기 삽입구를 만들어둔 덕분에 금방 공사를 마쳤습니다.

마지막으로 6월 말에는…… 건강 문제로 쓰러지고 말았습니다. 번역 업무를 하면서 공사 및 집안 문제를 해결하다 보니 몸 상태가 나빠졌나 봅니다. 한 며칠 동안 제대로 걷지도 못할 만큼 아팠습니다. 다행히 일주일 만에 몸을 추슬렀습니다만 병원에서 스트레스와 과로를 줄이라더군요. 요즘은 일을 하면서 저 두 가지를 줄일 방법을 다각도로 모색하고 있습니다, AHAHA.

이번에 저도 건강을 챙겨야 할 나이가 됐다는 걸 실감했습니다. 여러분도 건강 유의하시길!

자, 그럼 본편에 대해 조금 이야기를 해볼까 합니다.

스포일러가 포함되어 있을 수도 있으니 본편을 읽지 않으신 분들은 유의해주시길!

……이번 편은 표지만 봐도 알 수 있겠습니다만, 다크니스가 메인입니다.

예, 다크니스입니다. 상류층 아가씨에, 변태에, 마조히스트인 그 다크니스입니다.

작가님께서는 저렇게 많은 속성을 지닌 다크니스에게 새로운 속성을 부여했습니다. 그것은 바로……『비련의 히로인』!

크으…… 사나이의 가슴을 울리는 단어군요. 솔직히 다크니스에게 저 단어는 어울리지 않을 거라 여겼습니다만 이번 권을 번역하고 나니 생각이 달라졌습니다.

역시 금발 귀족 히로인(배에 ○○이 있습니다만^^)만큼 비련의 히로인 속성이 어울리는 존재는 없죠! 암요! 설령 변태 마조히스트라고 해도, 저런 여자를 위해서라면 전 재산도 다 내던질 수 있어야 사나이 아니겠습니까!

자아…… 우리의 카레기, 아니, 카오물, 아니, 카즈마 군이 사나이인지 아닌지는 7권을 읽어본 후 판단해주시길!

그럼 이만 줄이겠습니다.

이 작품을 저에게 맡겨주신 L노벨 편집부 여러분. 감사합니다. 그리고 여러모로 양해해주신 덕분에 빨리 건강을 추슬렀습니다. 앞으로도 잘 부탁드립니다.

공사 때마다 뛰어와서 도와준 악우들아, 항상 고맙다. 다음에 너희들 집에 화재가 일어나거나 하수도가 막히면, 나도 바로 도와주러 갈게!

마지막으로 언제나 제게 버팀목이 되어주시는 어머니와 『이 멋진 세계에 축복을!』을 읽어주신 모든 분들에게 진심으로 감사드립니다.

그나마 정상인 줄 알았던 모 여신님의 본성(?)이 드러나는 8권 역자 후기 코너에서 다시 뵙겠습니다!

2016년 7월 초
역자 이승원 올림

이 멋진 세계에 축복을! 7
억천만의 신부

1판 1쇄 발행 2016년 8월 10일
1판 14쇄 발행 2022년 3월 4일

지은이_ Natsume Akatsuki
일러스트_ Kurone Mishima
옮긴이_ 이승원

발행인_ 신현호
편집장_ 김승신
편집진행_ 권세라 · 최혁수 · 김경민 · 최정민
편집디자인_ 양우연
관리 · 영업_ 김민원

펴낸곳_ (주)디앤씨미디어
등록_ 2002년 4월 25일 제20-260호
주소_ 서울시 구로구 디지털로 26길 111 JnK디지털타워 503호
전화_ 02-333-2513(대표)
팩시밀리_ 02-333-2514
이메일_ lnovellove@naver.com
ㄴ노벨 공식 카페_ http://cafe.naver.com/lnovel11

원제 KONO SUBARASHII SEKAI NI SHUKUFUKU WO! Volume 7 OKUSENMANNO
HANAYOME
©2015 Natsume Akatsuki, Kurone Mishima
First published in Japan in 2015 by KADOKAWA CORPORATION, Tokyo.
Korean translation rights arranged with KADOKAWA CORPORATION.

ISBN 979-11-278-0556-2 04830
ISBN 978-89-267-9978-9 (세트)

값 6,800원

여동생만 있으면 돼. 1~2권

히라사카 요미 지음 | 칸토쿠 일러스트 | 이신 옮김

여동생 바보인 소설가 하시마 이츠키의 주변에는
언제나 개성 넘치는 녀석들이 모여든다.
사랑도 재능도 헤비급이지만 아쉬운 미소녀의 최정상인 카니 나유타.
사랑에 고민하고 우정에 고민하고 미래도 고민하는 청춘 3관왕 시라카와 미야코.
귀축 세금 세이버 오노 애슐리. 천재 일러스트레이터 푸리케츠―.
각자 방황과 고민을 안고 있으면서도 게임을 하거나 여행을 가거나
일을 하며 떠들썩한 하루하루를 보내는 이츠키와 주변 사람들.
그런 그들을 따뜻하게 지켜보는
완벽 초인 남동생 치히로에겐 커다란 비밀이 있는데―.

『나는 친구가 적다』의 히라사카 요미가 펼치는
청춘 러브 코미디의 도달점, 드디어 개막!!